JN412515

기억

기억

ⓒ 복일경 2025

초판 1쇄 발행일 2025년 11월 15일

지은이 복일경
펴낸이 이문용
편집 조주호
디자인 공중정원
펴낸곳 도서출판 세종마루
등록 제2023-000012호
주소 세종시 마음로 322, 2201-602
전화 0507-1432-6687
이메일 sjmarubook@gmail.com

ISBN 979-11-993183-3-5 03810

* 이 책의 판권은 지은이와 세종마루에 있습니다.

* 잘못된 책은 교환해 드립니다.

세종시문화관광재단

이 책은 2025년 전문예술 지원사업의 일환으로 세종특별자치시와 세종시문화관광재단의 후원으로 발간되었습니다.

세종특별자치시

이 도서는 2025년 문화체육관광부의 '중소출판사 성장부문 제작지원' 사업의 지원을 받아 제작되었습니다.

기억

문체부 제작지원 선정작

복일경 장편소설

세종마루

차례

1부 　기억의 파편 …… 005

2부 　달과 이둠 …… 075

3부 　새로운 달 …… 179

에필로그 …… 278

작가의 말 …… 287

1부

기억의 파편

1

잠에서 깬 윤주는 천천히 눈을 떴다. 창문 너머로 스며든 아침 햇살이 희미하게 얼굴을 비추고 있었다. 창틈 사이로 차가운 공기가 밀려들었지만, 오래된 방 안의 온기에 부딪혀 금세 사라져 버렸다. 윤주는 침대에 누운 채로 창밖을 가만히 바라보았다. 상쾌한 대기와 고요히 흐르는 강물, 창밖의 풍경이 보이는 듯했다. 실로 오래간만에 느껴보는 평온함이었다.

한동안 그렇게 누워있던 윤주는 천천히 기지개를 켜며 몸을 일으켰다. 탁자에 놓인 시계를 보니 일곱 시가 조금 지나있었다. 간밤에 깊이 잔 덕분인지 어제까지 시달렸던 두통과 어깨의 뻐근함이 완전히 사라진 상태였다. 한결 가벼워진 몸을 느끼며, 어깨까지 내려오는 긴 머리를 대충 묶고 침대 밖으로 나왔다.

서른 평의 아파트는 태고의 지구처럼 무거운 정적에 잠겨 있었다. 안방 문을 열자, 제일 먼저 거실의 가구들이 눈에 들어왔다. 베이지색 가죽 소파는 여전히 반짝반짝 윤이 났지만, 안방과 거실 사이의 벽에 놓인 대형 TV에는 먼지가 살짝 내려앉아 있었다.

윤주는 기지개를 켜며 햇살이 비치는 창가로 걸어갔다. 멀리 보이는 아파트 단지 뒤로 나지막한 산들이 도시를 감싸고 있었다. 도시를 가로지르는 강 위에는 동그랗게 생긴 '이응교'가 주변의 운치를 더해 주었다. 새파랗게 돋아나는 갈대 뒤로 오리 떼가 한가롭게 떠다니고 있었다.

윤주가 살고 있는 남동향의 아파트 단지는 동쪽으로 흐르는 금강을 비스듬히 바라보고 있었다. 아파트 건너편의 수변 공원에선 봄의 향기가 품어져 나왔고, 바람에 날리는 벚꽃잎들이 산책로를 하얗게 물들이고 있었다. 금강을 따라 이어지는 산책로에는 부지런한 사람들이 걷거나 뛰는 중이었다.

창문을 열자, 강변의 습한 공기가 빠른 속도로 폐 깊숙이 스며들었다. 윤주는 창가에 기대어 19층 아래로 보이는 금강과 수변 공원의 모습을 천천히 바라보았다. 햇빛을 받아 반짝이는 윤슬과 강아지를 데리고 산책하는 사람들의 느긋한 모습이 한없이 마음을 순하게 만들었다. 매일 아침이 오늘만 같다면 전쟁 같았던 삶도 추억으로 넘길 수 있을 것만 같았다. 순간 어디선가 거센 바람이 불어와 앞머리를 엉클어 놓았다. 윤주는 창문을 닫고 다시 거실로 돌아왔다.

거실을 지나 복도 오른편에 있는 방문을 조심스럽게 열었다. 예린이는 이불을 반쯤 덮은 채 깊이 잠들어 있었다. 강변으로 난 창문에는 핑크색 커튼이 반쯤 드리워져 있었고, 책상에 설치된 LED 등이 희미한 불빛을 뿜어냈다. 어제도 밤늦게까지 공부하다 잠들었는지 침대 위에는 참고서와 노트들이 아무렇게나 펼쳐져 있었다. 윤주는 조심스럽게 햇빛이 새어드는 커튼을 내리고 등의 스위치를 껐다. 그리고 딸의 가슴을 짓누르는 책들을 거둬 낸 뒤 이불을 덮어주었다.

침대 앞에 서서 어둠에 잠긴 방안을 둘러보았다. 책장에는 잘 정리된 교과서와 메모장이 붙어 있었고, 벽에는 예린이가 초등학교 때 그린 수채화 두 점이 걸려 있었다. 책상과 침대 사이의 작은 협탁에는 작은 화분 하나가 놓여 있었는데, 안에 담긴 선인장은 예린만큼이나 예쁘고 귀여웠다.

윤주는 침대 앞으로 다가가 딸의 모습을 찬찬히 들여다보았다. 고개를 숙이자 달콤하고 은은한 살냄새가 느껴졌다. 잠든 아이의 모습은 더 없이 선량하고 편안해 보였다. 작은 입을 벌린 채 아기처럼 잠든 모습을 보고 있자니 어쩐지 코끝이 찡해왔다. 윤주는 예린의 긴 머리카락을 살며시 쓸어내리며 자신보다 훌쩍 큰 딸의 모습을 찬찬히 바라보았다. 남편을 닮아 동그란 얼굴에 쌍꺼풀 없는 눈과 날렵한 콧등. 아무리 봐도 질리지 않는 얼굴이었다. 그 아래로 봉긋 나온 가슴과 침대 끝으로 삐져나온 발이 보였다.

어릴 적 다른 아이보다 성장이 느렸던 딸은 뒤늦게 폭풍 성장을 달리는 중이었다. 그런 딸의 성장이 기쁘면서도 한편으로는 서운하기도 했다. 윤주는 예린의 얼굴에 살짝 입을 맞춘 뒤 조용히 방을 나왔다.

수방으로 들어가 커피머신을 켠 뒤 찬장에서 머그잔을 하나 꺼냈다. 잠시 후 물이 끓는 소리와 함께 그윽한 커피 향이 후각을 자극했다. 그녀는 김이 피어오르는 커피잔을 들고 거실로 나와 소파에 앉았다. 뜨거운 커피를 한 모금 마시니 흐릿했던 정신이 맑아졌다. 윤주는 천천히 커피를 마시며 창밖을 바라보았다. 따뜻한 햇살이 집안 전체로 퍼져나가고 있었다. 이 순간만큼은 세상이 따뜻하고 완벽해 보였다.

커피잔을 내려놓은 윤주는 깊은 한숨을 토했다. 요즘처럼 바쁜 날들 속에서 이런 느긋함을 느껴본 게 언제인지 기억조차 나지 않았다. 그때 테이블에 놓인 사진첩이 눈에 들어왔다. 사진 속 그녀는 예린이를 품에 안은 남편 재훈과 함께 환하게 웃고 있었다. 세상을 떠난 지 십 년이 흘렀는데도 남편의 미소는 여전히 그녀의 마음을 따뜻하게 해주었다. 사진을 잠시 바라보던 윤주는 커피잔을 다시 들고 그윽한 향을 음미했다.

순간 갑작스러운 전화벨 소리가 고요를 깨뜨렸다. 깜짝 놀란 윤주는 커피잔을 내려놓고 휴대전화를 집어 들었다. 액정에는 낯선 번호가 깜빡이고 있었다. 날카로운 벨 소리에 왠지 모를 불안함이 묻어났다. 이른 아침 일요일에 걸려 오는 전화는 언제나 그녀를 알 수 없는 심연으로 끌어내리곤 했다. 한참을 망설이던 윤주는 마침내 통화버튼을 눌렀다.

"여보세요?"

"세종시 남부경찰서입니다. 혹시 최윤주 씨 되십니까?"

낯선 남자의 목소리가 전화기 너머로 들려왔다. 뒤섞인 소음으로 보아 바깥에서 전화를 건 모양이었다. '경찰서'라는 단어가 심장을 날카롭게 스치고 지나갔다. 윤주는 침을 삼키며 최대한 차분한 목소리로 되물었다.

"네, 맞습니다. 무슨 일이죠?"

"실종 신고하셨죠?"

"네……?"

"어머님 두 분을 찾았습니다."

"어머님이라고요?"

"주소 보내드릴 테니까 최대한 빨리 이쪽으로 와 주세요."

경찰은 윤주가 뭐라 말하기도 전에 급히 전화를 끊어버렸다. 윤주는 전화기를 든 채 멍하니 앉아 있었다. 실종 신고? 어머니? 경찰이 전한 말들이 허공을 맴돌다가 이내 흩어졌다. 경찰의 말이 무슨 뜻인지 도무지 이해되지 않았다.

윤주는 잠시 가만히 앉아 경찰의 말을 되새겨 보았다. 머릿속을 가득 채웠던 안개가 걷히면서 그간의 일들이 봇물 터지듯 밀려왔다. 갑자기 머릿속이 하얘지고 숨이 가빠왔다. 그래, 정말로 그랬다. 분명 그녀는 경찰서를 찾아갔었다. 경찰서에서 그녀는 두 어머니가 사라졌다고 말했다. 두 분의 사진을 보여드리고, 인상착의와 상태를 세세히 설명했다. 그리곤 능장을 피우는 경찰들에게 제빌 두 어머니를 찾아날라며 아이처럼 울부짖었다.

언제부터였을까. 두 분을 잊고 지낸 게. 그녀는 분명 두 어머니가 사라졌다는 사실을 까맣게 잊고 있었다. 두 분이 어디서 어떻게 지내시는지 알지 못한 채 자신은 편안하게 잠들고 상쾌한 아침을 맞이했던 거였다. 순간 명치 끝을 찌르는 듯한 날카로운 통증이 느껴졌다.

"어머님……, 엄마……."

손에서 휴대전화가 떨어져 내렸다. 어느새 흘러나온 눈물이 그녀의 얼굴을 뒤덮었다.

"미친년……, 미친년! 미친년!"

자신도 모르게 독기에 찬 욕설이 입에서 흘러나왔다. 갑자기 따스한 햇살이 걷히면서 차가운 공기가 주변으로 몰려들었다. 정말로 미친년이 아니고서야 어떻게, 어떻게 그걸 까맣게 잊을 수 있었을까. 어떻게 마음 편히 잠들고, 기분 좋은 아침을 맞이할 수 있었을까.

눈물을 흘리며 밤을 지새우고, 전화를 수십 통 돌리고, 경찰에게 매달렸던 게 불과 며칠 전이었다. 일주일 넘게 잠도 자지 못했고, 밥도 제대로 먹지 못했다.

어떻게 잊은 걸까. 왜 그렇게 마음이 편했을까. 설마 두 분이 사라지기만을 바랐던 걸까? 아니, 그건 아니다. 절대로 그럴 리가 없다. 적어도 내가 사람이라면 그럴 수 없었다. 조금이라도 내게 그런 마음이 있었다면, 나는 나 자신을 영원히 용서할 수 없을 터였다.

말없이 눈물만 흘리던 윤주는 두 손으로 얼굴을 감싼 채 소리 내어 울기 시작했다. 조금 전까지 집안을 감싸고 있던 평화는 안개처럼 사라져 버렸고, 깊고도 서늘한 불안과 슬픔만이 주위를 맴돌았다. 어쩌면 그 평화는 처음부터 깨질 운명이었는지도 몰랐다. 그 깨진 틈으로 죄책감과 슬픔이 성난 파도처럼 밀려왔다. 차가운 공기가 온몸을 찔러왔다. 테이블 위에는 얼마 남지 않은 커피가 차갑게 식어가고 있었다.

그때까지도 휴대전화는 바닥에 떨어진 채 미세한 불빛을 내고 있었다. 그 작은 소리가 머릿속의 무언가를 일깨웠다. 마침내 윤주는 고개를 들었다. 경찰의 마지막 말이 떠올랐다. 경찰은 분명 어머니들을 '찾았다'라고 했다. 그 말은 두 어머니가 무사히 경찰서에 있을지도 모른다는 의미였다. 이러고 있을 때가 아니었다. 지금 당장 움직여야 했다.

바닥에 떨어진 휴대전화 화면이 깜빡이며 메시지 알림을 표시했다. 윤주는 곧바로 휴대전화를 집어 들어 메시지를 확인했다.

방금 통화했던 경찰이 보낸 문자에는 낯선 주소가 찍혀 있었다. 윤주의 마음속에 갑자기 작은 희망의 싹이 움트기 시작했다. 어쩌면 두 분은 단순히 여행 중에 길을 잃었을 수도 있었다. 그러다가 경찰에게 발견되어 이제야 연락이 닿은 것일 수도 있었다. 하지만 그 여린 싹은 찰나에 사그라들고 말았다.

정말 아무 일도 없었다면 이런 상황이 가능했을까. 시어머니라면 몰라도, 친정엄마가 일주일 넘게 연락이 닿지 않는다는 건 상상조차 할 수 없는 일이었다. 혹여 딸이 걱정할까 늘 먼저 안부를 챙기던 사람이 이렇게 오래 소식이 끊긴다는 건 단순히 길을 잃었다거나, 연락할 틈이 없었다는 차원의 문제가 아니었다.

잠시 멈추었던 불안과 긴장이 다시 몸을 파고들기 시작했다. 흐느낌과 함께 또다시 눈물이 흘러나왔다. 그 흐느낌은 점점 거칠어지더니 어느새 비명처럼 새어 나왔다. 그녀는 손으로 입을 틀어막으며 소파에 주저앉았다. 심장을 쥐어짜는 듯한 고통이 소리 없이 그녀를 찔러왔다. 그녀는 무릎을 끌어안은 채 숨을 몰아쉬며 속삭였다. '엄마, 제발…….' 눈물로 가득한 세상은 온통 흐리고 어둡기만 했다.

그때 방문이 슬며시 열리더니, 예린이 윤주 곁으로 다가왔다. 잠옷 바람의 예린이는 잠에서 덜 깬 얼굴로 눈물범벅이 된 윤주를 바라보았다.

"엄마……, 왜 울어? 무슨 일 있어?"

"예린아……."

"엄마, 왜 그래? 할머니들한테 무슨 일 있어?"

예린이 조심스레 물었다. 낮은 목소리에는 걱정과 불안이 가득했다. 윤주는 딸을 보며 재빨리 눈물을 훔쳤다. 하지만 떨리는 목소리는 감추기 힘들었다.

"경찰서에서 전화가 왔어. 할머니랑 외할머니를 찾았대."

윤주의 말에 예린의 눈이 커졌다.

"정말? 너무 다행이다! 그럼, 엄마 기뻐서 우는 거야?"

윤주는 멋쩍게 웃으며 고개를 끄덕였다.

"미안해……, 너무 기뻐서 그만."

"난 또 무슨 큰일이라도 난 줄 알았잖아……."

예린이 안도하는 듯한 표정을 보이자, 윤주가 말했다.

"엄마가 지금 가서 두 분 모셔 올게. 넌 공부하고 있어."

"엄마, 나도 갈래. 할머니랑 외할머니 빨리 보고 싶단 말이야."

예린이 간절한 목소리로 말했다. 윤주는 잠시 망설이며 딸의 얼굴을 가만히 들여다보았다. 까만 눈동자에 걱정과 기대가 동시에 담겨 있었다. 그러나 윤주는 고개를 저으며 딸의 손을 꼭 잡았다.

"아니야. 넌 집에 있는 게 좋겠어. 엄마가 꼭 두 분 모시고 올게. 알겠지?"

예린은 실망한 얼굴로 천천히 고개를 끄덕였다. 윤주는 딸의 머리를 쓰다듬으며 나지막이 말했다.

"엄마 금방 다녀올게. 기다리고 있어."

윤주는 안방으로 들어가 서둘러 옷을 갈아입었다. 헝클어진 머리를 다시 고쳐 묶고, 신발장에 놓인 차 키를 집어 들었다. 운동화를 구겨 신는 윤주를 예린이 말없이 지켜보고 서 있었다. 딸의 눈은 여전히 불안으로 가득했다. 윤주는 딸에게 조용히 미소를 지어 보이며 현관을 나섰다. 문이 닫히며 실내로 스며들던 빛이 사라졌다.

엘리베이터를 타고 주차장으로 나오자 차가운 공기가 온몸을 휘감았다. 윤주는 떨리는 손으로 차 문을 열고 운전석에 앉았다. 시동을 켜는 소리가 주차장의 정적을 깨뜨렸다. 지하 주차장에서 나온 차는 아파트 골목을 지나 곧바로 차도로 진입했다. 차창으로 보이는 풍경은 평소와 다를 바 없었다. 아파트 주변에 자리한 상가들은 여전히 침묵 속에 잠겨 있었고, 편의점을 제외한 가게들은 대부분 굳게 닫혀 있었다. 도로 주변도 한산하기는 마찬가지였다. 말끔하게 차려입은 몇몇 사람들이 교회를 향해 바쁘게 걸어가고 있었다. 하늘은 여전히 파랗고 구름 한 점 없었다.

도로로 나오자, 예린이 앞에서 애써 참았던 눈물이 다시 차오르기 시작했다. '제발……, 엄마.' 윤주는 피어오르는 불안감을 억누르기 위해 액셀러레이터를 더욱 세게 밟았다. 경찰관의 말, 어머니 두 분을 찾았다는, 그 한마디 외에는 어떤 생각도 하고 싶지 않았다. 그러나 기억의 조각들은 거센 파도처럼 밀려들어 그녀의 마음을 흔들었다. 윤주는 운전대를 쥔 손에 힘을 더 주며 넓은 도로를 내달렸다. 한 줄기의 햇살이 그녀의 얼굴을 비추었다.

2

　내비게이션의 안내에 따라 차는 시가지를 지나 국도로 접어들었다. 인적이라곤 없는 도로변에는 꽃을 피우지 못한 나무들이 초라하게 서 있었다. 말없이 운전대를 잡고 있던 윤주는 가속 페달을 밟았다. 차의 속도가 올라갈수록 윤주의 기억도 빠른 속도로 거슬러 올라갔다. 깊은 심연을 뚫고 올라온 기억들 사이로 남편 재훈의 목소리가 아득하게 들려왔다.

　"자기, 나 없다고 밥 대충 먹으면 안 돼."

　여행 가방을 챙기던 재훈이 말했다.

　"자기, 이번 출장엔 다른 사람 보내면 안 돼?"

　"우리 마나님이 왜 이렇게 심통이실까? 결혼 기념일은 다녀와서 챙기자고 했잖아."

　"결혼 기념일 때문이 아니야. 그냥……, 기분이 별로란 말이야."

윤주는 침대 끝에 앉아 재훈을 바라보았다. 어젯밤의 꿈 이야기를 하려다 삼키고 말았다. 말해봤자 재훈은 그저 웃어넘기며 대수롭지 않게 여길 게 뻔했다. 게다가 남편은 윤주의 아빠가 어떻게 세상을 떠났는지 알지 못했다.

결혼 전 재훈이 아빠의 죽음에 관해 물었을 때, 윤주는 낚시를 가셨다가 배가 전복되는 바람에 돌아가셨노라고 둘러댔다. 하지만 그건 사실이 아니었다. 그녀는 알고 있었다. 아빠가 친구의 빚보증을 섰다가 거액의 빚을 떠안게 되었고, 결국 그 짐을 내려놓기 위해 스스로 사고를 가장해 생을 마감했다는 것을.

엄마는 그 죽음을 사고로 인정받기 위해 긴 싸움을 이어갔다. 윤주의 기억 속에는 법정에서 증거를 움켜쥔 채 울부짖던 엄마의 모습이 선명히 남아 있었다. 결국 승소한 엄마는 그 돈으로 칼국숫집을 열어 생계를 이어갔다. 처음에는 자리를 잡기 힘들었지만, 뛰어난 엄마의 손맛 덕분에 윤주는 큰 어려움 없이 학교를 마칠 수 있었다.

어젯밤, 꿈에 아빠가 나타났다. 젖은 옷을 걸친 채 말없이 자신을 바라보던 아빠는 천천히 손을 내밀었다. 가늘고 긴 아빠의 손은 소름이 끼치도록 차가워 보였다. 머리카락 끝에서 물방울이 뚝뚝 떨어졌고, 퀭한 눈은 그녀를 꿰뚫을 듯했다. 눈앞에 서 있는 사람은 어린 시절의 따뜻했던 아빠가 아니었다. 꿈속에서조차 그녀는 아빠의 손을 잡아서는 안 된다고 생각했다. 그러나 그녀의 손은 어느새 아빠 쪽으로 나아가고 있었다.

그때, 어디선가 엄마가 나타났다. 엄마는 물속으로 윤주를 끌고 가려는 아빠를 향해 고래고래 소리치더니, 윤주의 손목을 낚아채 필사적으로 달리기 시작했다. 그러나 아빠는 멈추지 않고, 손을 내민 채 계속 따라왔다. 그렇게 한참을 달렸지만, 결국 윤주는 아빠의 손에 붙잡히고 말았다. 윤주는 울먹이며 힘껏 발버둥을 쳤다. 그러면 안 된다고 생각하면서도 아빠의 손을 잡으려는 자신을 막을 수 없었다. 그러자 엄마의 목소리가 꿈을 가르듯 터져 나왔다.

"안 돼!"

그 단호한 외침이 모든 것을 흔들어 깨웠다. 물소리와 발소리, 그리고 아빠의 퀭한 눈빛까지 모든 게 사라졌다. 결국 윤주는 갑작스럽게 잠에서 깨어났다. 하지만 돌처럼 굳어버린 몸은 좀처럼 깨어나지 못했다. 차가운 물의 감촉이 손끝에서 사라지지 않았다.

한참을 누워 있던 윤주는 천천히 몸을 일으켰다. 탁자 위 시계는 새벽 두 시를 가리키고 있었다. 남편은 옆에서 세상 모르게 잠에 빠져 있었다. 잠든 남편을 깨우지 않으려 조심스레 침대를 빠져나와 화장실로 향했다. 거울에 비친 그녀의 얼굴에는 아직도 눈물자국이 희미하게 남아 있었다. 수도꼭지를 틀어 차가운 물로 눈가를 닦아냈다. 하지만 씻어내지 못한 꿈의 잔상은 그대로 남아 있었다.

윤주는 전에도 몇 번이나 비슷한 꿈을 꾸었다. 어린 시절, 엄마가 식당에서 뜨거운 국물을 쏟아 화상을 입었을 때도, 자신이 교통사고로 한 달 넘게 병원에 누워 있었을 때도, 아빠가 꿈에 나타나곤 했다. 그때마다 아빠는 언제나 깊은 침묵 속에 잠겨 있었고, 젖은 손을 내밀면서 그녀를 공포 속으로 몰아넣었다.

또다시 불길한 예감이 들기 시작했다. 심장이 빠르게 뛰면서 가슴 한쪽이 서늘해졌다. 그러나 믿고 싶지 않았다. 모든 것이 완벽한 지금, 나쁜 일이 생길 리 없었다. 그녀는 머리를 세차게 저어 꿈의 잔영을 지우려 했다. 한숨을 내쉬며 다시 침실로 돌아갔다. 곤히 잠든 남편의 옆에 누워 억지로 눈을 감았다. 재훈의 낮은 숨소리가 자장가처럼 들려왔다. 윤주는 마침내 다시 잠이 들었다. 그게 바로 어젯밤이었다. 그런데 오늘, 갑작스레 출장이라니.

"이번 출장이 얼마나 중요한 지는 자기도 잘 알잖아. 새로운 상품을 만들어내지 못하면 여행사가 점점 힘들어질 거야."

"그건 나도 알아. 그래도……"

"너무 걱정 마. 그쪽 대표가 공항에 나와 있겠다고 했으니까, 합의만 잘 되면 곧바로 돌아올 수도 있어."

"그럼, 가자마자 전화해. 더 있게 되면 아침저녁으로 꼭 연락하고."

"알았어, 알았어. 언젠 안 그랬나?"

그렇게 말한 재훈은 윤주를 가만히 끌어안았다. 세상에서 가장

푸근하고 안전한 품이었다.

남편 재훈은 '망고와 바나나'라는 작은 여행사를 운영하고 있었다. 여행사는 주로 태국이나 대만, 싱가포르 같은 동남아 여행 상품을 판매하고 있었는데, 그중에서도 주력 상품은 다름 아닌 말레이시아였다.

여행사 이름은 말레이시아에서 먹어본 망고와 바나나의 달콤한 맛을 잊지 못한 윤주의 제안으로 지어진 것이었다. 사실 재훈과 윤주가 처음 만난 곳도 말레이시아 여행에서였다. 그처럼 말레이시아는 그들 부부에게 특별한 나라였다.

졸업을 앞두고 있던 윤주는 친한 친구 둘과 함께 말레이시아로 여행을 떠났다. 878개나 된다는 섬 중에서 '랑카위'를 선택한 이유는 직항편이 있는 쿠알라룸푸르와 가까워서였다. 신혼부부들에게 인기 있는 랑카위는 아일랜드 호핑 투어나 케이블카 체험, 맹그로브 투어처럼 휴양과 액티비티를 함께 즐길 수 있었지만, 그만큼 비용이 만만치 않았다. 그러나 대학 내내 학원 강사로 일하며 여비를 차곡차곡 모은 윤주와 친구들은 크게 개의치 않았다.

신혼부부가 아닌 여대생을 가이드하긴 처음이라던 재훈은 윤주와 눈만 마주쳐도 얼굴이 빨개질 만큼 수줍음이 많은 청년이었다. 하지만 고급 리조트에 취한 윤주는 재훈의 뜨거운 눈빛을 애써 외면했고, 재훈이 쥐여준 명함도 일부러 비행기에 놓고 내렸다.

두 번째 만남은 거부하기 힘들었다. 임용고시에 재차 낙방한 윤주는 다시 공부를 이어갈지, 아니면 학원 강사로 나설지 갈피를 잡지 못하고 있었다. 그때 따뜻했던 말레이시아가 떠올랐다. 곧바로 친구들에게 연락했지만, 모두 바쁘다며 발을 뺐다. 결국 윤주는 홀로 자유여행을 떠나기로 결심하고 항공권을 끊었다. 마침내 쿠알라룸푸르에 도착해 랑카위행 페리를 타기 위해 선착장을 헤매던 순간, 등 뒤에서 귀에 익은 목소리가 들려왔다.

"혹시, 윤주 씨 아니에요? 저 기억하세요?"

당연히 기억했다. 까무잡잡한 얼굴에 친절한 말투와 환한 미소까지 지닌 남자를 만난다는 게 쉽지 않다는 건 수많은 소개팅과 미팅을 경험한 뒤였다. 슈퍼맨처럼 그녀 앞에 등장한 그는 윤주의 상황을 곧바로 알아차리고 신속하게 호텔까지 데려다주었다. 하지만 거기서 끝이 아니었다. 그는 그녀에게 말레이시아의 아름다운 풍경과 숨겨진 명소를 꼭 소개해 주고 싶다고 말했다.

다음 날 두 사람은 마을 구석구석을 걸으며 많은 이야기를 나누었다. 재훈은 단순히 관광지를 설명하는 데 그치지 않고, 그곳의 문화와 역사, 그리고 자신이 이곳에서 살아온 경험을 들려주었다.

"제가 꿈꾸는 건 단순히 관광을 안내하는 게 아니라, 이곳의 진짜 매력을 보여주는 거예요. 사실 처음에는 잠깐 머물 생각이었는데, 여기서 만난 사람들과 자연이 제 삶을 바꿔 놓았거든요. 그래서 지금은 가이드라는 이름으로 이곳의 자연과 사람들의 이야기를 전하고 있어요."

그 순간부터 윤주는 재훈을 달리 보기 시작했다. 그는 단순한 가이드가 아니라, 자기 일에 진심인 사람이었다. 해가 저물 무렵, 재훈은 윤주를 작은 노천 식당으로 데려갔다. 소박한 식탁 위로 따뜻한 음식이 놓였고, 둘은 마주 앉아 이런저런 이야기를 나눴다. 식사를 마친 뒤, 디저트로 나온 망고와 바나나를 맛보며 재훈이 입을 열었다.

"저는 이 과일들이 무척 특별하다고 생각해요."

"뭐가 특별한데요?"

"언제부턴가 태양의 온기와 이곳 사람들의 정성이 이 안에 담겨 있다는 생각이 들더라고요. 그때부터 이 과일들이 특별하게 여겨지더라고요."

윤주는 그날 밤, 별빛이 가득한 하늘 아래에서 자신도 모르게 재훈을 바라보고 있었다. 윤주에게 있어 이미 그는 단순한 가이드가 아니라, 그 자체로 특별한 사람이 되어 있었다. 그렇게 두 사람은 연인으로 발전했고, 윤주는 시간이 허락할 때마다 재훈의 여행에 따라나서곤 했다.

유난히 추석 연휴가 길었던 어느 해, 재훈은 윤주를 특별한 곳으로 데려갔다. 말레이시아의 푸른 열대우림 한가운데, 아름다운 폭포가 있는 장소였다. 폭포 소리가 울려 퍼지는 그곳에서 재훈은 무릎을 꿇고 작은 반지 상자를 꺼냈다.

"윤주야, 우리가 이렇게 만난 건 우연이 아니라고 생각해. 나랑 평생 함께할래?"

윤주는 깜짝 놀라며 그의 얼굴을 바라보았다. 그 순간 재훈의 눈은 진심으로 가득했다. 그녀는 말없이 고개만 끄덕였다. 환하게 웃은 재훈은 들고 있던 반지를 윤주의 손가락에 끼워주었다. 반지는 열대우림처럼 진한 초록색이었다. 두 사람은 폭포 아래에서 서로를 꼭 끌어안았다.

결혼 후, 두 사람은 신혼여행으로 말레이시아를 다시 찾았다. 처음 만난 곳을 다시 걷고, 함께 먹었던 망고와 바나나를 먹으며 행복한 시간을 보냈다. 재훈은 그간 품어왔던 여행사의 꿈을 처음으로 이야기했다.

결혼한 이듬해 재훈과 윤주는 그간 모아둔 적금을 모두 털어 여행사를 차렸고, 세종시에 작은 아파트도 마련했다. 대출금이 많긴 했지만, 함께라면 충분히 갚아나갈 수 있을 거라 믿었다.

그때부터 재훈은 그야말로 미친 듯이 일에 매달렸다. 시청 건너편의 여행사 사무실에는 여행 포스터와 세계 지노, 형형색색의 깃발이 걸려 있어 방문하는 손님들의 마음을 설레게 했다. 여행사를 차린 첫해는 비교적 순조로웠다. 주말마다 손님들이 몰려들었고, 정성껏 기획한 패키지여행은 입소문을 타고 점점 더 인기를 끌었다. 그와 동시에 윤주는 예린을 임신하게 되었다. 두 사람은 기쁨에 겨워 서로를 꼭 껴안았다. 재훈은 매일 아침 윤주의 배에 손을 얹고 말했다.

"우리 아기, 건강하게 태어나렴. 아빠가 세상에서 가장 멋진 곳을 보여줄게."

윤주는 재훈의 그런 모습을 보며 미소를 지었다. 예린이 태어나던 날에는 재훈은 눈물까지 보이며 윤주에게 말했다.

"나 지금 너무 행복해. 윤주야, 정말 고마워."

그날부터 예린이는 두 사람에게 삶의 가장 큰 축복이었다. 재훈은 예린과 윤주를 위해 더 열심히 일했고, 윤주는 그런 재훈을 보며 충만함을 느꼈다.

그렇게 바쁜 시간 속에서도 재훈은 더 많은 사람에게 새로운 경험을 주고 싶다는 꿈을 버리지 않았다. 말레이시아의 한 섬으로 출장을 떠나게 된 이유도 바로 그 때문이었다. 그가 새로운 여행지로 개발하려는 곳은 사람들에게 많이 알려지지 않은 천혜의 자연을 간직한 곳이었다.

"자기야, 이번엔 정말 큰 기회야. 이곳을 잘 정리해서 상품화하면 우리 여행사도 안정될 수 있을 거야."

집을 나서기 전, 재훈이 말했다. 남편의 얼굴은 다른 어느 때보다도 기대에 차 있었다. 하지만 윤주는 묘한 불안감을 떨칠 수 없었다.

"그래도 몸조심해. 거긴 아직 낯선 곳이잖아."

윤주가 볼멘소리로 말했다. 재훈은 그런 윤주의 표정이 오히려 귀엽다는 듯이 볼에 입을 맞추었다.

"또 나 없다고 밤에 울지 말고. 알았지?"

"흥, 내가 언제 울었다고 그래. 빨리 갔다 오기나 해."

윤주는 웃으며 재훈의 등을 밀었다. 현관문을 나서던 재훈이 등을 돌려 윤주를 향해 환하게 웃어 보였다. 남편의 등 뒤로 뜨거웠던 여름 해가 서서히 저물고 있었다.

3

출장을 떠난 뒤로 재훈에게선 며칠간 아무 연락도 없었다. 남편의 바쁜 일정 탓에 가끔 연락이 뜸하긴 했어도 이렇게까지 소식이 끊어지긴 처음이었다. 윤주는 학원에서 수업하는 간간이 휴대전화를 들여다봤지만, 부재중 전화나 메시지도 없었다. 윤주는 일부러 수업에 몰두하는 한편, 예린을 먹이고 씻기는 일에 온 마음을 쏟았다. 하지만 불안은 끝없이 그녀를 잠식해 나갔다.

남편이 말레이시아로 떠난 지 일주일이 되던 날, 윤주는 잠든 예린을 안고 집으로 들어섰다. 현관문을 여는데 어쩐지 거실 공기가 다르게 느껴졌다. 차갑고 묵직한 기운이 집 안 곳곳에 가라앉아 있었다. 윤주는 예린을 침대에 눕히고, 거실로 나와 소파에 털썩 주저앉았다. 멍하니 창밖만 바라보는데, 문득 테이블에 놓인 작은 액자가 눈에 들어왔다. 액자 안에는 예린이 돌 때 찍은 가족사진이 담겨 있었다. 어둠 속에서도 환하게 웃고 있는 셋의 모습이 선명했다. 하지만 정적에 잠긴 사진은 어쩐지 낯설게만 느껴졌다.

그 순간, 전화벨 소리가 정적을 깨뜨렸다. 윤주는 몸을 움찔하며 휴대전화를 집어 들었다. 화면에는 낯선 국제전화 번호가 떠 있었다.

"여보세요?"

이상하게도 목소리가 떨려왔다.

"안녕하세요. 저는 주말레이시아 한국 총영사관, 페낭 사무소의 직원입니다. 혹시 서재훈 씨 가족 되시나요?"

느리고 단조로운 어조였다.

"네, 제 남편인데요. 무슨 일 때문에 그러시죠?"

"현지 경찰에서 서재훈 씨가 사고를 당하셨다는 보고를 받아 연락드렸습니다."

순간 주변의 공기가 흩어지는 느낌이었다. 윤주는 눈을 감았다. 마치 벼랑 끝에서 떨어지는 느낌이었다. 곧 바닥에 떨어지는 순간 거센 충격이 그녀를 강타했다.

"사고요? 무슨 사고요? 남편은……, 괜찮은 거죠?"

나오지 않는 목소리를 억지로 끌어올렸다.

"죄송하지만, 말레이시아로 직접 오셔야 확인할 수 있습니다."

남자의 낮은 목소리가 귓가에 맴돌았다. 하지만 소리만 울려델

뿐, 어떤 의미도 전달되지 않았다. 윤주는 아무 말도 할 수 없었다. 손끝이 떨리면서 한쪽 가슴이 조여오기 시작했다.

"무슨 일인지 자세히 말씀 좀 해주세요."

떨리는 목소리로 윤주가 가까스로 물었다.

"아직 상황이 정확히 정리되진 않았지만, 관광지 개발 문제로 현지 가이드들과 갈등이 있었다는 이야기가 있습니다. 자세한 확인을 위해서는 직접 오셔야 합니다. 곧 주소를 문자로 보내드리겠습니다."

직원은 잠시 말을 멈췄다가, 조금 낮은 목소리로 덧붙였다.

"많이 놀라셨겠지만, 되도록 빨리 와 주셨으면 합니다."

곧 통화가 끊기고, 휴대전화 화면에 처음 보는 주소가 도착했다. 윤주는 멍하니 그 화면만 바라보았다.

아무리 생각해도 남자의 말을 믿을 수가 없었다. 가이드들과의 문제라니, 말도 안 되는 소리였다. 재훈은 오랫동안 여행사에서 일하며 누구보다도 가이드들의 고충을 잘 알고 있었다. 그들의 고단함을 옆에서 지켜봤기에 누구보다도 먼저 그들에게 손을 내밀곤 했다. 일이 일찍 끝난 날이면 가이드 사무실에 맥주를 한 아름 들고 가 그들과 이야기를 나눴고, 힘들어하는 사람을 보면 절대 외면하는 법이 없었다.

여행사를 차린 후에도 남편은 늘 가이드들의 어려움을 헤아리기 위해 노력했다. 그들의 목소리에 귀 기울였을 뿐만 아니라, 일이 있을 때마다 그들의 편에 서려고 애썼다. 그런 남편이 가이드들과 갈등이라니, 절대 있을 수 없는 일이었다. 윤주는 머리를 저으며 생각했다. 분명 오해였다. 아니, 착오가 있는 게 확실했다. 어쩌면 남편을 다른 사람과 착각했을 수도 있었다.

윤주의 그런 생각은 오래가지 않았다. 또다시 불안이 목덜미를 타고 올라왔다. 서늘한 기운이 그녀의 온몸을 휘감으며 숨이 거칠어졌다. 윤주는 손에 쥔 휴대전화를 바라보다가 남편에게 전화를 걸었다. 신호음이 길게 이어졌다가 곧바로 끊어지고 말았다. 몇 번을 다시 걸어봐도 결과는 같았다. 갑자기 주변에 답답한 공기가 밀려들면서 숨쉬기가 힘들어졌다.

윤주는 가까스로 정신을 차려 메시지를 작성하기 시작했다. "무슨 일이야? 연락 좀 해줘." 손끝이 떨려 글자를 쓰기가 힘들었다. 간신히 메시지를 완성한 후 보내기 버튼을 눌렀다. 하지만 아무리 기다려도 답장은 오지 않았다. 이번에는 카톡을 열어 더 길게 적기 시작했다. "어디야? 무슨 일 생긴 거야? 제발 연락해 줘." 윤주는 다시 보내기 버튼을 누르고 한참 동안 기다렸다. 화면에 떠 있는 숫자 '1'이 그녀를 비웃는 듯했다. 여전히 숫자는 조금도 움직이지 않았고, 그녀의 가슴은 점점 너 싶게 내려앉았다. 시간이 느리게 흘렀다. 침묵 속에서 휴대전화를 쥔 손끝의 감각이 점점 희미해져 갔다.

윤주는 소파에 앉아 휴대전화를 손에 쥔 채 가만히 앉아 있었다. 문득 조용한 집안이 무섭고 차갑게 느껴졌다. 그녀는 무릎을 두 손으로 감싸 쥐며 한숨을 길게 내쉬었다. 어쩌면 경찰의 말이 사실일지도 모른다는 생각이 밀려들기 시작했다. 그때까지도 사라지지 않은 휴대전화의 '1'이 불길한 그림자로 가슴을 짓눌렀다.

지금 상황에서 가장 중요한 건 재훈의 상태였다. 윤주는 덜덜 떨리는 손으로 휴대전화를 다시 집어 들었다. 차가운 땀이 손바닥에 맺혔다. 시어머니의 번호를 찾는 동안 숨이 가빠져서 몇 번이나 숨을 뱉어내야 했다. 신호가 몇 번 울리기도 전에 시어머니가 전화를 받았다.

"여보세요?"

"어머님……."

목소리가 제대로 나오지 않았다. 입술이 바짝 마르고 금방이라도 울음이 터져 나올 것 같았다.

"윤주니? 이 시간에 어쩐 일이냐?"

시어머니의 목소리는 평소처럼 따스하고 차분했다. 그러나 그 따스함이 오히려 울컥하게 했다. 윤주는 결국 울음을 터뜨렸다. 목구멍이 메어오고 숨이 끊어질 듯 떨렸다.

"어머님……, 어떡해요?"

"아가, 왜 그래?"

"……."

"무슨 일이야? 혹시 재훈이한테 무슨 일 생겼니?"

어머니가 다그치듯 재촉했지만, 윤주는 울먹인 채 끝내 대답하지 못했다. 이미 상황을 짐작한 듯, 전화기 너머로 어머니의 떨리는 숨소리가 전해졌다. 처음엔 차분하던 목소리에도 점점 불안이 스며들고 있었다.

"재훈 씨가……, 말레이시아에서…… 사고를 당했대요."

겨우 쏟아낸 한마디였다. 목소리가 갈라지고, 뜨거운 눈물이 흘러내렸다. 그녀는 입을 틀어막고 흐느꼈다. 윤주의 말을 들은 시어머니는 아무 말도 하지 않았다. 길고 무거운 침묵이 한동안 이어졌다. 윤주가 흐느끼는 소리 외에는 숨소리조차 들리지 않았다. 순간 두려운 마음이 들기 시작했다. 어머님이 쓰러지신 게 아닐까. 마음이 조여오는 순간, 시어머니의 목소리가 들려왔다.

"윤주야……."

"네, 어머님."

"우선 진정하자. 재훈이한테 가봐야 하지 않겠니?"

어머니의 목소리는 겉으로는 단단하고 차분했지만, 그 안에는 숨길 수 없는 두려움과 걱정이 묻어나왔다.

"어머님……, 저는 어떻게 해야 할지 모르겠어요."

윤주는 여전히 울먹이는 목소리로 말했다. 아무리 참으려 해도 흐르는 눈물을 멈출 수 없었다. 가슴속에서 흘러나오는 슬픔과 불안이 그녀를 자꾸만 끌어내렸다.

"아가, 내가 예린이를 볼 테니 걱정 말고 다녀와. 지금은 재훈이를 데려오는 게 먼저야."

시어머니는 오히려 윤주를 위로하고 있었다. 윤주는 시어머니의 말을 듣자, 조금이나마 정신이 돌아왔다. 간신히 울음을 삼킨 윤주가 말했다.

"어머님…… 그럼, 되도록 빨리 와 주세요. 제가……, 제가 가서 재훈 씨를 데려올게요."

"그래, 고맙다. 설마 별일 있겠니? 아마 심하진 않을 거야. 재훈이가 덩치만 크지, 엄살이 심하잖니."

"그런 거겠죠, 어머님?"

"걱정 말고 잘 다녀와라. 재훈이도 널 기다리고 있을 거야."

전화기 너머로 시어머니의 떨리는 목소리가 느껴졌다. 하지만 윤주는 애써 고개를 끄덕이며 대꾸했다.

"네, 어머님. 내일 바로 출발할게요."

전화를 끊은 후에도 윤주는 한참 동안 핸드폰을 쥔 채 움직이지 못했다. 차분한 척하려 했던 어머님의 목소리가 귓가를 맴돌았다. 윤주도 울음을 삼키려 애썼다. 마음속으로 제발 남편이 무사하기만을 빌고 또 빌었다. 하지만 뜨거운 눈물이 손가락 사이로 계속 흘러내렸다. 아무리 노력해도 사라지지 않는 불안과 두려움이 그녀의 심장을 죄어왔다.

다음날, 새벽 차로 오신 시어머니에게 예린을 맡긴 윤주는 곧

바로 말레이시아행 비행기에 몸을 실었다. 그녀는 창가에 앉아 안전벨트를 매려고 했지만, 자꾸만 손가락이 떨려왔다. 잠시 후 기내 방송이 흐르고 승무원들이 분주하게 움직이기 시작했다. 하지만 윤주의 시선은 오로지 창밖에 고정되어 있었다.

비행기는 활주로를 벗어나 곧 구름을 가르며 하늘로 올라갔다. 고도가 점점 높아질수록 모든 게 흐릿하고 작게만 보였다. 끝없이 펼쳐진 하늘 아래로 우윳빛 구름이 가득했다. 그러나 그 어떤 풍경도 윤주의 눈에는 들어오지 않았다.

시간이 지나면서 흐린 하늘이 조금씩 맑아지더니, 금세 화창한 날씨가 기체를 감쌌다. 윤주는 창가에 기댄 채 눈을 감고 뜨기를 반복했다. 그 짧은 순간에도 머릿속은 온통 재훈의 모습으로 가득 차 있었다. '괜찮다'라고 말해주던 그의 목소리, 따뜻하게 잡아주던 손, 그리고 현관에서 마지막으로 웃어주던 그의 모습이 윤주의 가슴을 저며왔다.

비행기는 중간중간 짧은 흔들림을 반복하며 태평양 위를 날고 있었다. 기내식이 나오고 승무원이 음료를 권했지만, 윤주는 목이 바싹 말라 아무것도 삼킬 수 없었다. 입술은 터서 말라붙었고, 충혈된 눈에서 쉴 새 없이 눈물이 흘러나왔다.

"곧 말레이시아 쿠알라룸푸르 공항에 도착하겠습니다."

기내 방송을 듣고 나서야 윤주는 굳게 다문 입술을 살짝 떼었다. 긴 비행이 끝나가는 순간에도 마음은 여전히 안개 속에 갇힌

듯 답답했다.

비행기가 활주로에 내리자, 기체가 덜컹거리며 멈춰 섰다. 윤주는 서둘러 가방을 챙겨 기내를 나갈 준비를 했다. 문이 열리고 비행기 밖으로 발을 내디딘 순간, 습하고 무거운 공기가 그녀의 온몸을 감쌌다. 덥고 끈적한 열기가 콧속 깊은 곳까지 스며들었다.

그곳은 재훈과 함께 처음 여행사를 준비하던 시절, 손을 맞잡고 걷던 길 그대로였다. 무수한 야자수가 길 양옆에 서 있고, 어디에선가 모르게 흥겨운 음악과 사람들의 웃음소리가 섞여 있었다. 하지만 지금 윤주에겐 그 모든 풍경은 잿빛으로 보일 뿐이었다.

윤주는 무거운 발걸음을 옮기며 재훈의 흔적을 찾아 나섰다. 공항에 들어선 순간, 다시금 모든 소음이 그녀의 귀를 막는 듯 먹먹하게 느껴졌다. 그녀를 채우고 있는 건 막연한 두려움과 긴장, 그리고 아직 확인하지 못한 재훈의 상태뿐이었다. 그를 만날 때까지, 그녀는 한순간도 마음을 놓을 수 없을 것 같았다.

공항 로비에 도착한 윤주는 곧바로 영사관 직원이라는 남자와 마주했다. 머리가 희끗희끗한 남자는 처음 보는 그녀의 손을 꼭 잡으며 말했다.

"힘드시겠지만, 필요한 모든 절차를 저희가 도와드리겠습니다. 우선 경찰서로 가시죠."

"남편은 지금 어디 병원에 있나요?"

"서재훈씨는 ……이미 사망하셨습니다. 정말 안타깝습니다."

"네? 무슨 말씀이에요? 분명 사고라고 하셨잖아요!"

"경찰이 처음 보고했을 때만 해도 위독한 상태였는데, 이송 과정에서 결국 숨을 거두셨습니다. 죄송합니다."

몸을 휘청거리며 쓰러질 듯한 윤주를 남자가 재빨리 부축했다. 귀가 멍해지면서 온몸에서 피가 빠져나가는 듯했다. 동시에 잊고 있었던 그날 밤의 꿈이 선명하게 떠올랐다. 재훈이 떠나기 전날, 윤주의 가슴을 짓누르던 악몽. 꿈속에서 아빠는 다시 윤주의 손목을 붙잡아 차가운 바다로 끌고 가려 했다. 달빛조차 닿지 않는 깊고 어두운 물속이었다. 그때의 서늘한 감각이 다시 그녀의 목덜미를 스치고 지나갔다.

어쩌면 아빠는 그때부터 알고 있었는지도 모른다. 자신이 곧 마주할 깊은 어둠을. 불행이 닥쳐올 때마다 아빠는 나타났고, 언제나 끝이 보이지 않는 바다를 보여주었다.

윤주는 그럴 리 없다며 소리치고 싶었지만, 말없이 영사를 따라나섰다. 남편이 죽다니, 눈으로 직접 보기 전에는 믿을 수 없었다. 남편은 그렇게 쉽게 그녀 곁을 떠날 사람이 아니었다.

공항을 나서자 뜨거운 열기와 강렬한 햇빛이 쏟아졌다. 남편과 함께 걸었던 익숙한 거리가 낯선 풍경처럼 나타났다. 야자나무도, 타는 듯한 공기도 이제는 무의미했다.

경찰서에서 윤주는 담당 경찰관과 영사관 직원에게 사고 경위를 들었다. 현지 가이드들과의 갈등, 그로 인한 충돌과 비극적인 결과에 대한 설명이 이어졌지만, 아무것도 귀에 들어오지 않았다.

"지금 서재훈 씨의 시신은 부검을 위해 병원 지하 안치실에 모셔져 있습니다. 부검 전에 부인께서 직접 확인해 주셔야 합니다."

경찰의 차분한 목소리에 윤주는 마른침을 삼켰다. 다시 경찰을 따라나섰지만, 시간이 지날수록 발걸음은 무거워졌다. 병원 지하로 향하는 엘리베이터 안은 숨소리조차 들리지 않았다.

문이 열리면서 약품 냄새가 밀려왔다. 윤주는 움츠러드는 몸을 억지로 펴고 복도 끝으로 걸어갔다. 얼어붙을 듯한 냉기에 이가 덜덜 떨렸다. 이윽고 하얀 형광등 불빛 아래, 싸늘하게 고립된 작은 방이 나타났다. 문을 열고 안으로 들어서자, 경찰이 하얀 천으로 덮인 시신을 가리켰다.

"서재훈 씨는 이쪽에 계십니다."

남자의 말이 조용한 방 안에 울려 퍼졌다. 하얀 천 앞에 선 그녀는 한동안 그저 바라볼 뿐, 차마 손을 뻗어 천을 걷어낼 용기가 나지 않았다. 마침내 손을 들어 올리려 했지만, 손끝이 심하게 떨려왔다. 그 모습을 바라보던 경찰이 조심스럽게 나서서 천을 걷어 주었다.

천 아래로 드러난 얼굴은 윤주가 알던 남편의 모습이 아니었다. 하얗다 못해 푸르스름하게 굳은 피부, 닫힌 눈꺼풀 아래 차가운 얼굴. 그녀를 바라보던 따뜻한 눈빛은 어디에도 없었다. 그것은 재훈이 아닌, 차갑고 비현실적인 형상처럼 보였고, 마치 잘못

만들어진 마네킹 같기도 했다. 윤주는 숨을 멈춘 채 앞에 있는 얼굴을 찬찬히 내려다보았다.

한 발 앞으로 다가서자, 울긋불긋한 상처들이 시야에 들어왔다. 얼굴과 몸 곳곳에 남겨진 상흔과 퍼렇게 멍든 자국들을 보니, 재훈이 마지막에 겪었을 고통이 선명하게 그려졌다. 심장이 조여들면서 숨을 쉬기가 힘들었다. 한동안 말없이 서 있던 윤주는 마침내 손을 뻗어 남편의 얼굴을 천천히 쓰다듬었다. 하지만 뺨에 손을 대기도 전에 온몸에 소름이 돋았다. 그 차가움은 남편의 죽음이 현실이라는 사실을 일깨워 주었다. 그녀는 떨리는 목소리로 중얼거렸다.

"아니야……. 이 사람이 아니야. 이건 내 남편이 아니야!"

경찰이 당황한 얼굴로 말했다.

"믿고 싶지 않으시겠지만, 서재훈 씨가 맞습니다."

하지만 윤주는 고개를 세차게 저으며 말을 잘라버렸다.

"아니에요. 제 남편이 이렇게 쉽게……, 이렇게 허망하게 죽을 리 없어요!"

그녀의 목소리가 점점 높아지다 결국 무너져 내렸다. 시신 곁에 주저앉은 윤주는 마침내 소리 내어 울부짖기 시작했다.

"재훈 씨, 당신이 왜 여기에 있어! 난 어떡하라고! 예린이는 어떡하라고!"

그녀의 울음소리가 싸늘한 공기를 가르며 방 안을 가득 채웠다. 마치 두꺼운 얼음이 한꺼번에 깨져 공중에 흩어지는 것만 같았다. 경찰과 영사관 직원은 고개를 떨군 채 아무 말도 하지 못했다. 결국 윤주는 영사관 직원의 부축을 받아 방을 나섰다. 다리에 힘이 풀려 걷는 것조차 버거웠다.

　며칠 후, 재훈의 시신은 화장터로 이송되어 조용히 화장되었다. 윤주는 하얀 유골함을 품에 안고 공항에 앉아 있었다. 품에 안긴 유골함은 너무도 가벼웠다. 이렇게 가벼운 것이 재훈의 전부가 되어버렸다는 게 도무지 믿기지 않았다. 비행기에 오르며 윤주는 그저 흐릿한 눈으로 창밖을 바라보았다. 다시 한국으로 돌아가는 하늘길은 지독하게 길고 고통스러웠다. 그녀의 품에는 이제 재훈이 아닌, 그가 남긴 한 줌의 흔적만이 남아 있었다.

4

집으로 돌아온 윤주는 며칠째 침대에 누워만 있었다. 슬픔의 깊이는 사랑의 깊이와 같아서 아무리 울어도 비워지지 않았다. 남편의 장례식 이후로는 먹어야 한다는 생각도, 눈을 붙여야 한다는 의지도 완전히 사라졌다. 머릿속을 떠도는 건 오직 그때 남편을 붙잡았더라면, 가지 말라고 더 매달렸더라면 어땠을까 하는 후회뿐이었다.

꿈속에 아버지가 나타날 때면 늘 불행이 뒤따랐다. 교통사고를 당하고, 임용고시에 낙방하고, 학원에서 해고당하는 순간마다 아빠는 어김없이 모습을 드러냈다. 그래도 윤수는 아빠를 원망하거나 미워하지 않았다. 그저 자신에게 닥칠 일을 미리 알려주는 예고처럼 받아들였다. 하지만 이번만은 달랐다. 결혼한 뒤로 한동안 잊고 지냈던 아빠를 다시 꿈에서 봤을 때 두려움이 온몸을 죄어왔지만, 이런 일이 일어날 거라곤 상상조차 하지 못했다. 남편의 죽음은 지금껏 겪었던 어떤 불행과도 비교할 수 없는 일이었다.

기억의 파편들이 파도처럼 밀려왔다 사라졌다. 기억은 잊히지 않고 그저 잠들어 있다가 문득 깨어나 윤주를 뒤흔들곤 했다. 눈을 감으면 남편의 옛 모습이 선명하게 떠올랐다. 함께 웃고, 함께 걷던 날들. 그러나 그 뒤를 잇는 건 영안실에 누워있던 창백한 얼굴이었다. 눈을 감으면 오히려 더 선명해졌다. 하얗다 못해 새파래진 얼굴, 차가운 공기, 코를 찔렀던 알코올 냄새. 그때 자신의 몸에 돋아났던 소름들과 곤두섰던 털들까지도. 그건 꿈에서 아빠가 자신의 팔을 붙잡을 때와 똑같은 느낌이었다. 하지만 이제는 아무것도 느껴지지 않았다. 시간이 흐를수록 선명해지는 기억들이 그녀를 더 깊은 침묵으로 밀어 넣었다.

커튼이 드리워진 방은 어둡고 싸늘했다. 방 안을 감싼 침묵이 숨소리보다 더 무겁게 느껴졌다. 희미한 무늬로 덮인 천장이 눈앞을 채웠다. 그 아래 누운 윤주는 허허벌판에 홀로 내던져진 기분이었다. 창밖으로 불빛이 새어 들어왔지만, 그 빛은 그녀에게 아무 의미도 없었다. 눈물에 젖은 이불과 베개가 몸을 감쌌다. 남편이 남긴 흔적들, 그의 냄새가 희미하게 배어 있는 옷가지들이 시야에 들어올 때마다 윤주는 눈을 감아버렸다.

문득 방문 너머로 발소리가 희미하게 들려왔다. 윤주는 눈꺼풀을 천천히 들어 올렸다. 문틈 아래로 가늘고 작은 그림자가 비쳤다. 예린이었다. 아이는 문 앞에서 한참을 서 있었지만, 안으로 들어오지는 않았다. 그림자는 한동안 문 앞을 맴돌더니 결국 사라지고 말았다. 윤주는 고개를 돌리고 길게 숨을 내쉬었다. 멀리서 시계 초침 소리가 흐느끼듯 들려왔다. 여전히 머리는 무겁고 마음이 텅 빈 것처럼 느껴졌다. 한숨을 토해낸 윤주는 마침내 침대에서 몸을 일으켰다.

거실에는 희미한 불빛이 하나 켜져 있었다. 식탁 위에는 반쯤 열린 초코파이 상자와 우유 잔이 어지럽게 놓여 있었다. 의자에 앉은 예린이는 작은 손으로 유리잔을 꼭 쥔 채 고개를 떨구고 있었다. 흘러내린 머리칼 때문에 얼굴이 보이지 않았다. 윤주는 문턱에 서서 예린을 바라보았다. 이윽고 예린이 천천히 고개를 돌려 윤주를 바라보았다. 헝클어진 앞머리 아래 말라버린 눈물 자국이 선명하게 보였다. 불안한 눈빛으로 말없이 윤주를 바라보는 모습이 꿈속에서 아빠를 바라보던 자신과 비슷했다. 목구멍 아래에서 뭔가가 솟구치려는 순간, 예린이가 입을 열었다.

"엄마……."

예린의 목소리는 조심스럽고 낮았다. 윤주는 천천히 나가가 아이 맞은편 의자에 앉았다.

"미안해. 엄마가 예린이 밥도 못 챙겨줬네."

"괜찮아. 나 혼자 먹을 수 있어."

예린은 다시 초코파이를 한입 베어 물었다. 말라붙은 초콜릿 조각들이 입 근처에 눌어붙어 있었다. 문득 오늘이 며칠인지를 떠올렸다. 예린이에게 마지막으로 언제 밥을 챙겨줬는지 기억이 나지 않았다. 자신이 침대에 누워 있는 동안, 아이가 혼자 초코파이와 우유만 먹었다고 생각하니 속이 뜨거운 불에 덴 것만 같았다.

"잠깐만 기다려. 엄마가 밥 챙겨줄게."

윤주는 급하게 주방으로 들어가 냉장고를 열었다. 하지만 오랫동안 열지 않은 냉장고에는 썩기 직전의 채소들과 쉬어빠진 밑반찬 몇 개뿐이었다. 그 흔한 달걀 하나, 소시지 한 조각 보이지 않았다. 옆에 있는 밥통을 열어보았지만, 곰팡이가 잔뜩 핀 식은 밥뿐이었다. 대체 언제부터 이 모양이 된 걸까. 찬장 여기저기를 살펴봤지만, 아이에게 먹일 만한 건 보이지 않았다. 결국 윤주는 식탁으로 돌아와 예린이 앞에 앉았다. 아이는 여전히 초코파이를 먹고 있었다. 입을 오물거리며 먹는 모습이 남편과 똑같았다.

"예린이, 엄마랑 마트 갈까?"

"정말? 예린이 맛있는 거 사줄 거야?"

"그럼. 우리 예린이 뭐 먹고 싶어?"

"음……, 김밥. 엄마가 만들어주는 김밥 먹고 싶어."

"그래, 마트 다녀와서 맛있는 김밥 만들어줄게."

"정말? 신난다!"

아이가 소리를 지르며 좋아했다. 하지만 다시 시무룩한 표정이
되었다.

"엄마, 아직도 많이 아파?"

윤주는 고개를 저으며 미소를 지어 보였다.

"아니야. 조금 피곤해서 그런 거야."

예린은 고개를 끄덕이며 초코파이를 천천히 씹더니, 조용히 말
했다.

"엄마도 초코파이 줄까?"

작은 손이 초코파이 조각을 떼어 윤주에게 내밀었다. 윤주는
잠시 아이를 바라보다가 결국 그 조각을 받아먹었다. 달콤한 맛
이 퍼졌지만, 목구멍이 쉽게 열리지 않았다.

"고마워, 예린아."

"응."

예린은 나지막이 대답하며 다시 우유를 마셨다. 거실의 공기가
조금 누그러진 것 같았다. 윤주는 맞은편에 앉아 초코파이를 천
천히 씹으며 예린의 작은 몸짓을 바라보았다. 우유 잔에 맺힌 물
방울들이 희미한 불빛 아래서 고요히 빛났다.

"예린아, 미안해."

"괜찮아, 엄마. 이제 안 울 거야?"

"응, 이제 괜찮아."

"정말 다 나았어?"

"응. 예린이 보니까 다 나았어."

예린은 활짝 웃어 보이더니 윤주를 향해 두 팔을 벌렸다. 윤주는 식탁에서 일어나 예린에게 다가갔다. 헝클어진 머리에서 쉰내가 풍겼다. 아무 말도 하지 않은 채 무릎을 꿇고 예린을 끌어안았다. 아이의 따스한 체온이 온몸으로 스며들었다. 윤주는 아이를 더 세게 안으며 속삭이듯 말했다.

"예린아, 아빠는 당분간 보기 힘들 거야. 그래도 엄마가 있으니까 괜찮아. 그렇지?"

예린은 잠시 생각하더니 고개를 끄덕였다.

"응, 엄마. 우리 같이 파이팅하자."

"그래, 파이팅."

예린이 활짝 웃었다. 윤주는 눈물을 삼키며 딸의 작은 어깨를 감싸안았다. 예린이 조용히 윤주의 등을 토닥였다. 그 작은 품속에서 윤주는 자신이 더 이상 혼자가 아니라는 사실을 깨달았다. 예린은 그녀에게 남겨진 마지막 희망이자, 살아갈 이유였다. 딸의 잔잔한 심장 박동 소리가 고요한 물결처럼 마음을 어루만졌다. 어쩌면 이 모든 고통은 서로의 온기로만 견딜 수 있는 것인지도 몰랐다. 예린의 따뜻한 체온이 텅 빈 윤주의 마음을 서서히 채워주었다. 두 사람 사이로 말보다도 더 깊은 시간이 흐르고 있었다.

그날 이후, 윤주는 거짓말처럼 자리를 훌훌 털고 일어났다. 마트에 다녀와 냉장고를 채우고, 청소를 하고 세탁기를 돌렸다. 그리고 남편의 물건들을 끄집어내 깨끗하게 정리했다. 대부분은 버렸지만, 남편의 사진과 기억에 남는 소품 몇 가지는 따로 챙겨두었다.

남편이 남긴 것은 예린과 추억뿐만이 아니었다. 아파트 대출금과 여행사 창업비용, 그 모든 것이 그녀의 몫으로 남겨졌다. 골치아프다며 외면했던 고지서들도 무더기로 날아들었다. 세금 납부일, 대출 상환일, 미뤄둔 카드 결제금이 어지러이 달력을 채웠다. 남편이 떠난 후 처음으로 그녀는 이 모든 것을 혼자 감당해야 한다는 사실을 깨달았다.

사실 그녀는 어려서부터 경제관념이 부족한 편이었다. 집안 형편이 좋았던 적은 단 한 번도 없었지만, 대학에 다닐 때부터 과외를 하거나 학원에서 일한 덕분에 그녀 자신은 늘 부족함 없이 살아왔다. 카드 결제일이 언제인지, 얼마인지 거의 신경 써 본 적이 없는 그녀는 결혼한 뒤에도 모든 경제적인 문제를 남편에게 맡겨버렸다. 남편이 있을 때는 문제가 되지 않았던 것들이 이제는 하나같이 복잡하고 어렵게 느껴졌다. 여행사를 정리하며 받은 보증금은 대출금 일부를 갚는 데 쓰였지만, 여전히 남은 빚이 그녀의 삶을 짓눌렀다.

윤주는 생활비를 줄이기 위해 모든 것을 최소화했다. 불필요한 지출은 끊고, 외식은 거의 하지 않았다. 하지만 그것만으로는 부족했다. 결국 윤주는 원장을 찾아가 고등학생 강의를 맡겠다고 제안했다. 예린을 낳은 후로는 초등학생과 중학생 강의만 맡았지만, 더 많은 수입을 위해서는 선택의 여지가 없었다. 다행히 원장은 그녀의 제안을 흔쾌히 수락했다.

문제는 예린이었다. 어린이집에서는 저녁 7시까지만 아이를 돌봐줬기에 강의가 끝날 때까지 아이를 봐줄 곳이 필요했다. 주변의 돌봄 시설을 찾아봤지만, 그 어떤 곳도 마음에 들지 않았다. 늦게까지 아이를 돌봐주는 곳이 몇 군데 있긴 해도 비용이 감당할 수 없을 정도로 높았다. 그녀는 밤마다 책상에 앉아 계산기를 두드렸다. 하지만 계산기 속 숫자들은 그녀의 손가락을 벗어나 끝없이 어긋나곤 했다.

결국 윤주는 친정엄마를 찾아가기로 마음먹었다. 친정엄마는 장례식 이후 잠깐 얼굴을 본 것이 전부였다. 엄마는 딸의 등을 한 번 어루만졌을 뿐 눈물 한 방울 보이지 않았다. 잔정이라곤 없는 엄마의 얼굴을 떠올리는 것만으로도 마음 한구석이 불편해졌다. 하지만 윤주는 더는 선택지가 없다는 사실을 알고 있었다.

일요일 늦은 저녁, 윤주는 예린의 손을 잡고 친정어머니가 운영하는 청주의 칼국숫집 앞에 도착했다. 간판에는 큼직하게 '윤주네 칼국수'라는 이름이 적혀 있었다. 크지 않은 가게 안에서는 손님들의 말소리와 음식을 나르는 소리가 어우러졌다. 겉절이가 맛있다는 소문 덕분에 가게는 늘 붐볐다.

가게 유리문을 열고 들어가니, 손님인 줄 아는 알바생이 어서 오시라며 인사했다. 윤주는 곧바로 입구 반대편에 있는 주방으로 향했다. 엄마는 수십 년 넘게 봐왔던 모습 그대로 국수를 건져 그릇에 담고 있었다. 땀을 닦을 새도 없이 바쁘게 움직이던 엄마는 윤주와 예린을 보자 잠시 손을 멈췄다.

"네가 웬일이냐?"

예상대로 엄마의 목소리는 차가웠다. 엄마는 윤주를 힐끗 보더니 다시 국수 쪽으로 몸을 돌렸다. 윤주는 친정엄마의 반응에 잠시 주저했지만, 결국 마음을 다잡고 예린의 손을 꼭 쥔 채 다가갔다.

"엄마, 나랑 잠깐 얘기 좀 할 수 있어?"

엄마는 대답 대신 국자를 내려놓고 마지막 손님들에게 국수를 내보냈다. 윤주는 예린이 손을 잡은 채 식당 구석에서 한참이나 기다렸다. 얼마 후 알바생과 손님들이 모두 나가자, 엄마는 가게 문을 닫고 의자에 앉았다. 윤주는 조심스럽게 말을 꺼냈다.

"엄마……, 예린이를 좀 봐주면 안 돼? 도저히 맡길 데가 없어서……."

엄마는 윤주의 말을 끝까지 듣지도 않았다. 그녀는 헛웃음을 짓더니 윤주의 얼굴을 똑바로 바라보며 말했다.

"행여라도 나한테 기대려는 생각은 하지 마라. 사위가 죽은 건 안타깝지만, 너도 이제 강하게 살아야지. 나처럼."

엄마의 말은 윤주의 가슴에 날카로운 화살처럼 꽂혔다.

"엄마, 나도 열심히 살아보려고 이러는 거잖아. 이럴 때 엄마가 좀 도와주면 안 돼?"

엄마는 한숨을 쉬며 두 손을 무릎 위에 올렸다.

"나도 네가 힘든 거 알아. 그래도 어쩌겠니? 독하게 마음먹고 이겨내야지."

"엄마, 계속 봐달라는 게 아니고, 나 자리 잡을 동안만이야. 그 것도 안 돼?"

"예린이는 네 딸이고, 네가 책임져야만 해."

"엄마, 어떻게 이럴 수 있어? 세상에 남은 가족이라곤 엄마뿐 인데!"

윤주가 울부짖듯이 말했다. 하지만 엄마의 차가운 표정은 절대로 바뀌지 않았다.

"나는 네 외할머니 때부터 이렇게 혼자서 살아왔어. 이젠 네 차 례가 온 것뿐이야."

엄마가 말은 그리 해도 딸이 굳건하게 헤쳐 나가길 바란다는 건 모르지 않았다. 하지만 막상 그런 말을 들으니 딱지 속 생채기를 쥐어뜯는 것만 같았다. 윤주는 애써 눈물을 참으며 예린의 손을 다시 잡았다.

　가게를 나와 예린과 함께 천천히 걸었다. 어두워진 밤거리 사이로 차가워진 바람이 몰려들었다. 윤주는 예린이 손을 꽉 쥔 채 인적이 드문 버스 정류장을 향해 터벅터벅 걸었다. 예린이 윤주를 올려다보며 조심스럽게 물었다.

　"엄마, 외할머니가 나 싫대? 그래서 안 봐준대?"

　윤주는 발걸음을 멈추고 예린이를 바라보았다. 깜찍한 두 볼이 움푹 패어 있었다. 윤주는 억지로 웃어 보이며 예린이에게 말했다.

　"아니야, 예린아. 외할머니가 우리 예린이 얼마나 예뻐하시는데. 바쁘셔서 그래."

　"나 외할머니 말 잘 들을 수 있는데……."

　"걱정 마, 우리 딸. 엄마가 더 열심히 할게."

　예린은 고개를 끄덕이며 윤주의 손을 더 꼭 잡았다. 너무나 작고 가녀린 손이 가슴 한쪽을 시리게 했다.

　그날 밤, 윤주는 잠든 예린을 물끄러미 바라보았다. 가늘게 오르내리는 아이의 숨결이 규칙적이었다. 불이 꺼진 방 안은 쥐 죽은 듯 조용했다. 예린이 잠든 걸 확인한 윤주는 천천히 자리에서 일어나 컴퓨터 앞에 앉았다. 아파트 근처에서 오래전부터 아이들을 돌봐주던 아주머니 한 분을 찾긴 했지만, 월급의 절반 이상을 그분께 드려야 했다. 그 돈을 지출하면 대출금과 카드값을 감당하기 어려웠다. 하지만 주말까지 해결책을 찾지 못하면 어쩔 수 없이 그분께 예린을 맡길 수밖에 없었다.

컴퓨터를 끄고 창문을 열었다. 찬바람이 잠옷 사이로 스며들었다. 하늘을 올려다보니 크림색 반달이 희미하게 떠 있었다. 검은 하늘 위로 말없이 자신을 도와주던 남편의 얼굴이 떠올랐다. 남편은 학원 강의로 지친 윤주를 대신해 아이를 돌보고, 새벽이면 서툰 손길로 이유식을 만들었다. 어린이집 등·하원도 언제나 그의 몫이었다. 주말이면 윤주를 쉬게 하려고 아이를 데리고 외출했고, 늦은 오후가 되어서야 돌아오곤 했다. 두 손엔 그 주에 먹을 국이나 반찬과 함께 따뜻한 커피가 들려 있었다.

윤주가 강사 일을 하며 육아와 살림을 감당할 수 있었던 것도 남편의 조용한 돌봄 덕분이었다. 그건 사랑에서 비롯된 배려였고, 또 가족이라는 울타리 안에서 자연스럽게 주고받던 보살핌이었다. 울음을 터뜨린 아이를 안아 달래던 품, 밤늦게 돌아온 그녀의 어깨를 말없이 주물러주던 두툼하고 따뜻한 손. 그 손은 윤주에게 세상에서 단 하나뿐인 울타리였다. 그 손을 떠올리자, 가슴 깊은 곳에 그리움이 밀려왔다. 하지만 그것은 단지 지나간 사랑에 대한 아쉬움만은 아니었다. 지금, 윤주에겐 예린 곁을 지켜줄 누군가가 절실히 필요했다.

엄마의 단호한 거절은 예상했으면서도 깊은 상처로 남았다. 윤주가 필요로 했던 건 단지 예린을 맡아줄 보호자만이 아니었다.

사실 그녀 자신에게도 엄마가 필요했다. 남편이 떠난 세상에서 퇴근 후 따뜻한 밥을 차려주고, 산더미 같은 집안일을 대신 해주고, "오늘 하루 어땠니?" 하고 조용히 물어줄 사람. 그 역할을 해줄 수 있는 사람이 이제는 엄마뿐이라고 윤주는 생각했다.

이 나이에 여전히 엄마를 찾는다는 게 우스운 일일지도 몰랐다. 하지만 숨 가쁘게 돌아가는 삶 속에서, 정말로 엄마의 도움이 전혀 필요 없는 사람이 얼마나 될까. 직장에 다니는 친구들도, 육아에 매달리는 후배들도, 모두 친정엄마의 손길 덕분에 하루하루를 버텨냈다. 전업주부인 친구들조차 때때로 아이를 맡기며 겨우 숨을 돌렸다. 시간이 흐를수록 윤주는 점점 더 분명하게 깨달았다. 결국 삶의 무게를 가르는 것은 가진 것이 아닌, 곁에 누가 있는가였다. 특히 여자들에게는 더욱 그랬다.

생각해 보면 참 이상한 일이었다. 세탁기는 스스로 돌아가고, 로봇이 바닥을 쓸고, 냉동실에는 반찬이 가득한데도, 사람들은 여전히 엄마를 찾았다. 아이도, 어른도, 다르지 않았다. 아이를 맡아주고, 밥을 챙겨주고, 감기 기운이 도는 날이면 말없이 약을 건네주고, 말이 없어도 마음을 알아채는 사람은 오직 엄마뿐이었다.

가끔 상상해 본 적도 있었다. 만약 그런 일을 대신힐 수 있는 AI 로봇이 있다면, 정말로 엄마는 필요 없게 되는 걸까. 하지만 윤주는 알고 있었다. 진짜 바라는 건 단순한 편리함이나 집안일의 분담이 아니란 걸. 피곤한 하루의 끝을 눈빛 하나로 마음을 어루만지고, 따뜻한 국 한 그릇으로 숨을 돌리게 해주는 엄마를 그 누구도 대신할 수는 없었다. 결국 돌봄이란, 몸을 돌보는 일인 동시에 마음을 품어주는 일이었다. 그리고 지금, 윤주에겐 자신의 모든 걸 돌봐줄 엄마가 너무도 필요했다.

한동안 창밖을 바라보던 윤주는 창문을 닫고 예린의 곁으로 돌아왔다. 창가를 타고 스며든 달빛이 두 사람의 얼굴 위로 부드럽게 흘렀다.

5

어린이집에서 전화가 온 건 윤주가 학원에서 한창 수업 준비를 하고 있을 때였다. 중간고사 기간이라 학생 수준에 맞는 시험지를 프린트하고, 정리 노트를 만드느라 눈코 뜰 새가 없었다. 점심도 거른 채 책상 앞에 앉아 있던 윤주는 핸드폰 화면에 뜬 발신자 이름을 확인하곤 곧바로 전화를 받았다.

"여보세요?"

"예린이 어머님이시죠?"

"네, 맞는데요. 예린이한테 무슨 일 있나요?"

"예린이가 아침부디 도하고 설사를 해서요. 지금 바로 병원으로 데려가야 할 것 같은데, 어쩌죠?"

순간 윤주의 머릿속이 새하얘졌다.

"네, 지금 바로 가겠습니다."

윤주는 원장에게 사정을 말한 뒤 곧바로 어린이집으로 향했다. 하지만 예린은 이미 병원으로 옮겨진 뒤였다. 윤주는 다시 병원으로 차를 몰았다. 정신없이 달리는 바람에 몇 번이나 신호를 어길 뻔했지만, 다행히 병원은 그리 멀지 않았다.

병원 대기실에서 만난 어린이집 원장은 피곤한 기색이 역력했다. 윤주를 본 원장은 인상을 찌푸리며 곧장 말을 꺼냈다.

"이렇게 아픈 아이를 어린이집에 보내시면 어떡해요. 열도 심했는데 그냥 보내셨더라고요. 저희도 아침부터 난감했어요."

윤주는 원장의 말에 죄송하다고 몇 번이나 고개를 숙였다. 하지만 원장은 냉담하게 고개를 저었다.

"폐렴이라는데 다행히 심각하지는 않다고 하네요. 오늘은 제가 다행히 있어서 병원에 데려왔지만, 다음부터는 절대 이런 일 없게 해주세요."

그녀는 아무 말도 하지 못하고 예린이 있는 병실로 향했다. 병실 침대 위에서 예린은 창백한 얼굴로 잠들어 있었다. 윤주는 침대 곁에 앉아 딸의 얼굴을 쓰다듬었다.

"미안해, 예린아. 엄마가 잘못했어."

눈물이 그녀의 뺨을 타고 흘렀다. 그때 학원 원장으로부터 전화가 걸려 왔다.

"최 선생님. 아이는 괜찮은가요?"

"네, 병원에 입원했는데 며칠 두고 봐야 할 것 같아요. 이런 일이 생겨 죄송합니다."

"애들 키우다 보면 어쩔 수 없죠. 그런데 아이를 봐주실 분이 한 분도 안 계세요?"

윤주는 원장의 물음에 아무 말도 하지 못했다. 세상천지 아무도 없는 고아가 된 느낌이었다. 원장이 말을 이었다.

"수업은 걱정하지 마세요. 저랑 정 선생님이랑 돌아가면서 보강하기로 했으니까."

"정말 감사합니다."

"이번은 처음이니까 넘어가는데, 자꾸 이런 일이 반복되면 저희도 곤란해요. 수업은 어떻게 해결한다고 쳐도, 학부모님들 항의는 막을 수가 없거든요. 다음부턴 부모님께라도 부탁하시든지, 아니면 다시 초등반으로 내려가시는 게 좋겠어요."

원장은 윤주가 뭐라 하기도 전에 전화를 끊어버렸다. 전화기 너머 원장의 냉랭한 목소리가 마치 무거운 돌처럼 그녀의 가슴을 짓눌렀다. 핸드폰을 내려놓은 그녀는 병실 의자에 앉아 빨갛게 달아오른 딸아이의 얼굴을 바라보았다. 가늘게 눈을 뜨고 있는 아이는 숨 쉬는 것조차 힘겨워 보였다. 사실 딸의 상태가 좋지 않다는 건 이미 알고 있었다. 알면서도 어쩔 수 없었다. 그저 딸이 이겨내 주기만을 바랐던 자신이 한심하게 느껴졌다. 윤주는 흐르는 눈물을 닦으며 무슨 수라도 써야겠다고 생각했다. 그 순간, 병실 문이 열리며 간호사가 들어왔다.

"보호자분, 먼저 수납부터 해주시고요. 의사 선생님께 내일까지 경과를 지켜보자고 하시네요. 열은 많이 내렸으니까 너무 걱정 마세요."

윤주는 고개를 끄덕이며 겨우 미소를 지어 보였다. 하지만 자꾸만 무너져 내리는 마음은 어쩔 수 없었다. 수납하려고 병실을 나서려는데 또다시 전화벨이 울렸다. 휴대전화를 꺼내 보니 시어머니였다. 친정엄마와 다르게 잔정도 많은 시어머니는 일주일에도 몇 번씩 전화해 윤주와 예린의 안부를 물었다.

"윤주야, 집에 별일 없니?"

시어머니가 미처 인사를 드리기도 전에 안부를 물어왔다.

"어머님……,"

윤주는 그동안 쌓였던 감정이 폭발하듯 울음을 터뜨렸다.

"너 우니? 왜 그래? 무슨 일이야?"

"예린이가 조금 아파요. 지금 병원이에요. 저 어떡해요, 어머니?"

잠시의 침묵 끝에 시어머니는 차분한 목소리로 말했다.

"알았다. 내가 올라갈 테니 걱정 말아라."

"네? 아니에요, 괜찮아요."

"괜찮긴 뭐가 괜찮아? 네 사정 뻔히 아는데."

"……"

"나한테까지 체면 차릴 필요 없다. 도움이 필요하면 그냥 도와 달라고 해. 내가 너희 아니면, 지금까지 살아있을 이유가 뭐가 있겠니."

"죄송합니다, 어머님. 이런 일로 오시게 해서."

"그냥 고맙다고 해. 난 그걸로 충분하다."

"네, 감사합니다, 어머님."

윤주가 울먹이며 말했다.

"그래, 난 그냥 뭐라도 해주고 싶어. 너희에게 도움이 된다면 말이다."

어머니의 말을 들은 윤주는 그간 참아왔던 숨을 토해냈다. 그리고 전화기를 붙들고 오래도록 울었다.

다음날, 택시 운전사의 전화를 받고 경비실 앞으로 달려갔을 때 시어머니는 손에 작은 옷 가방 몇 개를 들고 서 있었다. 평소 깔끔하게 정돈했던 단발머리가 살짝 흐트러졌지만, 시어머니는 단호한 표정으로 고개를 들었다. 병원에서 전화로 올라오신다고는 하셨지만, 이렇게 일찍 도착하시리라곤 생각지도 못했다.

시어머니는 많이 배우지는 못하셨어도 사람을 다루는 네 능숙한 분이었다. 언제 사람을 칭찬해야 하는지, 언제 꾸짖어야 하는지 정확히 간파했다. 그런 시어머니는 짧은 말로도 사람을 쉽게 변화시켰다. 결혼 후 자연스럽게 삶의 방식을 바꿔나가는 자신을 보며 시어머니가 굉장히 영리한 분이란 걸 깨달았다. 시어머니가 짐보따리 중 하나를 윤주에게 내밀었다.

"어머님……, 오셨어요?" 윤주가 짐을 들며 말했다.

시어머니는 피곤해 보였지만, 미소를 지으며 고개를 끄덕였다.

"죄송해요. 이런 일로 오시게 해서."

"그런 소리 마라. 예린이 일인데 당연히 내가 와야지."

어머니가 도톰한 외투에 붙은 머리카락을 떼며 말했다. 누비로 만들어진 인디언 핑크빛 외투는 몇 년 전 남편이 생신 때 사드린 선물이었다. 어머니의 외투를 보니 완연해진 가을이 느껴졌다. 그때까지도 윤주는 나일론 소재의 얇은 티셔츠를 입고 있었다.

"어머니, 예린이가 병원에 있는 동안에만 좀 부탁드릴게요."

"그럴 거 없다. 앞으로 예린이는 내가 봐줄 테니 넌 걱정 말고 일이나 하거라."

"앞으로 계속요? 그럼, 농사일은 어쩌시려고요?"

"사실 재훈이 보내고 나서 모두 정리했어. 전부터 근처에 우리 논을 자기한테 팔라고 졸라대던 사람이 하나 있었거든."

시어머니는 그렇게 말하고 성큼성큼 걸어가셨다. 당황한 윤주는 빠른 걸음으로 시어머니를 쫓았다. 현관에 들어서자, 시어머니는 집안 곳곳을 둘러보셨다. 그제야 윤주는 여기저기에 널린 빨래들과 장난감들을 부리나케 정리했다. 대충 정리한다고 했는데도 그 모양이었다. 시어머니는 예린이의 스케치북과 책들을 한쪽으로 치우더니 소파에 앉으셨다. 윤주는 재빨리 주방으로 들어가 따뜻한 유자차와 과일을 내왔다. 맛이 좋다며 드시는 시어머니에게 윤주가 조심스럽게 물었다.

"땅을 모두 정리하셨다고요? 그럼, 집은요?"

"네 전화 받고 집도 어제 그이한테 넘겨버렸어."

"집이랑 땅을 모두 넘기셨다고요? 왜요?" 윤주가 놀라 물었다.

"너희 사정 뻔히 아는데, 어떻게 두고 보겠니. 여기저기서 돈 달라고 성화일 텐데."

시어머니의 말에 윤주는 아무 말도 하지 못했다. 남편의 장례를 치를 때만 해도 이런 날이 오리라곤 상상조차 하지 못했다. 세상은 윤주에게서 남편만 빼앗아 간 게 아니었다. 경제적인 여유도, 몸의 여유도 앗아가 버렸다. 그 때문에 시어머니까지 신경 쓸 겨를이 없었다. 결국 남편을 잃은 자신이 슬픔에 빠져 있을 때, 하나뿐인 아들을 잃은 시어머니는 자신과 예린이를 걱정하고 계셨던 모양이었다. 그제야 윤주는 시어머니가 그간 눈물 한 번 보이지 않고, 묵묵히 장례식 절차에만 매달렸는지 이해가 갔다. 어머님은 남겨진 손녀와 며느리를 위해 슬픔을 참고 견디고 계셨던 것이었다.

갑자기 가슴 한쪽이 시려왔다. 목숨보다 귀하게 여기셨던 땅을 파시다니. 증조할아버지께서 마련하셨다는 그 땅은 시부모님에게 삶의 터전이자 전 재산이었다. 그 말인즉, 수많은 고비에도 놓지 않았던 땅을 며느리와 손녀를 위해 기꺼이 내놓으셨다는 의미였다.

"윤주야," 시어머니는 담담한 목소리로 이어갔다.

"네가 얼마나 힘든지 안다. 아무리 세상이 좋아졌다고 하지만, 여자 혼자 애 키우는 게 쉽겠니?"

시어머니의 말에 윤주는 아무 말도 하지 않았다. 꽁꽁 얼어붙었던 마음이 녹아내리는 것 같았다. 남편의 죽음을 슬퍼할 겨를도 없이 생계에 매달리다 보니, 마음을 추스를 시간이 없었다는 걸 그제야 깨달았다. 어머니가 계속 말을 이었다.

"재훈이가 그렇게 떠나고, 사실 나도 살고 싶지가 않더구나."

"어머님……"

결국 윤주는 눈물을 터뜨리고 말았다. 듣기만 해도 좋았던 남편의 이름을 이제는 영원히 부를 수 없다고 생각하니 도저히 참을 수가 없었다.

"그래도 산 사람은 살아야 하지 않겠니? 게다가 우리에겐 예린이가 있잖니."

그렇게 말하는 시어머니의 눈에도 눈물이 고이기 시작했다.

"넌 이제 우리 집 가장이다. 그러니 집안 살림이랑 예린이는 내가 책임지마. "

"어머님……, 감사합니다. "

윤주는 눈물이 앞을 가려 더 이상 말을 잇지 못했다.

"네가 예린이를 잘 키워주는 것만으로도, 나에겐 큰 위안이다. 이제 우리 같이 앞일을 생각해 보자꾸나."

어머님이 윤주의 어깨를 가만히 안으셨다. 따뜻한 어머님의 체온이 그대로 윤주에게 전해졌다. 한동안 어머님 품에 안겨 있던 윤주가 눈물을 닦고 희미하게 웃었다.

6

학원에서 밤늦게 돌아온 윤주는 점심 무렵이 되어서야 눈을 떴다. 그런데 어딘가 이상했다. 집 안은 놀랄 만큼 조용했고, 예린의 기침 소리조차 들리지 않았다. 불안한 마음에 윤주는 조심스레 거실로 나왔다. 그리고 주위를 둘러보는 순간, 눈이 휘둥그레졌다. 먼지가 내려앉았던 가구는 반질반질 윤이 났고, 소파 위엔 티끌 하나 없었다. 거실 여기저기에 흩어져 있던 예린의 장난감은 바구니에 가지런히 담겨 있었고, 동화책도 모두 제자리에 꽂혀 있었다.

주방에서 나는 소리를 따라가 보니, 시어머니가 조리대 앞에 서서 무언가를 만들고 계셨다. 가스레인지에선 된장찌개의 구수한 냄새가 피져 나오고, 식탁 위에는 달걀찜과 시금치 무침, 겉절이, 따뜻한 밥까지 가지런히 차려져 있었다. 그 광경 앞에서 윤주는 한동안 걸음을 멈춘 채 말없이 서 있었다.

"어머니…… 이게 다 뭐예요?"

믿기지 않는 듯 묻는 윤주의 목소리에, 시어머니가 행주로 손을 닦으며 고개를 들었다.

"일어났니? 늦게까지 일하고 오는데, 밥이라도 잘 먹어야지."

"세상에, 이걸 다 하신 거예요?"

"가짓수만 많지, 별거 없다."

시어머니는 대수롭지 않다는 듯 웃으며 대답했다.

"그런데…… 예린이는요?"

"밥 먹여서 어린이집에 데려다줬지. 그 어린 게 얼마나 야무진지, 알아서 잘 들어가더구나. 오는 길에 마트가 보여서 이것저것 좀 사 왔다."

"죄송해요, 어머님. 제가 좀 더 일찍 일어나야 하는데."

"그럴 거 없다. 새벽에 온 거 아는데. 어서 밥 먹어라."

윤주는 엉거주춤 식탁 앞에 앉았다. 윤주는 눈앞에 차려진 밥과 반찬들을 보고도 믿어지지 않았다. 갓 지은 밥과 김이 모락모락 나는 찌개까지, 이런 따뜻한 밥을 먹어본 게 언젠지 기억조차 나지 않았다. 마치 오랜 여행 끝에 집에 돌아와 집밥을 먹는 기분이었다.

"어머님은 식사하셨어요?"

"예린이랑 같이 먹었어. 예린이가 편식도 안 하고 밥을 잘 먹더구나."

"네, 재훈씨 닮아서 그런 것 같아요."

윤주가 순간 멈칫했다. 잠시 어색함이 흘렀다. 어머님이 황급히 다른 이야기를 꺼냈다.

"이 근처에 다른 마트는 없니? 물건이 영 시원치가 않더구나."

"아, 거긴 채소가 별로라서 저도 잘 안 가요. 조금 더 가면 직거래 장터가 있는데, 물건도 좋고 가격도 싸요. 일요일엔 학원 쉬니까, 그때 같이 가요, 어머님."

"그래, 그러자꾸나. 어서 밥 먹어라. 입에 맞을라나 모르겠다."

윤주는 밥을 가득 퍼서 입으로 가져갔다. 같은 쌀인데도 이상하게 밥맛이 좋았다. 이번에는 뚝배기에 담긴 된장찌개를 맛보았다. 칼칼하고 구수한 된장찌개의 맛이 입안에 퍼지자, 갑자기 눈물이 핑 돌았다.

"정말 맛있어요, 어머님."

어머님은 대답 대신 그저 웃어 보이시더니 다시 주방으로 향하셨다. 윤주는 고개를 파묻은 채 허겁지겁 밥을 먹기 시작했다. 따뜻한 음식들이 허한 속을 가득 채워주었다.

식사가 끝나자, 어머님이 다시 윤주 앞에 앉으셨다. 그리고 윤주에게 낡은 통장과 도장 하나를 내미셨다. 윤주가 놀란 눈으로 물었다.

"어머님, 이게 뭐예요?"

"땅이랑 집 처분한 거다. 얼마 되지 않지만, 너한테 도움이 되었으면 좋겠구나."

"어머님, 이걸 왜 저한테 주세요. 예린이 봐주시는 것만으로도 감사한데요."

"예전에 네가 그랬잖니. 작은 공부방 하나 얻어서 강의하면 좋겠다고."

"그걸 여태 기억하세요?"

"학원에서 일하는 것도 좋지만, 너도 네 학원을 차리는 게 좋지 않겠니? 수입도 훨씬 나을 테고."

"그렇긴 하지만, 제가 이 돈을 어떻게 써요? 어머님 목숨 같은 돈인데."

"내 목숨이 너한테 달린 거 모르겠니? 지금 당장 학원을 차리긴 힘들겠지만, 시작만이라도 할 수 있게 도와주고 싶어."

"어머님……."

윤주는 목이 메어 아무 말도 할 수 없었다. 그저 하염없이 눈물만 흘릴 뿐이었다.

"나도 투자하는 거니 너무 마음 쓰지 마라. 누가 아니? 며느리 덕에 말년에 호강할지."

어머님은 윤주의 등을 쓰다듬으며 미소 지으셨다. 윤주도 눈물을 닦고 환하게 웃었다.

그렇게 세 여자의 동거가 시작되었다. 윤주에게 시어머니는 도파민과 같았다. 스트레스를 받으면 그를 상쇄하기 위해 분비된다는 도파민은 잠시 고통을 잊게 해준다고 했다. 하지만 고통 자체가 완전히 사라지는 건 아니었다. 그래도 좋았다. 시어머니가 곁에 있어서 윤주는 잠시나마 고통을 잊을 수 있었고, 희망 비슷한걸 가지게 되었다. 그 희망이란 언젠간 자신도 남들처럼 살 수 있다는, 평범하게 웃고 떠들 수 있다는, 그런 작은 것이었다.

다음날부터 시어머니는 매일 아침 예린을 어린이집에 데려다주고 집안일을 도맡았다. 식탁에는 늘 따뜻한 국이 놓였고, 세탁기 옆엔 개켜진 빨래가 조용히 쌓여 있었다. 무심코 지나치던 작은 일상들이 제자리를 찾아가자, 힘겨웠던 기억들도 시서히 희미해져 갔다.

✦✦✦

이듬해 봄, 윤주는 학원을 나와 작은 상가에 공부방을 열어 과외를 시작했다. 학원 수업은 학생 개개인의 수준을 세심하게 따라가기엔 한계가 있었다. 실력이 뛰어난 아이들이나 조금 더디게 배우는 아이들은 제자리를 찾기 어려웠다. 윤주는 오래도록 고민해 왔던 자신만의 수업 방식을 꺼내 놓았다. 학원식 강의와 일대일 과외의 장점을 절묘하게 결합한 방식이었다. 윤주는 그간의 경험과 노하우를 다듬고 조율한 끝에, 새로운 커리큘럼과 자체

제작한 교재를 완성했다.

윤주의 실력을 아는 학생들이 하나둘씩 공부방으로 모여들었다. 학생들의 성적이 향상되었다는 소식에 학부모 상담도 줄줄이 이어졌다. 당연히 수입도 늘어났고, 대출금과 카드 결제로 인한 불안함도 깨끗이 사라졌다. 예린이도 점차 안정을 찾아가면서 윤주는 더 많은 과외 수업을 맡을 수 있었다. 얼마 후 고등학생들 사이에서 그녀는 실력 있는 강사로 이름을 알리게 되었다.

새벽이 되어 집에 돌아오면 예린이는 어머니와 안방에서 편하게 잠들어 있었다. 윤주가 일어났을 땐 예린이는 어린이집으로 이미 사라진 후였고, 주말이나 돼서야 얼굴을 볼 수 있었다. 하지만 예린이는 별로 불만을 갖지 않는 듯 보였다. 시간이 지날수록 편해지는 딸의 모습을 보며 윤주의 마음 깊이 자리했던 초조함과 불안함도 서서히 옅어졌다.

일요일이 되면 시어머니와 윤주는 예린이를 데리고 마트로 향했다. 차로 오 분 거리에 있는 '싱싱장터'는 지역농산물로만 구성된 로컬푸드 마트였다. 농사를 지으셨던 어머님은 유독 그곳의 채소와 과일을 좋아하셨다. 마트에 들어서면 어머니와 예린이는 카트가 넘치도록 배추와 무, 가지, 사과 등을 남으셨다. 윤주가 만들어진 반찬이나 포장된 고기를 사던 때와는 사뭇 다른 풍경이었다.

"윤주야, 이 가지 좀 봐라. 세상에, 내가 키웠던 것보다 훨씬 싱싱하구나."

"할머니, 나 사과 사줘. 예린이 사과 먹고 싶어."

"그러자꾸나. 내 새끼가 먹고 싶다는데 당연히 사야지."

어머님은 예린이의 손을 잡고 사과가 있는 매대로 향하셨다. 마트 안을 오가는 어머님의 모습을 보니 예전 남편과 함께 장을 봤던 기억이 떠올랐다. 그때는 남편이 주는 안정감과 편안함이 얼마나 큰지 잘 알지 못했다. 그리고 자신이 얼마나 행복한 지도.

윤주는 오랫동안 자신과 재훈을 원망했다. 그날 말레이시아로 떠나는 남편을 막지 못했던 자신과 주검으로 돌아온 남편을. 하지만 이제는 재훈을 용서할 수 있을 것 같았다. 그리고 재훈을 책망했던 자신까지도.

어쩌면 행복이란 지금처럼 아무 걱정 없는 찰나의 순간인지도 몰랐다. 남편의 죽음 이후로 그녀의 삶은 과거의 상처와 후회로 가득했다. 그러나 어머니와 예린이가 함께 웃으며 사과를 고르는 모습을 바라보는 것만으로도 그녀는 묘한 평온을 느낄 수 있었다. 마트의 밝은 조명 아래, 사람들의 웃음소리와 과일 진열대에서 나는 신선한 향기가 그녀의 마음을 어루만졌다.

사람들 사이로 어머니와 예린이의 웃음소리가 들려왔다. 윤주는 목소리를 따라 앞으로 걸어갔다. 두 사람은 사과 매대 앞에 설치된 시식 코너에 있었다.

"윤주야, 사과가 엄청 달다! 이걸로 아예 한 박스 살까?"

"할머니, 그렇게 많이? 예린이 돼지 아닌데."

어머니와 예린이가 장난스레 주고받는 대화를 들으며 윤주는 살짝 미소 지었다. 카트가 넘치도록 채운 어머니가 웃으며 말했다.

"오늘 저녁엔 예린이가 좋아하는 갈비찜 할까? 갈비찜에 사과 넣으면 달큼하니 맛있거든."

"진짜요? 와, 신난다!!"

예린의 해맑은 얼굴을 보며 윤주는 마음 깊은 곳에서 뜨거운 무언가가 올라오는 걸 느꼈다. 정체를 알 수 없었지만, 슬픔과 후회가 아닌 것만은 확실했다. 어머니가 예린의 머리를 쓰다듬으며 다정히 말했다.

"우리 손녀가 그렇게 좋아하면 할머니가 열 번이라도 만들어주지."

그렇게 세 사람은 다시 걸음을 옮겼다. 마트 안의 소란 너머로 세 사람만의 작고 평화로운 시간이 흐르고 있었다. 윤주는 그 안에서 오래 비워두었던 조각 하나가 조용히 제자리를 찾는 것을 느꼈다.

그닐 저녁 윤주는 시어머니와 예린이와 함께 고깃집으로 향했다. 아파트 뒷골목에 있는 갈빗집은 남편과 자주 갔던 곳이었다. 고기도 맛있는 데다가 가격도 저렴해 예약 없이는 갈 수 없을 정도로 인기가 많은 집이었다. 시간이 이른 탓인지 다행히 테이블

몇 개가 비어 있었다.

식당에 들어서자, 돼지갈비가 불판 위에서 지글지글 익어가는 소리가 가게 안을 가득히 메우고 있었다. 세 식구는 금강이 내다보이는 창가에 자리 잡았다. 창문 밖으로 활짝 핀 벚꽃과 금강의 윤슬이 선명하게 보였다.

"어머님, 오늘은 제가 쏠게요. 많이 드세요."

"그냥 집에서 먹으면 될 텐데……."

어머니가 메뉴를 들여다보시며 말했다. 말씀은 그렇게 하셔도 싫은 표정은 이니었다.

"할머니, 여기 고기 엄청 맛있어요. 할머니도 많이 드세요, 네?"

"아이고, 내 새끼. 그래 엄마가 쏜다니 맛있게 먹자꾸나."

시어머니가 모처럼 환하게 웃으셨다. 윤주도 적당히 구워진 갈비를 입에 넣었다. 혀끝에서 단맛이 느껴졌다. 원래 갈비가 이렇게 맛있었나. 그러고 보니 아무 맛도 느끼지 못했던 밥이 언제부턴가 달게 느껴졌다. 떫고 쓰기만 했던 그녀의 삶도 하얀 쌀밥처럼 씹을수록 담백하고 달큼해지고 있었다. 하지만 윤주는 그런 내색을 아무에게도 드러내지 못했다. 어쩐지 입으로 내뱉으면 그 맛이 사라질 것 같아서였다.

고기를 정신없이 먹은 세 사람은 후식 냉면까지 말끔히 비운 뒤에야 식당을 나섰다. 집으로 가는 길에 근처 아이스크림 가게에 들러 예린이 가장 좋아하는 딸기 아이스크림을 하나 주문했다. 작은 플라스틱 숟가락으로 아이스크림을 쉴 새 없이 떠먹는 예린의 모습에 시어머니의 눈빛이 한층 부드러워졌다. 예린은 입가에 아이스크림을 묻힌 채 윤주를 향해 환히 웃어 보였다. 윤주는 웃으며 냅킨을 들어 예린의 입가를 조심스레 닦아주었다. 두 사람의 미소 너머, 시어머니도 조용히 웃고 있었다. 창밖으로는 분홍빛 벚꽃이 가로등 불빛을 따라 조용히 흩날렸다.

2부

달과 어둠

1

"어머님, 뭐 하세요?"

잠옷 차림의 윤주가 하품하며 거실로 나왔다. 입동이 지나서인지 실내 공기가 제법 서늘했다.

"응, 일어났니?"

소파에 앉은 시어머니는 손거울을 들고 있었다. 머리를 만지던 손끝에서 새치 한 올이 조심스레 뽑혀 나왔다. 희끗희끗해진 머리칼이 거슬리는 모양이었다.

"어머님, 그냥 미용실 가서 염색하세요."

윤주가 소파 한쪽에 앉으며 말했다.

"이 나이에 뭐 하러. 괜히 돈만 아깝지. 한 번 하기 시작하면 계속하게 되잖니."

어머니는 서리가 내린 듯 희끗해진 머리를 거울에 비추며 한참을 바라보았다.

"염색 요즘 별로 안 비싸요. 다들 그렇게 하잖아요."

그러자 어머니가 거울을 내려놓으며 웃듯 말했다.

"그런 말 말고, 너나 미용실 좀 다녀와."

"저요? 왜요?"

"고개 좀 숙여 봐. 정수리에 흰머리 보이더라."

어머니는 손끝으로 윤주의 머리 위를 살짝 짚으며 말했다. 윤주는 손거울을 받아 조심스럽게 정수리를 비춰 보았다. 머리카락 사이로 희끗희끗한 가닥들이 드문드문 섞여 있었다. 그보다 먼저 눈에 들어온 건 거울 속 자신의 얼굴이었다. 눈 아래 짙어진 기미와 옅은 주름, 예전보다 퀭해진 눈매까지, 불혹이라는 나이가 또렷하게 느껴졌다. 그러고 보니 시어머니도 어느덧 예순을 훌쩍 넘기셨다. 거울 속으로 윤주와 시어머니의 얼굴이 겹쳐 보였다.

어머니가 집에 들어온 지도 어느덧 다섯 해가 지났다. 그 사이 윤주와 예린의 삶도 조금씩 자리를 잡아갔다. 유치원에 다니던 예린이도 어느덧 초등학교 고학년이 되어 있었다. 예린은 남편을 닮아 성장이 느린 편이었지만, 학교에서 반장을 도맡을 만큼 성격도 밝고 책임감도 강했다.

시어머니는 그런 예린이를 언제나 단정하고 바르게 키우려 애썼다. 흐뭇한 얼굴로 손녀를 바라보다가도 공부에 게을러지거나 태도가 흐트러지면 단호하게 꾸짖었다. 예린이는 처음엔 입을 삐

죽이다가도, 이내 할머니를 끌어 안으며 볼을 비벼댔다.

그렇게 부대끼며 살아가는 두 사람을 바라볼 때마다, 윤주는 어딘가 단단히 보호받고 있다는 기분이 들었다. 기대고 싶은 사람이 있고, 자신을 기대오는 사람이 있다는 것. 그 중간 어딘가에서 균형을 잡은 지금의 삶은 윤주가 오랫동안 간절히 바랐던 평범한 일상의 모습이었다. 한때 꿈꿨던 완벽한 삼각형─남편과 아내, 그리고 아이로 이루어진 안정된 가정. 그 삼각형에서 남편의 빈자리를 어느새 시어머니가 조용하면서도 단단하게 채워주고 있었다.

윤주는 손거울을 조용히 내려놓았다. 남편의 부재는 여전히 마음속 어딘가를 어둡게 드리우고 있지만, 더는 그녀를 붙잡아두지 않았다. 이제 그 자리는 기억으로 남아 삶을 앞으로 밀어주는 힘이 되어주고 있었다. 그녀는 마침내 그것을 담담히 인정할 수 있는 여유를 갖게 되었다.

소파에 나란히 앉은 두 사람은 거울을 바라보며 조용히 생각에 잠겨 있었다. 세월은 어머니의 머리칼 속에도, 윤주의 마음 깊은 곳에도, 어느덧 훌쩍 자란 예린의 모습 속에도 고스란히 스며 있었다. 그것은 시간이라는 이름의 묵직한 흔적이었고, 그 안에서 그들은 묵묵히 자신들의 삶을 살아내고 있었다.

아이를 키우고 생계를 유지하기 위해 시작한 강의는 어느새 삶의 중심이 되었다. 늘어가는 학생들을 수용하기 위해 좀 더 큰

평수로 공부방을 옮겼다. 시간이 흐를수록 그녀의 강의는 입소문을 타기 시작했다. 이제 윤주는 단순히 문제 풀이만 가르치는 강사가 아니었다. 그녀는 학생들의 불안과 좌절을 진심으로 이해하며, 그들의 이야기에 귀 기울이고 다독여주었다. 학생들이 어려운 문제를 풀 때마다 칭찬을 아끼지 않았고, 미래를 두려워하는 학생들에게 자신의 지난날을 들려주기도 했다. 그렇게 따뜻하게 학생들을 격려한 덕분에 윤주의 수업은 단순한 강의를 넘어 학생들에게 심리적 안식처가 되었다. 그녀의 도움으로 원하는 대학에 합격한 학생들이 늘어나면서, 윤주는 점점 유명 강사로 자리 잡게 되었다.

입시 정책은 해마다 출렁였다. 수능의 비중이 달라지고, 수시와 정시의 비율이 뒤바뀌는 등 교육 제도는 끊임없이 요동쳤다. 하지만 그런 변화는 오히려 윤주에게 기회가 되었다. 새로운 흐름에 맞춰 커리큘럼을 다시 짜고, 늘어나는 수요에 발맞춰 수업 내용을 정교하게 세분화했다.

윤주는 주말마다 학생과 상담하며 공부방의 세심한 부분까지 직접 살폈다. 강의와 상담으로 동시에 돌아가는 바쁜 나날이었지만, 그녀의 삶은 일로만 가득 차 있지 않았다. 빼곡한 일정 속에서도 윤주는 딸 예린과 함께하는 시간을 놓치지 않으려 애썼다. 그리고 예린과 그녀를 부드럽게 이어주는 사람은 언제나 시어머니였다.

윤주가 샤워를 마치고 나왔을 땐 식탁엔 식사가 준비되어 있었다. 얼큰한 콩나물국에 달걀말이와 가지무침, 하나같이 윤주가 좋아하는 음식들이었다. 밥과 국에서 피어오르는 김이 서늘한 집 안을 따스하게 만들었다. 윤주는 머리를 말리지도 않고 식탁 앞에 앉았다. 칼칼한 국이 목 안으로 들어가자 잠들었던 몸 안의 에너지가 서서히 움트는 듯했다.

윤주가 밥을 먹는 동안, 시어머니는 집 안을 말끔하게 청소하고 세탁기를 돌렸다. 윤주가 출근하면 시어머니는 아마도 좋아하는 드라마를 보시거나 동네 마트에 다녀오실 거였다. 그러다 예린이가 학교에서 돌아오면 빵이나 떡 같은 간식을 내어주고, 잠시 후 저녁 식사를 위해 국이나 찌개를 끓이고 밑반찬을 준비하는 게 시어머니의 일상이었다.

윤주의 하루 역시 비슷하게 돌아갔다. 점심을 먹고 출근해 과제로 내준 시험지를 채점하고, 수업할 내용들을 꼼꼼히 확인했다. 그러다 학생들이 몰려오면 저녁 시간까지는 꼼짝없이 수업에 매달렸다. 김밥이나 샌드위치로 허기를 채우고 심화반 수업까지 끝내고 나오면 주변의 상가들은 대부분 불이 꺼진 상태였다.

그날도 수업을 끝내고 나오려는데, 휴대전화로 문자 한 통이 날아들었다. '윤주야 식탁에제육 복음 잇으니까, 먹고자라.' 맞춤법도 띄어쓰기도 맞지 않는 메시지는 시어머니에게서 온 것이었다. 예린이에게 문자 보내는 법을 배운 어머니는 요즘 들어 자주 메시지를 보내셨다. 메시지를 확인한 윤주는 미소 띤 얼굴로 두 개의 공부방을 정리하고 단단히 문을 잠갔다. 불 꺼진 거리 위로 노란 달빛이 조용히 스며들고 있었다.

✤✤✤

금강의 물빛이 점점 짙어지더니 봄비가 내리기 시작했다. 봄학기를 위한 학부모 설명회를 끝내고 모처럼 느긋한 일요일을 보내고 있는데, 밖에서 부스럭거리는 소리가 들려왔다. 그 바람에 침대에서 휴대전화를 뒤적이던 윤주는 거실로 나올 수밖에 없었다. 어머님은 텔레비전 서랍장을 뒤적이며 뭔가를 분주하게 찾고 계셨다.

"윤주야, 혹시 내 안경 봤니?"

시어머니가 인상을 잔뜩 쓴 채 윤주에게 물었다.

"어머님 머리 위에 있잖아요."

그 소리를 들은 어머니가 머리 위로 손을 뻗어 안경을 집었다.

"아이고, 내 정신 좀 봐라. 내가 주책이다."

윤주도 기지개를 켜며 웃었다. 겉으로는 대수롭지 않은 듯 대답했지만, 속으로는 어딘가 이상하다는 느낌을 떨칠 수 없었다. 어머님은 안경을 제대로 쓴 뒤 다시 주방으로 향하셨다. 요즘 들어 물건을 잃어버리시고, 예전 일을 기억하지 못하시는 경우가 부쩍 늘고 있었다. 윤주도 하루가 다르게 줄어드는 기억력 때문에 곤란을 겪고 있지만, 어머님의 경우는 어쩐지 다르게 느껴졌다.

일주일 후에는 머리가 아프다고 방에 들어가시더니 저녁 시간이 되어도 나오질 않으셨다. 윤주는 하는 수 없이 주방에 들어가 저녁을 준비하기 시작했다. 어머님이 오신 뒤로 주방일에 손을 뗀 터라 모든 게 낯설고 힘들었다. 간신히 쌀을 찾아내 쌀을 안치려는데 어머님이 방에서 나왔다. 윤주는 내심 기뻐하며 어머니에게 물었다.

"어머님, 머리는 좀 어떠세요?"

"응, 좀 누워 있었더니 괜찮다. 밥하니? 내가 할 테니, 이리 나와라."

"아니에요, 어머님. 오늘은 제가 저녁 준비할 테니까 좀 더 쉬세요."

시어머니는 윤주의 말을 들은 듯 만 듯하더니, 냉장고로 가 우유를 꺼내왔다. 윤주는 그런 어머니를 이상한 눈으로 지켜보았다. 시어머니는 복통 때문에 우유는커녕 유제품을 한 번도 드신 적이 없었기 때문이었다. 그런데 시어머니가 들고 있던 우유를 난데없이 밥솥에 붓기 시작했다.

"어머님, 지금 뭐 하시는 거예요?"

윤주는 놀라며 시어머니의 손에 들린 우유팩을 황급히 빼앗았다.

"우유를 넣으면 밥이 더 고소해지지 않을까 해서."

시어머니가 멋쩍게 웃으며 변명했다.

윤주는 숨을 고르며 소리쳤다.

"어머님, 우유를 넣으면 밥이 안 돼요!"

"아, 그런가?"

시어머니는 아무렇지 않게 고개를 끄덕이더니 다시 방으로 들어가 버렸다. 윤주는 혼자 남겨진 주방에서 한숨을 쉬었다. 쌀을 다시 씻어 밥솥에 앉혔지만, 밥에선 비릿한 우유 냄새가 남아 있었다. 식탁에 앉은 예린이 코를 킁킁거리며 말했다.

"엄마, 밥에서 이상한 냄새 나."

윤주는 젓가락을 내려놓고 어색하게 웃었다.

"그래? 엄만 잘 모르겠는데……"

정작 시어머니는 윤주가 차린 밥을 맛있게 드셨다. 밥맛이 평소보다 좋다며 그릇을 싹싹 비웠지만, 윤주는 도저히 입맛이 돌지 않았다. 결국 윤주와 예린은 라면을 끓이기 시작했다. 시어머니는 둘이 남긴 밥까지 깨끗이 드시고는 설거지도 하지 않은 채 방으로 들어가 버렸다.

"엄마, 할머니 오늘 좀 이상해……"

라면을 먹던 예린이 작게 중얼거렸다. 윤주는 아무 말 없이 고개를 끄덕였다. 평소 모습과는 달리, 시어머니는 과식한 것도 모자라 양치도 하지 않은 채 그대로 잠자리에 든 것이었다.

주방 정리를 마친 윤주는 조용히 시어머니의 방문을 열었다. 커튼이 드리워진 방 안은 어두웠다. 시어머니는 이불을 반쯤 걷어찬 채 깊이 잠들어 있었다. 시어머니에게 다가가 이불을 덮어주려는 순간, 코끝에 시큼한 냄새가 스쳤다. 밥에 섞인 우유 냄새 때문인지, 아니면 더러워 보이는 양말 때문인지 알 수 없었다.

이불을 덮어주며 시어머니의 얼굴을 물끄러미 내려다보았다. 깊어진 주름살과 늘어가는 흰머리. 하지만 그 외에는 평소와 다를 바 없었다. 연세에 비해 뽀얀 피부도 여전했고, 풍성한 머리숱도 그대로였다. 윤주는 조용히 이불을 잘 덮어주고 방을 나왔다.

거실 소파에 앉아 시어머니의 나이를 더듬어 보았다. 몇 번을 헤아려 봐도 정확한 나이가 떠오르지 않았다. 그러다 문득, 자신의 나이조차 가물가물하다는 걸 깨달았다. 윤주는 피식하고 웃고 말았다. '내가 누구 걱정을 하는 거람.' 입가에 맺힌 쓴웃음을 삼키며, 잠시 눈을 감았다. 뭔가를 잊고 허둥댈 때마다 그녀를 붙들어 준 건 늘 시어머니였다. 오늘따라 조금 낯설어 보였지만, 그저 피곤해서일 거라고 자신을 다독였다.

윤주는 편안해진 마음으로 주방으로 걸어갔다. 냉장고 문을 열어 맥주 한 캔을 꺼내 들었다. 차가운 금속의 감촉이 손끝을 타고 전해졌다. 소파로 돌아와 몸을 기대며 캔을 따자, 가볍게 튀어 오르는 거품이 은은한 소리를 냈다. 그녀는 반쯤 열린 캔을 손에 쥔

채 리모컨을 들어 밀린 드라마를 보기 시작했다. 화면에서 흘러
나온 희미한 불빛이 거실을 조용히 감쌌다.

2

계절이 서너 번 바뀌는 사이, 예린은 어느새 중학생이 되어 있었다. 윤주는 더 바빠진 일상에서도 자신이 집안의 가장임을 잊지 않으려 애썼다. 그러나 시어머니의 이상한 행동은 날이 갈수록 잦아졌다. 가스를 켜둔 채 음식을 태우거나, 국에 소금 대신 설탕을 넣는 일 등이 늘었다. 멀쩡한 새 옷을 꺼내 "이젠 못 입겠다"라며 쓰레기통에 던져버리기도 했다. 그 옷은 윤주가 생신에 맞춰 정성껏 준비했던 백화점 선물로, 특별한 날마다 꺼내 입으시던 것이었다.

윤주는 그런 시어머니의 모습을 볼 때마다 가슴이 딜컥 내려앉았다. 시어머니의 깔끔하고 단정한 모습이 서서히 부서지는 것만 같았다. 하지만 곧바로 별일 아니라는 생각이 자신을 붙들었다. 그저 피곤해서 그러신 거라며 애써 넘겼다.

그러던 어느 날, 윤주는 예린이와 거실에 앉아 있다가 시어머니가 방 안에서 서성이는 모습을 보았다. 뭔가를 찾고 있는지 인상을 잔뜩 찌푸린 채였다.

"어머님, 뭘 찾으세요?"

"가방이 없어. 여기 두었는데."

시어머니는 방으로 들어가 두 손으로 머리를 감싸 쥐었다. 윤주도 어머니를 따라 방으로 들어갔다. 하지만 어머니의 가방은 평소처럼 옷장 옆에 가지런히 놓여 있었다.

"여기 있어요, 어머님."

"아, 정말? 어떻게 내가 이걸 못 봤을까."

시어머니는 고개를 숙인 채 한숨을 내쉬며 가방을 들었다. 윤주는 어머니 어깨에 살며시 손을 얹으며 말했다.

"괜찮아요, 어머님. 요즘 날씨도 변덕스럽고, 피곤하셔서 그래요."

시어머니는 말없이 고개를 끄덕였다. 하지만 바닥을 향한 눈에는 당혹감을 넘어선, 서글픔과 두려움이 어른거렸다. 윤주의 마음 역시 비슷했다. 하지만 평온한 일상에 금이 가고 있다는 사실을 차마 인정하고 싶지 않았다. 그저 우울해하는 시어머니를 다독이며, 모든 것이 예전처럼 돌아오기를 바랄 뿐이었다.

그러나 계절이 한 차례 바뀌었을 즈음, 윤주는 더 이상 눈을 돌릴 수 없었다. 시어머니가 예린이의 이름을 혼동하기 시작한 것이다.

"혜린아, 저녁 먹자."

"혜린이라뇨? 할머니, 혜린이는 제 친구잖아요."

예린이 웃으며 대답했다. 하지만 윤주는 수저를 들 수 없었다. 머리에서 피가 빠져나가는 것 같았다. 그토록 보지 않으려 했던 뭔가가 바로 눈앞에 서 있는 느낌이었다. 시어머니는 당황한 기색으로 예린의 머리를 쓰다듬으며 말했다.

"맞다, 맞아. 내가 혜린이를 생각했나 보다. 우리 예린이가 훨씬 더 예쁜데."

그렇게 말하는 시어머니의 목소리엔 허전함이 맴돌았다. 윤주는 죽이 된 밥을 입으로 넘기며 속으로 되뇌었다. 단순히 피곤해서 그런 걸까, 아니면 더 큰 문제가 있는 걸까. 도무지 생각이 정리되지 않았다. 그러나 시어머니의 깜빡이는 행동과 서툰 미소는 점점 더 많은 것을 말해주고 있었다. 그것은 단순한 노화의 흔적이 아니었다.

하루는 주방에서 설거지를 하던 시어머니가 화장실에서 나오는 윤주를 급하게 불렀다.

"윤주야, 어서 빨리 준비하고 학교 가야지!"

"네? 제가 학교를요?"

시어머니는 멍한 표정으로 윤주를 바라보다가 갑자기 놀란 듯 소리쳤다.

"아, 맞다. 공부방이지. 요즘 내 머리가 좀 이상한가 봐."

그 순간, 윤주는 시어머니가 자신에게서 멀어져 가는 느낌을 받았다. 그녀는 아무 말도 하지 못한 채 시어머니의 뒷모습을 바라보았다. 마음 한구석에선 알 수 없는 불안이 점점 커져만 갔다. 어머니에게 문제가 생긴 것이 분명했지만, 그녀는 그 사실을 외면하고 싶었다. 아니, 외면해야만 했다.

'어머님이 정말 아프시다면, 그다음은 어떻게 되는 거지?'

그 생각이 꼬리를 물 때면, 윤주는 숨이 막혀왔다. 아직 예린은 돌봄이 필요한 나이였다. 아이를 돌보고 밥을 차려주고, 세탁기를 돌리는 일은 모두 어머님이 해오셨던 것들이었다. 만약 시어머니가 그 모든 걸 놓게 된다면, 과연 그 자리를 메울 수 있을까.

머릿속에선 시어머니가 없는 집안 풍경이 그려졌다. 식탁 위에는 설거지할 그릇들이 쌓이고, 세탁기 속 빨래는 쉰내를 풍기기 시작한다. 예린은 밥 대신 빵으로 끼니를 때우고, 윤주는 퇴근 후 남은 힘을 쥐어짜 집안일을 하다가 녹초가 되어 쓰러지는 모습이었다.

윤주는 고개를 저으며 생각을 떨쳐내려 애썼다. 어머님이 단지 조금 피곤하신 것뿐이라고, 금세 괜찮아지실 거라고 자신에게 말했다. 하지만 마음속 불안은 끊임없이 고개를 들었고, 어느새 일상에 스며들기 시작했다. 학원에서 학생들에게 수학 문제를 설명하는 동안에도, 그늘처럼 따라붙는 생각들이 마음을 무겁게 짓눌렀다. 늙어가는 어머니의 얼굴과 함께 무너져 내린 집안의 모습이 눈앞에 아른거렸다. 그때마다 숨이 막히고, 가슴이 시려왔다. 설명하던 목소리는 서서히 맥이 풀리고, 공중에 떠 있던 숫자들은 무게를 잃고 가라앉았다. 아무리 지우려 해도 머릿속에 뿌리를 내린 생각들은 계속해서 자라났다.

집으로 돌아오던 길, 신호등 앞에 멈춘 차 안에서 윤주는 어둠에 잠긴 도시를 멍하니 바라보았다. 에어컨을 켰는데도, 차 안이 답답하게 느껴졌다. 어머님을 생각하면 한숨이 절로 나왔다. 왜 이렇게 나에게만 이런 일들이 반복되는지 하늘이 원망스러웠다. 정말 신이 있다면 도대체 왜 나한테 이러는 건지 따져 묻고 싶었다. 지금까지 그녀에게 신이란 존재하지 않았다. 아니, 굳이 신이라 부를 존재가 있다면 그건 바로 시어머니였다. 언제나 곁에서 묵묵히 삶을 지탱해 주고, 기꺼이 고통의 일부가 되어주던 사람. 힘겨운 시간을 함께 걸어준 유일한 존재였다.

윤주는 핸들 위에 손을 얹은 채 생각에 잠겼다. 어머니가 무너지면, 자신도 예린이도 그 전으로 돌아갈 수 없다는 건 너무도 뻔한 일이었다. 더는 시어머니에게 기댈 수 없을 거란 사실이 그녀의 마음을 짓눌렀다. 그녀는 시어머니의 병이 무엇인지 걱정하기도 전에, 그것이 자신의 삶을 어떻게 무너뜨릴지부터 생각하고 있었다. 학원 일은 여전히 바빴고, 집안일까지 감당할 여력은 없었다. 어머님의 빈자리를 상상하는 것만으로도 두려웠다. 만일어머님에게 정말로 문제가 있는 거라면, 과연 감당할 수 있을까. 몇 번을 물어도 자신이 없었다.

이 상황을 인정하기에는 아직 마음의 준비가 되어 있지 않았다. 어쩌면 평생 준비되지 않을지도 몰랐다. 세상은 분명 더 똑똑해졌지만, 돌봄은 여전히 손과 발에 더해 마음과 감정으로 이루어져야 했다. 기술은 나날이 발전하고 일상은 이전보다 훨씬 편리해졌지만, '엄마의 손'이 없는 일상은 아직도 제대로 굴러가지 않았다.

윤주는 고개를 들어 하늘을 올려다보았다. 별 없는 어둠 위로 하현달이 희미한 빛을 품어내고 있었다.

3

해를 거듭할수록 시어머니의 증상은 예측하기 어려워졌다. 어떤 날은 멀쩡히 집안일을 하다가도, 또 어떤 날은 금세 아무것도 기억하지 못했다. 윤주는 그런 어머니의 모습을 바라볼 때마다 자신도 모르게 깊은 한숨을 내쉬곤 했다. 마음 어딘가가 서서히 무너지는 것만 같았다.

그날도 윤주는 답답한 마음으로 집에 들어섰다. 지친 몸을 이끌고 현관문을 열자마자 어쩐지 익숙하면서도 불쾌한 냄새가 코를 찔러왔다. 거실로 들어서니 시어머니가 쭈그리고 앉아 무언가를 닦고 있었다. 가까이 디기긴 윤주는 그만 숨이 턱 막혔다. 시어머니가 속옷조차 입지 않은 채, 거실 한가운데 흩어진 변을 걸레로 닦고 있었다.

"어머님, 이게 다 뭐예요?"

윤주는 급히 가방을 내려놓고 다가갔다. 시어머니는 놀란 표정으로 황급히 몸을 가리려 했지만, 이내 포기한 듯 작은 목소리로 말했다.

"미안하다, 윤주야. 내가 그만⋯⋯."

바닥에는 묽은 변이 널려 있었고, 노랗게 얼룩진 속옷과 바지가 흩어져 있었다. 윤주는 순간 할 말을 잃고 그 자리에 멈춰 섰다. 시어머니는 고개를 숙인 채 눈물을 훔쳤다.

"내가 왜 이러는지 모르겠다. 정신이⋯⋯ 자꾸만 멍해져."

윤주는 숨을 가다듬고 낮은 목소리로 말했다.

"괜찮아요, 어머님. 치우면 돼요."

말을 끝낸 윤주는 말없이 걸레를 집어 들었다. 놀란 시어머니의 얼굴은 평소보다 훨씬 늙어 보였다. 불쑥 치밀던 짜증이 어느새 연민으로 바뀌고 있었다.

"그런데⋯⋯ 어쩌다 이렇게 되신 거예요?"

"화장실이⋯⋯, 도저히 안 보이더구나."

"네? 화장실을 못 찾으셨다니요⋯⋯ 무슨 말씀이세요?"

"아무리 찾아봐도⋯⋯ 화장실이 안 보였어⋯⋯."

윤주는 잠시 말을 잃었다. '화장실은 어머님 방 바로 앞에 있는데⋯⋯'라고 말하려다 멈췄다. 시어머니의 눈빛이 금세 눈물을 터뜨릴 것처럼 흔들리고 있었다. 지금은 화장실의 위치를 설명할 때가 아니었다. 어머니에게 이상이 생겼다는 사실을 인정해야만 하는 순간이었다.

사실 윤주는 이미 틈틈이 치매에 대한 정보를 찾아보고 있었다. 인터넷 검색은 물론 도서관에서 관련 책을 빌려다 열심히 읽었다. 하지만 보통 5년에서 10년에 걸쳐 서서히 나타난다는 증상들이 어머니에게서는 불과 몇 해 사이에 이어지고 있었다.

그 사실을 떠올리자, 윤주의 가슴이 빠르게 조여왔다. 당장이라도 어머니를 모시고 병원에 가야 한다는 생각뿐이었다. 그러나 현실은 단순하지 않았다. 일상과 학원, 예린의 생활까지 얽혀 병원 문턱을 넘는 일조차 쉽지 않았다.

그때 방을 나온 예린이가 이 광경을 보고 손으로 입을 막았다.

"엄마……, 이게 무슨 일이야?"

"예린아, 네 방으로 들어가."

하지만 예린은 그 자리에 서 있었다. 할머니를 바라보는 눈에서 굵은 눈물방울이 흘러내렸다.

"엄마, 할머니 왜 그래? 응?"

"좀 피곤하신 모양이야. 괜찮아질 테니까, 너무 걱정하지 마."

"우리 할머니가 얼마나 깔끔하신 분인데……."

"엄마가 내일 할머니 모시고 병원에 다녀올게. 치료받으면 곧 좋아지실 거야."

예린은 할머니를 바라보다가 조용히 고개를 끄덕였다. 윤주는 딸을 방으로 돌려보낸 뒤, 주방에서 페이퍼타월과 비닐장갑을 챙겨왔다. 그러고는 바닥에 남은 변을 페이퍼타월로 조심스럽게 닦기 시작했다. 역한 냄새와 처참한 모습에 구역질이 올라왔다. 간신히 숨을 참아가며 흔적들을 치우고, 옷들을 세탁기에 넣었다. 하지만 공기 속에 퍼진 냄새는 좀처럼 가시지 않았다.

거실을 대강 치운 윤주는 시어머니를 욕실로 모시고 갔다. 윗옷만 입은 채 옆에서 울고 있는 시어머니를 보니 가슴 한가운데로 바위 하나가 떨어져 내린 것 같았다. 하지만 얼굴에는 아무런 감정도 드러내지 않았다. 그 옛날, 시어머니가 그녀에게 그랬던 것처럼.

욕실을 정리하고 시어머니의 방을 조용히 열어보았다. 시어머니는 이불을 모두 차버린 채 깊은 잠에 빠져 있었다. 하지만 살짝 벌어진 입과 얼굴에 드리워진 주름이 세월의 더께를 말해주고 있었다. 윤주는 시어머니의 모습을 물끄러미 바라보다가 조용히 문을 닫았다.

❖❖❖

다음날부터 윤주는 휴대전화에 매달렸다. 치매 진단과 치료를 위해 어디로 가야 할지, 어떤 절차를 밟아야 하는지 온종일 검색했다. 찾아보니 대학병원 치매센터부터 보건소 산하 치매안심센터와 지역병원까지, 갈 수 있는 곳은 수도 없이 많았다. 오히려 문제는 시간이 없다는 점이었다.

윤주는 여러 후기와 정보를 뒤진 끝에 증상이 호전되었다는 후기가 많은 대학병원 신경과를 찾아냈다. 마음이 조금 놓이는 듯했지만, 이어진 상담원의 말이 윤주를 망연자실하게 했다.

"현재 예약이 가능한 날짜는 석 달 뒤입니다."

순간 손에서 전화기가 미끄러질 뻔했다. 석 달이라니, 그 사이 어머니의 증상이 얼마나 더 심해질지 짐작도 되지 않았다. 윤주는 애써 목소리를 가다듬으며 물었다.

"증상이 심각하신데, 더 빨리 예약을 잡을 순 없을까요?"

하지만 상담원의 대답은 단호했다.

"죄송합니다. 요즘 환자가 너무 많아서 당장 자리가 나기 어렵습니다."

윤주는 전화를 끊고 한동안 멍하니 서 있었다. 점점 낯설어지는 시어머니의 모습이 떠올랐고, '석 달 뒤'라는 시간은 지금처럼 위급한 상황에서 너무도 멀게 느껴졌다. 한참을 고민하던 끝에, 윤주는 결국 근처에 있는 종합병원을 검색하기 시작했다. 더는 기다릴 수 없었다. 하루가 다르게 변해가는 시어머니를 두고 시간을 흘려보내는 건 무책임한 일이었다. 다행히 집에서 멀지 않은 곳에 괜찮은 종합병원이 있었다. 대학병원만큼 규모가 크진 않았지만, 뇌 MRI와 신경심리검사 장비를 갖추고 있어 치매 진단을 받을 수 있다는 후기들이 있었다.

윤주는 곧바로 병원에 전화를 걸었다. 수화기 너머 상담원은 차분한 목소리로 어머니의 이름과 생년월일을 확인하더니 잠시 조용해졌다. 단지 몇 초였을 뿐인데, 윤주에겐 몇 분처럼 길게 느껴졌다.

"이번 주 금요일 오전 11시에 진료 가능하세요. 예약 도와드릴 까요?"

"정말요? 네, 부탁드려요."

그제야 숨이 제대로 쉬어졌다. 닷새 뒤면 진료를 받을 수 있다 는 사실에 마음이 조금 놓였다. 그러나 상담원은 곧 한마디를 덧붙였다.

"보험 적용을 받으시려면, 1차 진료 기관에서 발급한 진료의뢰 서를 꼭 지참하셔야 합니다."

윤주는 순간 멍해졌다. 진료를 보기도 전에 또 다른 병원을 오 가야 한다니. 하지만 더는 미룰 수가 없었다.

다음 날, 윤주는 아침 일찍 시어머니를 모시고 근처 가정의학 과를 찾았다. 의사는 시어머니의 흐릿한 눈빛과 불안한 동작을 잠시 지켜보더니, 길게 묻지도 않고 곧바로 진료의뢰서를 작성해 주었다. 그러나 어느 정도 진행된 상태인지, 얼마나 심각한지는 말해주지 않았다. 그 답은 결국 종합병원에서의 검사와 진료에서 확인할 수밖에 없었다.

진료의뢰서를 손에 쥔 윤주는 창밖을 바라보았다. 장마가 시작된다는 일기 예보처럼 하늘에는 회색빛 구름이 무겁게 드리워져 있었다. 그녀는 두 손을 꼭 모으며 작은 소망을 빌었다. 부디 별 일 아니길, 예전으로 돌아갈 수 있기를 간절히 기도했다.

4

닷새가 느릿느릿 흘러갔다. 그간 시어머니의 증상은 크게 나빠지지도, 좋아지지도 않았다. 진료 당일, 윤주는 시어머니의 손을 꼭 잡고 병원으로 향했다. 곧장 의사를 만나고 싶었지만, 먼저 초진 환자를 위한 기본 절차를 거쳐야 했다.

접수를 마치자, 간호사가 다가와 환자의 병력과 현재 증상을 하나하나 묻고 차트에 입력했다. 증상이 시작된 시기, 복용 중인 약, 가족력 여부를 진단하는 질문이 끝없이 이어졌다. 그 사이 시어머니는 키와 몸무게, 혈압 같은 기초 검사를 받았다. 예전보다 눈에 띄게 줄어든 몸무게에 윤주의 마음이 아려왔다.

이윽고 진료실에 들어서자, 의사는 시어머니를 살펴본 뒤 몇 가지 질문을 건넸다. 날짜와 장소를 묻고, 간단한 계산과 단어 기억을 시키는 짧은 선별검사였다. 잠시 차트를 들여다보던 의사가 고개를 들었다.

"현재로선 치매 가능성이 높아 보입니다."

순간 윤주의 가슴이 철렁 내려앉았다. 당연히 그럴 거라 예상은 했는데도 막상 의사의 입에서 직접 들으니, 마음을 진정시키기가 어려웠다. 가까스로 마음을 진정시킨 윤주가 의사에게 물었다.

"선생님, 치료가 가능할까요?"

의사는 차분한 어조로 대답했다.

"정밀검사를 해봐야 알 수 있습니다. 치매는 완치가 어렵고, 진행을 늦추는 치료가 중심이 됩니다. 다만 조기 진단과 관리가 무엇보다 중요합니다."

윤주는 고개를 숙인 채 한참을 망설이다가 힘겹게 말을 꺼냈다.

"저희 어머니, 아직 칠순도 안 되셨는데요."

"요즘은 오십 대에도 진단을 받는 분들이 있습니다. 우선 검사를 진행해 보시죠."

담담한 목소리는 그 어떤 위로나 가벼운 희망도 허락하지 않았다. 의사는 혈액검사와 추가 인지검사(MMSE)를 처방하고, 뇌 CT·MRI, 신경심리검사, 일상생활 수행능력 평가(ADL)를 예약하도록 지시했다

진료실을 나오자, 윤주는 다시 번호표를 뽑아 채혈실로 향했다. 대기 인원이 많아 스무 분 남짓을 기다린 끝에 채혈을 마쳤다. 채혈은 순식간에 끝났지만, 결과는 며칠 뒤에야 확인할 수 있

다고 했다. 이어 검사실에서 MMSE를 진행했다. 검사자가 또박또박 지시를 읽어주자, 시어머니는 단어를 따라 말하고, 도형을 그려 보고, 간단한 계산을 했다. 십오 분 남짓한 검사를 받는 동안 윤주의 손바닥은 땀으로 흠뻑 젖어 있었다.

모든 당일 검사가 끝난 뒤에야 간호사가 예약 창구로 안내했다. 뇌 CT와 신경심리검사는 같은 날 몰리지 않도록 간격을 두어 잡혔다. 직원은 검사 전 주의사항이 적힌 안내지를 건네며, 일정과 장소는 문자로도 발송된다고 덧붙였다. 접수부터 마지막 안내까지 두 시간 반이 훌쩍 지나있었다.

병원을 나와 차에 오르자 비로소 숨이 제대로 쉬어졌다. 하루가 며칠처럼 느껴졌지만, 첫걸음을 뗐다는 사실에 조금이나마 마음이 놓였다. 옆에 앉은 시어머니의 얼굴은 지쳐 보이면서도 의외로 차분했다. 그때 휴대전화로 예약 안내 문자가 도착했다. 윤주는 문자를 확인한 뒤 시동을 걸었다. 오늘따라 집으로 향하는 길이 멀게만 느껴졌다.

❖❖❖

한 달이 빠르게 지나갔다. 윤주는 시어머니를 모시고 다시 병원을 찾았다. 지난번 미처 마치지 못한 검사를 이어가기 위해서였다. 혹시나 이번에도 진료가 길어질까 봐 강의는 알고 지내던 강사에게 미리 부탁해 두었다.

이른 아침의 병원 로비는 비교적 한산했다. 윤주는 시어머니와 함께 엘리베이터 앞에 서 있었다. 층수를 알리는 불빛이 하나씩 바뀌는 동안, 잠시 마음이 느슨해졌다. 그런데 문득 뒤를 돌아보니 시어머니가 보이지 않았다. 놀란 윤주는 급히 주위를 둘러보았다. 저 멀리 출입구 쪽으로 병원을 빠져나가려는 시어머니의 모습이 눈에 들어왔다. 윤주는 서둘러 달려가 시어머니의 팔을 붙잡았다.

"어머님! 말도 없이 어디 가시는 거예요?"

"나 여기 싫어! 집에 갈 테야!"

윤주가 뭐라 하기도 전에 시어머니는 발걸음을 떼었지만, 다리 힘이 부족해 얼마 가지 못했다. 윤주가 숨을 고르며 다그쳤다.

"어머님, 대체 왜 이러세요?"

"검사 안 해! 검사 안 한다고!"

"오늘 검사는 오래 걸리지 않아요. 조금만 참으시면 돼요."

"나 멀쩡하다니까! 왜 자꾸 검사를 받으래!"

시어머니가 목소리를 높이자, 주변 사람들이 둘을 흘깃거리며 쳐다보았다. 윤주는 사람들의 시선을 애써 무시하며 어머니의 손을 붙잡았다.

"어머님, 검사 끝나면 어머님 좋아하시는 냉면 먹으러 가요."

순간 시어머니의 눈빛이 흔들렸다. 하지만 다시 고개를 세차게 저으며 완강하게 버텼다. 결국 병원 직원과 간호사까지 나서서 시어머니를 달래기 시작했다. 여러 차례 설득 끝에 시어머니는 간신히 자리에서 일어나 검사실로 향했다.

검사는 한 시간 넘게 이어졌다. 윤주는 녹초가 된 시어머니를 부축해 진료실로 들어갔다. 의사는 검사지 결과를 보여주며 조심스러운 어조로 말했다.

"결과가 좋지 않습니다. 기억력을 담당하는 뇌 부위에서 위축 소견이 확인됐어요. 더 정확히 판단하려면 MRI 검사가 필요합니다."

"네, 그렇게 해주세요. 필요하다면 뭐든 하겠습니다."

의사는 MRI를 신속히 예약해 주었다. 보통은 며칠 뒤로 잡히는 검사였지만, 마침 취소 환자가 생겨 빈자리가 났다. 덕분에 촬영만큼은 그날 바로 진행할 수 있었다. 다만 검사 결과는 며칠 후에야 확인할 수 있다고 했다.

윤주는 시어머니를 대기실에 앉히고 차례를 기다렸다. 바나나 우유를 손에 쥔 시어머니는 더 이상 소란을 피우진 않았다. 검사 순서가 되자 윤주는 시어머니의 옷을 갈아입히고 검사실로 모셨다. 혹시라도 소란을 피우지 않을까 걱정했지만, 기계가 돌아가는 동안 시어머니는 얌전히 누워 있었다.

결과를 확인하기 위해 다시 병원을 찾은 건 그로부터 보름 뒤였다. 의사는 MRI 영상을 확인한 뒤 조심스럽게 말을 이었다.

"결론부터 말씀드리면, 어머님은 현재 중증 치매 단계입니다. MRI에서도 뇌 위축이 뚜렷하게 보입니다."

의사의 말에 갑자기 숨통이 조여들었다. 치매도 버거운데 중증이라니. 머릿속으로 그간 어머니가 보였던 이상한 행동들이 파노라마처럼 지나갔다. 자신은 그것들을 애써 무시했고, 별일 아니라고 넘겼다. 처음 이상하다고 느꼈을 때, 아니 몇 달 전에라도 병원을 찾았으면 어땠을까—그러나 후회만으로는 아무것도 바꿀 수 없었다.

"그럼, 앞으로 어떻게 해야 할까요?"

의사는 깊은 한숨을 내쉬고 말을 이었다.

"약으로 진행을 조금 늦출 수는 있습니다. 하지만 완치는 어렵습니다. 중요한 건 꾸준한 관리와 안전한 생활 환경이에요. 이 정도 상태라면 요양시설을 이용하시거나, 전문 간병인의 도움을 받는 것도 고려해 보셔야 합니다."

순간 손끝이 싸늘해지는 걸 느꼈다. 마치 날카로운 덫에 걸려 벗어날 수 없는 듯한 기분이었다. 의사의 설명을 들으면서도 윤주는 어떻게 하면 이 덫에서 빠져나갈 수 있을지만 생각했다.

의사로부터 약물과 치료 방법에 대한 안내를 받고 진료실을 나서자, 간호사가 다가와 돌봄 방법이 정리된 안내지와 지역 요양시설 목록을 건네주었다.

병원 로비는 아까와는 달리 환자와 보호자로 붐볐다. 무표정한 얼굴들에 지친 기색이 역력했다. 한쪽에서는 할머니 한 분이 연신 침을 흘리고 있었고, 맞은편의 할아버지는 끊임없이 과자를 집어 먹고 있었다. 윤주는 그들을 잠시 바라보다가 이내 고개를 돌렸다. 평소 같으면 그냥 스쳐 지나갔을 풍경이 오늘따라 낯설고 아프게 다가왔다.

병원을 나서자 전혀 다른 세상이 눈앞에 펼쳐졌다. 내리쬐는 햇볕 아래 젊고 건강한 사람들이 웃으며 거리를 오갔다. 아이를 안고 걸어가는 가족, 친구들과 활짝 대화를 나누는 사람들. 그 평온한 풍경이 윤주에겐 한없이 멀게만 느껴졌다.

집으로 돌아오는 동안 윤주는 시어머니와 몇 번이나 걸음을 멈춰야 했다. 긴 검사로 지쳐서인지 발걸음이 자꾸만 느려졌다. 병원을 나온 뒤로 윤주는 말없이 걷기만 했다. 그러나 머릿속은 쉴 새 없이 돌아갔다. 앞으로 어머니를 어떻게 돌봐야 할지, 예린이는 이 사실을 어떻게 받아들일지, 자신은 이 모든 상황을 견뎌 낼 수 있을지―수많은 질문이 떠올랐지만, 해답은 그 어디에도 보이지 않았다.

의사는 중증 치매 환자를 집에서 돌보는 것이 불가능하지는 않지만, 과정이 매우 어렵고 보호자에게 극도로 큰 부담을 줄 수 있다고 말했다. 그러면서도 낙상 방지를 위해 집안 곳곳에 안전장치를 설치하고, 실종을 예방하기 위해 문에 경보기를 다는 것이 좋다고 했다. 또한, 가능하다면 GPS 기능이 포함된 장치를 사용해 환자의 위치를 실시간으로 확인하는 것도 도움이 된다고 덧붙였다.

윤주는 자신도 모르게 길게 한숨을 내쉬었다. 어머니를 집으로 모시는 게 옳은 일인지, 아니면 다른 길을 찾아야 하는지 혼란스러웠다. 그러나 뒤를 돌아본 순간, 말없이 자신을 따라오는 어머니의 모습에 한없는 슬픔과 동시에 책임감이 밀려왔다. 윤주는 어머니에게 다가가 한쪽 손을 꼭 잡았다. 작고 메마른 손이 윤주의 손을 따뜻하게 감쌌다. 두 사람은 손을 꼭 잡은 채 달궈진 거리를 걸어갔다.

집에 돌아오자마자 시어머니는 곧장 방으로 들어가 깊이 잠들었다. 병원에서의 긴 검사와 질문에 완전히 지쳐버린 듯했다. 윤주는 당장이라도 눕고 싶었지만, 대신 병원에서 받은 안내지를 펼쳤다.

생각보다 해야 할 일이 많았다. 안내지에는 환자를 보호하기 위한 여러 장치와 돌봄 지침이 적혀 있었다. 윤주는 우선 당장 할 수 있는 일부터 시작하기로 했다. 문 경보기와 모서리 보호대를 주문하고, 어머니의 식욕 저하를 걱정해 영양제와 단백질 음료도 함께 배달시켰다. 날카로운 물건들은 서랍 깊숙이 지워 넣고, 연장도 창고로 옮겼다. 욕실 안전바는 설치 기사에게 전화해 예약하고, 장기요양보험 등급 신청도 서둘렀다. 결과가 나오기까지 시간이 걸린다고 했지만 더는 늦출 수 없었다.

하루가 저물 무렵, 소파에 앉은 윤주의 시선이 테이블 위의 안내 책자로 향했다. 책장에는 전국 요양시설과 치매 전문 병원들의 이름과 연락처가 빼곡히 적혀 있었다. 깨끗한 시설 사진, 환자별 맞춤 프로그램, 24시간 응급 대응 체계까지 상세히 설명되어 있었지만, 윤주는 오래 넘기지 못했다. 지금껏 봐 온 어머님은 결코 요양원에 가실 분이 아니었다. 그런데도 책자를 손에서 내려놓지 못하는 자신이 어쩐지 초라하게만 느껴졌다.

윤주는 한숨을 내쉬며 책을 덮었다. 이제는 자신의 차례라는 생각이 분명해졌다. 그동안 시어머니가 묵묵히 곁을 지켜주었던 것처럼, 이제는 자신이 어머니의 버팀목이 되어야 했다. 괜찮다고, 할 수 있다고. 그리고 끝까지 지키겠다고 조용히 다짐했다.

주방으로 가 밥통을 열었을 때, 안에는 딱딱하게 굳은 밥이 남아 있었다. 냉장고도 텅 비어 있었다. 더는 예전처럼 밥상이 차려지지 않을 터였다. 무심코 싱크대 서랍을 열자, 라면 봉지가 눈에 들어왔다. 냄비에 물을 올리려는데, 다시 예린이가 떠올랐다. 어제도 라면으로 끼니를 때운 딸이었다. 그러나 밥을 새로 짓고 국을 끓일 힘이 남아 있지 않았다. 결국 휴대전화를 꺼내 예린에게 메시지를 보냈다.

"오는 길에 저녁으로 먹을 김밥이랑 반찬 좀 사 와."

메시지를 보낸 뒤 윤주는 멍하니 식탁에 앉았다. 김이 빠져가는 라면을 젓가락으로 휘저었지만, 도저히 삼킬 수 없었다. 눈물이 국물 위로 뚝뚝 떨어졌다. 설명할 수 없는 감정이 북받쳐 오르자, 결국 젓가락을 내려놓고 라면을 싱크대에 부어버렸다. 면발과 국물이 배수구를 넘쳐 바닥으로 흘러내리는데도 윤주는 그저 멍하니 바라보고만 있었다.

잠시 후 캔맥주 하나를 들고 창가에 섰다. 창문을 열자 후덥지근한 바람이 밀려 들어왔다. 장마가 끝난 뒤라 열기는 덜했지만, 붉게 물든 하늘은 이미 어둠에 잠식되고 있었다. 윤주는 한동안 창밖을 바라보다가 작은 불을 켰다. 하지만 다가오는 어둠을 밝히기엔 너무도 희미한 빛이었다.

5

삶은 가끔 아무것도 빼앗지 않은 채 모든 걸 가져가곤 했다. 윤주는 아침마다 시어머니를 깨워 약을 챙겨 드리고, 틈이 날 때마다 한의원에 모시고 갔다. 한약과 양약을 번갈아 드리며 영양과 청결을 유지하기 위해 갖은 애를 썼다. 그런데도 시어머니는 계속해서 잠만 주무시거나 알아듣지 못할 말을 중얼거리곤 했다. 식사가 힘들어지면서 영양음료로 끼니를 대신하는 날도 늘었다. 윤주는 최선을 다해 어머니와 집안일에 매달렸지만, 어느 것도 좋아지지 않았다.

예린 역시 학교에서 일찍 돌아오려고 애썼다. 학원에서 추천하는 고입 특강도 마다한 채 할머니와 더 많은 시간을 보내려고 노력했다. 그러나 시어머니는 예린을 알아보지 못하고, 마치 처음 보는 사람처럼 자꾸만 누구냐고 물었다. 그럴 때마다 예린이는 할머니를 껴안으며 굵은 눈물을 흘리곤 했다.

수업을 마치고 밤늦게 돌아와 보니, 예린이가 불도 켜지 않은 채 소파에 우두커니 앉아 있었다. 깜짝 놀란 윤주가 거실로 들어서며 물었다.

"예린아, 여기서 뭐 해? 무슨 일 있었어?"

"엄마, 할머니가 이젠 나를 완전히 잊어버리신 것 같아."

창밖의 불빛이 예린이의 젖은 눈을 비춰 주었다. 윤주는 가방을 내려놓고 소파에 앉았다. 그리고 울고 있는 예린이를 말없이 안아주었다. 말하지 않아도 무슨 일이 있었는지 알 것 같았다.

"예린아, 할머니가 잠깐 병 때문에 그러시는 거, 너도 알고 있잖아."

"나도 알아. 그래도 속상한 걸 어떡해!"

예린의 목소리가 조금씩 거칠어져 갔다.

"곧 좋아지실 테니까, 우리 조금만 참자."

"너무해. 정말 너무하다고!"

"응? 뭐가?"

"세상이."

예린이가 윤주를 똑바로 보며 말했다. 딸의 눈에는 처음 보는 분노와 슬픔이 가득했다.

"예린아……"

깜짝 놀란 윤주가 어떻게든 변명하려 했지만, 예린이가 가로막았다.

"나는 아빠도 없는데, 왜 할머니까지 뺏어가려는 거야?"

윤주는 예린의 말에 아무 말도 하지 못했다. 그녀도 역시 비슷한 생각으로 세상을 원망하고 있었다. 어려서는 아빠를 잃고, 어른이 되어서는 남편을 잃은 그녀에게 세상은 마지막 남은 시어머니마저 앗아가는 중이었다. 정말 하늘이 있다면, 따져 묻고 싶었다. 왜 자꾸 자신에게서만 뺏어가느냐고. 대체 전생에 어떤 죄를 지었기에 이토록 가혹하냐고 퍼붓고 싶었다. 하지만 딸만큼은 세상을 밝고 환한 눈으로 바라보길 바랐다. 또한, 따뜻하고 편안함 속에서 살아가길 기도했다. 가까스로 마음을 수습한 윤주가 예린이에게 말했다.

"예린아, 아무리 힘들어도 참아야 해. 그래야 할머니도 견디시지. 응?"

예린은 고개를 끄덕이면서도 눈물을 멈추지 못했다. 윤주는 딸의 눈물을 닦아주곤 방으로 돌려보냈다.

혼자 남은 윤주는 멍하니 창밖을 바라보았다. 언제부터 내렸는지 모를 눈이 어느새 세상을 부드럽게 감싸고 있었다. 거리를 하얗게 뒤덮은 눈은 마치 세상의 모든 어둠과 슬픔을 지우려는 듯했다. 창문 너머로 스치는 사람들의 웃음소리가 희미하게 들렸고, 멀리 강변 카페의 노란 불빛이 작게 깜빡이고 있었다.

그러고 보니 며칠 뒤면 크리스마스였다. 크리스마스를 생각하면 늘 가슴 한쪽이 따뜻해졌다. 그와 함께 창고에 고이 보관된 크리스마스트리가 떠올랐다. 해마다 이맘때면 예린이와 함께 소파 옆에 트리를 세우고, 반짝이는 전구와 형형색색의 오너먼트로 화려하게 장식하곤 했다. 시어머니는 멀찌감치 떨어져서 오너먼트 위치를 코치해 주셨다. 세 식구에게 트리는 추운 겨울을 따스한 빛으로 밝혀 주는 소중한 존재였다. 하지만 올해는 트리를 꺼낼 수조차 없었다. 전선이며 장식품 하나하나가 어머니에겐 위험한 것들이 되어버렸기 때문이었다.

어쩐지 소파 옆이 허전하게 느껴졌다. 윤주는 한동안 멍하니 그 자리를 바라보다가 천천히 불을 끄고 방으로 향했다. 침대로 걸어가는 발걸음이 유난히 무겁게 느껴졌다. 길고 긴 하루를 끝낸 그녀는 어두운 방 안에서 이불을 끌어안고 웅크린 채 가만히 눈을 감았다. 내일을 또 어떻게 버텨야 할지 막막했지만, 지금은 그저 쉬고만 싶었다.

✠✠✠

기말고시기 끝나면시 윤주는 잠시 숨을 고틀 수 있었다. 얼마 후면 학부모 상담과 특강 준비로 분주해지겠지만, 그전까지는 잠깐의 여유가 허락되었다. 하지만 윤주의 마음은 여전히 어둡고 복잡하기만 했다. 온종일 학원에 있으면서도 시어머니 생각에 일이 손에 잡히지 않았다. 화장실을 찾지 못하는 시어머니에게 기저귀를 채워두고 나온 게 자꾸만 마음에 걸렸다.

그날도 강의만 마치고 서둘러 집으로 돌아왔다. 현관문을 여는 순간, 익숙하면서도 불쾌한 냄새가 코를 찔렀다. 마음 한구석에서 불길한 예감이 스멀스멀 올라왔다. 윤주는 신발을 벗고 조심스레 거실 복도를 따라 걸었다. 부스럭대는 소리와 함께 집 안을 채운 냄새가 더욱 짙어졌다. 마침내 거실에 들어선 윤주는 그 자리에서 멈춰 섰다.

눈앞에는 기저귀를 풀어 헤친 시어머니가 바닥에 주저앉아 있었다. 어머니는 자신의 변으로 마룻바닥을 박박 문지르고 있었다. 거실 바닥은 온갖 배설물로 가득했고, 벽에도 누런색의 손자국들이 선명하게 보였다. 역한 냄새가 숨통을 죄어왔다. 윤주는 치밀어 오르는 구역질을 가까스로 참으며 시어머니에게 소리쳤다.

"어머님, 이게 뭐예요……."

목소리가 갈라져 제대로 나오지 않았다. 뒤돌아본 시어머니는 윤주를 향해 환히 웃었다.

"언니, 내가 방 청소했어. 깨끗하지?"

아이처럼 맑은 목소리였다. 시어머니의 얼굴에는 만족스러운 기색이 가득했다. 윤주는 어머니의 손끝에 묻은 것을 보고 발걸음을 멈췄다. 손을 잡으려다 차마 잡지 못한 채, 허공에 멈춰 선

손이 떨리고 있었다.

"어머님, 제발…… 이러시면 안 돼요……"

간신히 내뱉은 말이 허공 속으로 흩어졌다. 시어머니는 여전히 미소를 지으며 말했다.

"언니, 내가 맛있는 거 만들어줄게. 조금만 기다려."

그 말과 함께 바닥에 묻은 것을 손으로 쥐어 올렸다. 순간 멈춰 있던 숨이 다시 거칠게 터져 나왔다. 윤주는 그 자리에 주저앉았다. 어느새 눈물이 뺨을 타고 흘러내렸다. 시어머니는 여전히 변을 만지작거리며 알아들을 수 없는 말을 중얼거리고 있었다. 한참이 지나서야, 윤주는 조심스럽게 손을 내밀었다.

"어머님, 닦으러 가요. 제발요."

하지만 시어머니는 그저 웃고만 있었다. 해맑은 표정에는 아무런 죄책감도 슬픔도 없었다.

그날 밤, 윤주는 시어머니를 씻기고 방으로 돌려보낸 뒤, 더러워진 거실과 벽을 닦기 시작했다. 주방에 있던 고무장갑을 가져와 익숙한 솜씨로 찢어진 기저귀와 오물들을 까만 비닐봉지에 담았다. 다행히 예린이는 도서관에라도 갔는지, 늦게까지 돌아오지 않았다. 윤주는 예린의 귀가가 늦는 걸 서운하면서도 한편으론 다행이라는 생각이 들었다. 거실 마루 사이사이에 낀 배설물을 닦아내고, 노랗게 물든 벽을 하나하나 지워가는 그녀의 머릿속에선 끝없이 질문들이 떠올랐다. '이런 일이 언제까지 계속될

까? 아니, 끝나기는 할까?'

몇 번을 닦은 후에야 바닥을 정리할 수 있었다. 하지만 벽에 남은 노란 자국들과 냄새는 완전히 사라지지 않았다. 거실을 대강 치우고 나서야 그녀는 소파에 앉아 숨을 내쉬었다. 창문 너머로 흐릿한 달빛이 스며들고 있었다.

윤주는 일그러진 달을 보며 생각했다. 이대로는 안 된다고, 뭔가를 해야 한다고. 그러나 그 '그 무엇'이 뭔지는 여전히 알 수 없었다. 윤주는 손을 들어 냄새를 맡아보았다. 고무장갑이 찢어졌는지, 손에서 냄새가 풍겼다. 그녀는 자신의 손을 가만히 바라보았다. 손끝에 남은 배설물의 흔적이 마치 지울 수 없는 상처처럼 느껴졌다. 그녀는 조용히 눈을 감았다. 그러나 눈을 감아도 눈앞의 현실은 사라지지 않았다.

그때 문득 머릿속을 스치는 것이 있었다. 병원에서 간호사가 건네준 책자였다. 윤주는 재빨리 소파에서 일어나 텔레비전 아래 서랍장을 뒤지기 시작했다. 서랍 맨 아래 칸에 있던 책자를 어렵지 않게 찾아냈다.

윤주는 책을 펼쳐 목차들을 꼼꼼히 살펴보기 시작했다. 책자 안에는 치매 환자와 가족을 지원하는 다양한 정보들이 꼼꼼히 기록되어 있었다. 환자를 돌봐주는 주간보호센터와 전문적인 요양병원들이 지역별로 상세하게 정리되어 있었고, 각 시설의 연락처와 운영 방식까지도 자세하게 설명되어 있었다.

페이지를 넘기는 윤주의 손길이 점점 빨라지면서 마음속으로 초조함과 기대감이 동시에 몰려들었다. 세종과 대전 근처의 시설들이 눈에 들어오자, 심장이 뛰기 시작했다. 다행히 가까운 동네에도 몇 군데의 센터가 있었다.

윤주는 가방에 있던 휴대전화를 재빨리 꺼내 책자에 적힌 전화번호들을 차근차근 저장하기 시작했다. 번호를 누르는 손끝에서 작은 희망이 싹트기 시작했다. 그 전화번호들이 예전의 삶으로 그녀를 데려다줄 것만 같았다.

번호 저장을 끝낸 윤주는 긴 숨을 내쉬었다. 어쩌면 앞으로 다가올 날들은 지금보다 덜 외롭고, 덜 버거울지도 모른다는 생각에 마음 한편이 편안해졌다. 윤주는 조용히 옷을 갈아입고 침대에 누웠다. 오랜만에 아침이 기다려졌다. 눈을 감자 순식간에 잠이 쏟아졌다. 어쩐지 오늘 밤만큼은 깊고 편안하게 잠들 수 있을 것 같았다.

6

"예린아, 할미 좀 도와줄래?"

거실에서 들려온 할머니의 목소리가 방 안의 적막을 깨트렸다. 예린은 이불 속에서 천천히 눈을 떴다. 창밖으로 희미한 새벽빛이 퍼지고 있었지만, 방 안은 여전히 무덤처럼 어두웠다. 몸은 무겁게 가라앉았고, 눈꺼풀은 다시 감기려 했다.

예린은 침대에 그대로 누워 있었다. 어쩌면 엄마가 먼저 일어나 할머니를 챙길지도 모른다는 생각에 숨을 죽인 채 기다렸다. 그러나 엄마의 방문은 끝까지 열리지 않았다. 방 안 공기가 점점 답답하게 느껴졌다. 눈을 감고 있자니, 다시 할머니 목소리가 들려올 것만 같았다. 결국 예린이는 한숨을 내쉬며 천천히 몸을 일으켰다.

방문을 열고 나오자, 거실 한가운데서 할머니가 초조하게 서성이고 있었다. 무언가를 찾으려는 듯 서랍을 열었다 닫았다 했다. 할머니의 그런 모습이 여전히 낯설게 느껴졌지만, 그나마 자신의 이름을 불러주는 것만으로도 마음을 놓을 수 있었다.

거실에 난방이 켜져 있는데도 공기가 차갑게 느껴졌다. 창문 밖으로 아침 햇살이 스며들며 거실 한쪽을 희미하게 비추고 있었다. 예린이는 천천히 할머니에게로 다가갔다. 할머니는 텔레비전 아래의 서랍장을 여닫으며 '설탕이 어디 갔지?'하고 중얼거렸다. 예린이는 거실에서 설탕을 찾는 할머니를 보면서도 선뜻 말을 건네지 못했다.

가까이 다가가자, 서랍을 뒤지던 할머니가 뒤돌아보았다. 할머니의 눈빛은 마치 길에서 엄마를 잃어버린 아이처럼 불안해 보였다. 예린이는 입술을 깨물며 할머니를 말없이 바라보았다. 할머니도 순간 손을 멈추고 예린이를 올려다보았다. 예린은 그 눈빛 속에서 뭔가를 읽어내려고 애썼지만, 마치 안갯속에 가려진 것처럼 아무것도 보이지 않았다.

그때 할머니가 부리나케 주방으로 달려갔다. 예린의 시선이 할머니를 따라 식탁 위에 멈췄다. 식탁 위에는 국과 우유가 엉겨 식탁 위로 흘러내리고 있었고, 할머니는 그 앞에 앉아 수저를 든 채 어리둥절한 표정을 짓고 있었다.

"예린아, 설탕이 어디 있지? 국에 넣어야 하는데 보이질 않네."

예린은 깊은 한숨을 내쉰 뒤, 행주로 식탁을 닦으며 말했다.

"할머니, 제가 할게요. 그냥 앉아 계세요."

할머니의 손등에 묻은 국물을 닦아주며 예린은 마음속에 끓어오르는 무언가를 조용히 눌러 앉혔다. 하지만 할머니는 다시 혼란스러운 얼굴로 말했다.

"예린이 학교에 가야 하는데, 국이 없어서 어떡하지?"

예린은 고개를 끄덕이며 부드럽게 말했다.

"괜찮아요, 할머니. 빵 먹고 가면 돼요."

예린은 어쩔 줄 몰라 하는 할머니에게 억지로 웃어 보였지만, 속으로는 미칠 것만 같았다. 자신이 왜 이런 일을 해야 하는지, 대체 언제까지 이렇게 살아야 하는지, 밀려드는 짜증을 억누르기 힘들었다. 그러면서도 마음 한편에선, 지금까지 할머니가 자신을 위해 어떻게 살아왔는지 스스로에게 되물었다.

어질러진 식탁을 정리하며 시계를 흘끗 보았다. 학교에 늦지 않으려면 서둘러야 했다. 하지만 여전히 천천히 국을 뜨고 있는 할머니의 모습을 보고 있자니 마음이 답답했다. 결국 예린은 자신도 모르게 할머니에게 소리치고 말았다.

"할머니, 그냥 두세요. 저 밥 안 먹는다고요!"

할머니는 순간 움찔하더니, 또다시 예린에게 말했다.

"밥을 안 먹으면 어떡해?"

"그까짓 밥 한 끼 안 먹어도 되니까, 제발 좀 그만두세요!"

예린이가 화를 내자, 할머니는 한동안 식탁 앞에 서 있다가 말없이 방으로 들어가 버렸다. 대충 식탁을 닦은 예린이는 행주를 들고 주방으로 들어갔다. 개수대와 가스레인지 근처에는 할머니가 꺼내놓은 반찬들과 식기들로 넘쳐났다. 대체 뭘 하려고 그 많은 것들을 꺼내 놓았는지 감이 잡히지 않을 정도였다. 예린은 한숨을 내쉬며 어질러진 그릇들을 정리하기 시작했다.

어쩐지 목구멍에 가시가 걸린 것처럼 속이 따끔거려 숨을 쉬기가 힘들었다. 최근 들어 할머니에게 짜증을 내고 소리치는 횟수가 점점 늘고 있다는 걸 예린도 모르지 않았다. 할머니에게 절대로 그래선 안 된다는 걸 알면서도 막상 이런 일이 닥치면 끓어오르는 화를 참기가 어려웠다.

시간이 지날수록 할머니의 행동은 더 예측할 수 없게 변했다. 하루는 바지 주머니에 휴지 대신 조리되지 않은 생선을 넣고 다니는가 하면, 또 다른 날은 무당처럼 칼을 들고 뛰어다니며 뭔가를 중얼거리곤 했다. 예린은 그런 할머니의 모습을 볼 때마다 당혹스러움을 넘어 공포에 사로잡혔다.

어지럽게 쌓인 그릇들 사이로 예린은 식빵을 찾고 있었다. 그때, 푸석한 얼굴로 엄마가 주방으로 들어왔다. 새벽까지 일한 엄마의 얼굴에는 피로가 짙게 내려앉아 있었다. 조리대 위에 어질러진 그릇들을 본 엄마는 잠시 멈칫하더니, 말없이 하나씩 정리하기 시작했다. 예린은 그런 엄마 곁에 조용히 서 있었다.

엄마가 대강 정리를 끝내고도 여전히 멍하니 서 있는 예린을 의아하게 쳐다보았다. 다른 날과 다른 예린의 모습에 무언가 눈치챈 듯, 엄마는 예린을 식탁 앞으로 데려가 마주 앉았다. 지친 눈빛으로 엄마가 물었다.

"예린아, 왜 그래? 무슨 일 있어?"

"아니요. 아무 일도 없어요."

엄마의 눈빛을 피하려 했지만, 끝내 참았던 눈물이 터지고 말았다. 마음속에 켜켜이 쌓여 있던 슬픔과 억울함이 울음과 함께 쏟아져 나왔다.

"엄마, 미술 대회에 낼 작품을 망쳤어요."

놀란 엄마가 다급히 물었다.

"정말? 어쩌다가?"

"며칠 동안 그려놓았던 그림을 어젯밤에 할머니가 가져가셨어요."

"할머니가? 그걸 왜?"

"가스레인지가 안 켜져서…… 불쏘시개로 쓰셨대요."

엄마는 입술을 꾹 다문 채 말을 잇지 못했다. 예린은 울음을 삼키며 외쳤다.

"엄마, 나 진짜 열심히 준비했단 말이에요! 잠도 못 자고 새벽까지 그린 거, 엄마도 알잖아요!"

말없이 예린의 말을 듣고 있던 윤주는 팔을 뻗어 안아주려 했다. 하지만 예린은 몸을 돌려 버렸다.

"엄마, 왜 나는 항상 참아야 해요? 왜 항상 내가 이해해야 하고, 내가 양보해야 하냐고요?"

"예린아, 할머니가…… 안 좋으신 거 알잖아. 우리가 조금만 더……"

"왜 '우리'예요? 엄마는 집에 없고, 돌보는 건 나잖아요! 전 아직 열다섯 살밖에 안 됐다고요. 나도 누군가한테 기대고 싶은데, 왜 자꾸 어른처럼 굴라고 해요?"

예린의 가시 돋친 말에 엄마의 얼굴이 창백해졌다.

"미안해, 예린아. 정말 미안해."

"그 말 지겹도록 들었어요."

예린의 어깨가 들썩이기 시작했다.

"엄마, 저도 지쳤어요. 도대체 이 집에서 누가 누굴 돌보는 건지 모르겠어요. 전 아직 중학생인데……, 그런데 어떻게 할머니를 돌보라는 거예요? 왜 그래야 해요? 왜 엄마는 나한테까지 이런 걸 물려줘요?"

예린의 말에 엄마는 그 자리에 서서 아무 말도 하지 못했다.

"예린아, 너한테 그런 짐을 지우려던 건 아니었어. 정말 아니었어. 하지만 엄마도……"

"알아요. 엄마도 힘든 거. 근데 엄마…… 난 아직 어려요. 너무 힘들다고요."

결국 예린의 눈에서 눈물이 터져 나왔다. 윤주는 말없이 딸을 끌어안았다. 희미한 햇빛 사이로 힘겨운 하루가 시작되고 있었다.

✛ ✛ ✛

그날 저녁 예린은 친구들과 있다가 밤이 되어서야 집에 돌아왔다. 할머니는 주무시는지 집안엔 정적만이 가득했다. 거실은 여전히 어수선하고 주방에선 뭔가 이상한 냄새가 풍겨왔지만, 예린은 그냥 방으로 들어갔다.

불도 켜지 않은 채 책상 의자에 털썩 주저앉았다. 가방을 내려놓으려는 순간, 방 안을 비추는 달빛이 눈에 들어왔다. 따스하게 번지는 달빛을 보니, 문득 예전의 할머니가 떠올랐다. 공부에 지쳐갈 무렵이면 할머니는 쟁반을 들고 방에 들어오곤 했다. 쟁반에는 과일이나 떡 같은 간식이 들어 있었다. 할머니는 말없이 예린의 얼굴을 한 번 쓰다듬고는 조용히 방을 나가곤 했다. 예린은 생각했다. 자신은 절대로 할머니를 미워하는 게 아니라고. 그저 조금 지쳐 있는 것뿐이라고.

예린은 방에서 나와 할머니의 방 앞에 섰다. 살며시 문을 열자, 할머니의 작고 초라한 모습이 눈에 들어왔다. 다시 문을 닫으려는데, 베갯머리 옆에 작은 쪽지가 보였다. 가까이 가서 펼쳐보니, 종이 안쪽에는 엉뚱한 그림과 글씨가 반복적으로 쓰여 있었다. '우리 예린이는 예쁘고 착해요.' 예린은 할머니가 쓴 글자들을 몇 번이고 따라 읽었다. 비뚤배뚤한 글자들에서 희미한 온기가 느껴졌다. 낡은 종이의 감촉이 가슴에 박힌 가시를 녹아내리게 했다.

쪽지를 바라보던 예린이의 눈가에 눈물이 맺혔다. 어느새 따스한 기억들이 하나둘씩 떠오르기 시작했다. 감기에 걸린 예린의 이마를 밤새도록 짚어주던 할머니의 손길. 시험 기간에 밤새워 공부하는 예린의 곁을 지켜주던 할머니의 얼굴. 늘 따뜻하던 온화한 미소와 된장찌개 냄새가 풍기던 할머니의 품까지, 하나도 빠짐없이 기억났다.

예린은 눈물을 닦은 후 쪽지를 조심스레 접어 주머니에 넣었다. 그리고 잠든 할머니를 한참 동안 바라보았다. 벌어진 입에서 흘러내리는 침이 턱 끝을 적시고 있었다. 예린은 침대 곁에 있는 티슈 한 장을 뽑아 할머니의 입가를 닦아주었다. 할머니는 깊이 잠들었는지 기척조차 없었다. 예린은 할머니의 이불을 덮어주고 조용히 방을 나왔다.

거실로 나오자, 어질러진 풍경이 눈에 들어왔다. 소파 위로 아무렇게나 흩어진 담요, 바닥에 떨어져 있는 옷가지들, 주방 한편에 쌓여 있는 설거지. 아침에 집을 나설 때와 크게 다르지 않았다. 그 모습을 보니 마치 단꿈에서 깨어나 현실로 되돌아온 것 같았다.

예린은 한동안 거실에 서서 어질러진 집안을 천천히 바라보았다. 어딘가에서 할머니의 목소리가 여전히 들려오는 듯했다. 무언가를 찾으려 서랍을 뒤지며 부지런히 움직이던 모습 뒤로 자신을 안아주던 할머니의 얼굴이 겹쳐 보였다. 그제야 예린은 깨달았다. 할머니의 병이 더 이상 피할 수 없는 현실이라는 것을. 엄마야말로 홀로 이 모든 걸 감당하고 있다는 것도. 자신이 외면할수록 엄마와 할머니가 더 힘들어진다는 사실이 뼈저리게 느껴졌다.

예린은 천천히 한숨을 내쉬었다. 그리고 주방으로 들어가 설거지를 시작했다. 이어 거실을 정리하고, 세탁기를 돌렸다. 청소기까지 밀고 나자 비로소 집 안이 조금 정돈되어 보였다.

그 다음엔 욕실에 물을 받아 두고, 할머니를 깨우러 갔다. 몸을 부축해 욕실로 모시는 일부터가 힘에 부쳤다. 조심스레 옷을 벗기고, 따뜻한 물로 조심스럽게 할머니의 몸을 씻겼다. 팔과 다리를 들고 닦는 동작 하나하나가 예린에게는 낯설고 어색했다. 서툰 손길로나마 할머니의 젖은 몸을 수건으로 닦아내고 새 옷을 입혀 드리고 나서야 침대로 모실 수 있었다.

거울에 비친 얼굴에는 어느새 땀이 맺혀 있었다. 시계를 보니, 곧 엄마가 수업을 마치고 돌아올 시간이었다. 예린은 서둘러 욕실로 돌아와 바닥을 정리하고 물기를 닦았다. 때마침 문이 열리는 소리가 들렸다. 예린은 잠시 멈춰 섰다. 엄마가 편의점 봉투를 들고 들어오고 있었다. 손에 김밥을 든 엄마의 얼굴에서 피곤함이 묻어났다. 엄마는 예린과 눈이 마주치자 희미하게 웃으며 신발을 벗었다.

"예린아, 오늘 학교는 어땠어?"

엄마는 늘 그렇듯 습관처럼 물었다. 예린은 고개를 끄덕이며 주방으로 다가섰다.

"괜찮았어요. 그런데 엄마, 할머니는 제가 씻겨드렸어요. 청소도 다 끝냈고요."

엄마가 걸음을 멈추고 거실을 둘러봤다. 깨끗해진 거실과 부엌을 확인한 엄마의 눈이 커다래졌다.

"정말? 너 혼자서? 엄마가 할 텐데……."

"이제부터 할머니는 제가 씻겨 드릴 테니까 앞으론 걱정 마세요."

"그런 소리 마. 저녁은 먹었어?"

"친구들이랑 먹었어요. 엄마는 김밥부터 드세요. 물 가져다드릴게요."

엄마는 식탁에 앉아 김밥을 꺼내 먹기 시작했다. 예린은 물을 가져다주고는 식탁 건너편에 앉아 엄마를 바라보았다. 주방의 노란 전등 아래, 엄마의 얼굴이 선명히 드러났다. 듬성듬성 보이는 흰머리와 깊어진 주름 사이로 기미가 또렷하게 보였다. 엄마는 김밥을 천천히 씹으며 고개를 들어 예린을 바라보았다.

"예린아, 앞으로 집안일은 엄마가 할 테니까, 넌 신경 쓰시 마."

"엄마도 힘들잖아요."

"넌 공부만 해. 네가 이런 거 신경 쓸 나이가 아니야."

하지만 예린은 조용히 고개를 저었다.

"엄마, 저도 이제 엄마를 도울 수 있을 만큼 컸어요."

"너두 곧 고등학생인데, 공부에 더 신경 써야지. 그리고 이건 엄마가 할 일이야."

"엄마, 혼자 모든 걸 짊어지려고 하지 마세요. 저도 가족이잖아요."

엄마는 잠시 말을 잇지 못했다. 대신 손을 뻗어 예린의 얼굴을 부드럽게 쓰다듬었다. 그 손길에는 미안함과 고마움이 묻어 있었다. 예린은 엄마의 손을 꼭 잡았다. 그리고 다짐했다. 이제부터는 자신이 엄마를 위한 빛이 되겠다고. 김밥을 씹는 엄마의 얼굴에 슬픈 미소가 비쳤다.

다음날부터 예린은 다시 수업이 끝나는 대로 곧장 집으로 돌아왔다. 현관문을 열면 어김없이 어질러진 거실과 더러워진 주방이 눈에 들어왔다. 하지만 더 이상 짜증을 내지도, 슬퍼하지도 않았다. 그저 조용히 책가방을 내려놓고 청소기를 꺼내 들었다. 바닥을 쓸고, 어지럽혀진 물건들을 제자리에 놓은 뒤, 엉망이 된 주방을 정리했다. 이제 할머니를 보살피는 일과 집안일은 이제 예린의 일상이 될 운명이었다.

소파에 앉아 있던 할머니는 예린이 일하는 모습을 그저 우두

커니 바라보았다. 할머니의 손끝은 무언가를 움켜잡으려는 듯 허공을 향하고 있었다. 예린은 조용히 옆으로 다가가 할머니의 손을 잡았다. 두 손은 여전히 따뜻했고, 부드러운 온기가 느껴졌다.

세탁기가 다 돌아가자, 예린은 젖은 빨래들을 안방으로 난 베란다에 널기 시작했다. 문득 창밖을 내려다보니 아파트 정문 앞에 꾸며진 크리스마스 장식들이 보였다. 산타할아버지와 루돌프, 눈사람 모양으로 만들어진 색색의 전구들이 어두워지는 거리를 환하게 비추고 있었다.

거실 정리를 끝낸 예린은 옷장에서 외투를 꺼내 할머니에게 입혀 드렸다. 목도리까지 둘러드린 후 할머니의 손을 꼭 잡고 집을 나섰다.

"우리 예린이랑 이렇게 걸으니까, 참 좋구나."

잠시 정신이 돌아온 듯 할머니가 조용히 웃어 보였다. 거리는 연말의 분위기로 물들어 있었다. 반짝이는 크리스마스 장식들 사이로 아이들이 뛰어다니고, 상점마다 캐럴이 흘러나왔다. 둘은 노점에서 모락모락 김이 오르는 붕어빵을 산 뒤, 길가 벤치에 나란히 앉았다.

"뜨거우니까 조심히 드세요."

할머니는 붕어빵을 두 손으로 받아 들고 한입 베어 물었다.

"음, 맛이 좋네."

그 미소에 예린도 웃으며 붕어빵을 입에 넣었다. 예린이 시린 손을 불고 있자, 할머니가 조용히 외투 주머니를 열어 손을 넣어 주었다. 손끝에서 시작된 온기가 가슴까지 스며들었다. 예린은 할머니의 손을 가만히 감싸 쥐며 말했다.

"할머니, 우리 내일도 나와요. 또 붕어빵 먹고, 같이 걸어요."

할머니는 말없이 고개만 끄덕였다. 둘은 크리스마스 장식물들을 돌아 집을 향해 걷기 시작했다. 반짝이는 전구 사이로 크리스마스가 다가오고 있었다. 하지만 이미 예린에겐 가장 따뜻한 선물이 곁에 있었다.

7

새 학기가 시작되면서 윤주의 귀가 시간이 갈수록 늦어졌다. 어느덧 고등학생이 된 예린이도 학원에 머무는 시간이 늘어서 두 모녀는 서로 얼굴도 보지 못한 채 하루를 보내는 경우가 점점 많아졌다. 그날도 윤주는 밤늦게까지 학원에서 일하다가 자정이 다 되어서야 집에 돌아왔다. 현관문을 열자 익숙한 어둠과 정적이 그녀를 맞이했다. 신발을 벗으며 집안을 둘러보았다. 거실이 깨끗한 걸 보니 그나마 큰 문제는 없었던 모양이었다. 시어머니와 예린은 벌써 잠들었는지 주방 불까지 모두 꺼져 있었다.

윤주는 시어머니의 방문을 조용히 열었다. 시어머니는 이불을 구석에 말아놓은 채, 침을 흘리며 깊이 잠들어 있었다. 침대 아래에는 기저귀와 비닐 조각들이 여기저기 흩어져 있었다. 방 안 어기저기에서 익숙한 냄새가 코를 찔러왔다. 윤주는 기저귀 같은 큰 쓰레기만 대강 치우고는 소리 없이 방을 나왔다.

예린의 방으로 발걸음을 옮기자, 책과 참고서들이 침대 위에 어지럽게 놓여 있었다. 공부하다 잠이 들었는지 예린은 문제집을 품에 안고 잠든 채였다. 윤주는 책을 조심스럽게 치우고, 딸의 어깨에 이불을 덮어주었다. 딸의 피곤한 얼굴을 바라보고 있자니 새삼스레 마음이 복잡해졌다. 어린 딸에게 너무 많은 짐을 지웠다는 생각에 늘 마음이 편치 않았다. 윤주는 곤히 잠든 딸의 머리칼을 쓰다듬고는 조용히 불을 껐다.

윤주는 곧장 주방으로 향했다. 냉장고 문을 열어보니, 인터넷에서 주문한 국과 찌개들이 차곡차곡 쌓여 있었다. 대부분 예린이가 혼자 먹을 수 있도록 준비해 둔 음식들이었다. 하지만 내일이 예린이의 생일인 만큼 닭볶음탕을 직접 만들어두기로 했다.

남편의 식성을 그대로 물려받은 예린은 나이답지 않게 닭볶음탕을 제일 좋아했다. 하지만 막상 닭을 손질하고 채소를 다듬으려고 하니 시간이 오래 걸렸다. 오랜만에 주방일을 해서인지, 음식을 만드는 게 손에 익지 않았다. 닭볶음탕이 보글보글 끓어오르는 동안, 윤주는 밑반찬들을 정리하고 배달된 식료품들을 냉장고에 차곡차곡 넣었다. 설거지까지 마치고 나니 어느덧 자정에 가까운 시간이었다.

마침내 윤주는 자신의 방으로 들어갔다. 책상 위에는 처리해야 할 학원 서류와 시험지들이 수북하게 쌓여 있었다. 그러나 멍하니 바라볼 뿐 손을 댈 엄두조차 나지 않았다. 윤주는 내일 조금 일찍 일어나기로 하고, 그대로 뻗어버렸다.

침대에 누워 천장을 바라보는데, 방안이 희미하게 흔들리는 듯한 착각이 일었다. 머리는 구멍이 난 것처럼 느껴졌고, 팔과 다리는 물에 젖은 스펀지처럼 무겁기만 했다. 창밖에서 들려오는 바람 소리를 들으며 윤주는 두 눈을 감았다. 하루가 끝났다는 안도감과 내일 또다시 반복될 일상에 대한 두려움이 온몸을 짓눌렀다. 온종일 몸과 마음을 옥죄던 긴장감이 조금씩 녹아들었지만, 완전히 내려놓을 수는 없었다.

그즈음 윤주의 하루는 거의 비슷했다. 눈을 뜨면 제일 먼저 냉장고에서 반찬과 밥을 꺼내 아침을 준비했다. 이미 예린이는 혼자 빵을 먹고 등교한 후였지만, 어머니의 식사만큼은 거를 수 없었다. 식사 준비가 끝나면 윤주는 정신없이 자고 있는 시어머니를 깨워 식탁으로 모셔 왔다. 열심히 준비한 식사였지만, 어머니는 대부분 한두 숟가락에 그쳤다. 어머니의 식사를 도우며 천천히 흘러가는 시간을 견디는 것도 이제는 그녀의 일이었다.

아침 식사가 끝나면 주간보호센터 차량을 맞이할 준비가 시작되었다. 처음에는 센터에 가기를 완강히 거부하시던 시어머니도 이제는 많이 익숙해진 듯했다. 보호사 말에 따르면 시어머니가 생각보다 낯을 많이 가린다고 했다. 후덕한 인상의 센터장은 그런 시어머니를 위해 윤주를 닮은 요양보호사를 일부러 배정했다고 했다. 그래서인지 시어머니는 센터에서 별다른 문제 없이 지내셨다. 오전 9시부터 저녁 6시까지 센터에서 어머니를 돌봐주는 덕분에, 윤주의 집안일도 훨씬 수월해졌다.

차량이 도착할 시간이면 윤주는 시어머니의 외투를 입혀 드리고 신발을 신겨드렸다. 그럴 때마다 시어머니는 잠시 멈춰 서서 윤주를 말없이 바라보곤 했다. 곧 기사와 직원이 밝은 인사와 함께 어머니를 부축해 모셔갔고, 윤주는 그 뒷모습을 지켜보며 하루의 첫 숨을 돌렸다.

집으로 돌아오면 어머니 방을 정리하는 일이 기다리고 있었다. 밤사이 더럽혀진 이불과 요를 정리하는 것도 그녀에게는 일상이었다. 때로는 비닐만 갈아 끼우면 될 정도로 무난한 날도 있었지만, 대개는 새로운 요를 깔아야 했다. 창문을 활짝 열어 방 안을 환기하고, 이불과 요를 하나하나 확인하며 기저귀를 치우고 비닐을 교체하는 일이 매일 반복되었다.

청소와 빨래도 빠질 수 없는 순서였다. 어머니 방, 거실, 주방까지 청소기를 돌리고 닦아내는 동안, 윤주는 다음 일정을 떠올렸다. 모든 것을 마치면 학원으로 출근할 시간이 되었다. 시계를 확인하고 부랴부랴 집을 나서면 빽빽한 수업이 그녀를 기다리고 있었다. 눈코 뜰 새 없이 일하고 나면 오후가 금방 지나가 버렸고, 정신을 차릴 때쯤이면 주위가 어두워져 있었다.

그날도 밤늦게까지 일한 윤주는 방에 들어서자마자 잠이 들고 말았다. 그런데 잠결에 이상한 기운이 느껴졌다. 어둠 속에서 누군가가 자신을 보고 있는 것 같았다. 간신히 눈을 떠보니 시어머니가 코앞에서 자신을 내려다보고 있었다. 깜짝 놀란 윤주는 침대에서 벌떡 일어났다. 시어머니의 손에는 번뜩이는 식칼이 들려 있었고, 헝클어진 하얀 머리카락이 이마 앞까지 내려와 있었다. 순간 온몸이 얼어붙었다. 뭐라고 소리치고 싶었지만, 목소리가 제대로 나오지 않았다.

"어……어머님?"

시어머니의 번득이는 눈빛이 윤주의 심장을 철렁이게 했다. 자신을 노려보는 시어머니는 지금껏 보아온 따뜻하고 상냥한 시어머니가 아니었다. 핏발 선 눈에는 알 수 없는 적의와 분노가 가득했다.

"이 죽일 년. 니년이 내 아들 잡아먹었지. 금쪽같은 내 새끼, 네가 죽인 거 다 알고 있어. 이 천하의 나쁜 년."

"어머님, 왜 그러세요. 재훈 씨는 사고로 떠난 거잖아요." 윤주가 떨리는 목소리로 말했다. 하지만 시어머니는 듣지 않았다.

"네년이 죽여놓고 나한테 거짓말한 거 다 알고 있어!"

시어머니는 칼을 든 채 한 걸음 더 다가왔다. 윤수는 본능적으로 이불을 움켜쥐었지만, 날카로운 칼을 막기에는 터무니없이 얇았다.

"어머님…… 저 윤주예요. 예린이 엄마요. 제발 정신 좀 차려보세요!"

하지만 시어머니는 멈추지 않았다. 시어머니의 손에 들린 칼이 어둠 속에서 번쩍거렸다. 시어머니는 계속해서 윤주를 노려보았다. 번뜩이는 눈빛이 너무나 낯설고 공포스러웠다. 그녀는 숨을 깊게 들이쉬며 최대한 침착하게 말했다.

"어머님, 이 칼은 위험하니까 저한테 주세요. 괜찮아요. 다 괜찮아요."

윤주는 천천히 손을 뻗어 시어머니의 손에서 칼을 빼앗으려 했다. 하지만 시어머니는 놀라울 만큼 단단히 칼을 움켜쥐고 있었다.

"어머님, 이건 저한테 주세요. 괜찮아요."

윤주의 손끝이 칼날에 닿으려는 순간, 시어머니가 갑자기 칼을 휘둘렀다. 다행히 칼날은 아슬아슬하게 윤주의 옆구리를 스치듯 지나갔지만, 심장이 얼어붙는 듯한 공포를 느꼈다.

"어머님! 안 돼요!"

윤주는 반사적으로 몸을 틀며 칼을 붙잡았다. 침대 위에서 실랑이가 시작됐고, 시어머니는 믿기지 않을 만큼 강한 힘으로 칼을 놓지 않았다. 두 사람은 이내 침대에서 굴러떨어져 바닥에 몸을 부딪치며 실랑이를 이어갔다. 한참의 몸싸움 끝에 윤주는 가까스로 칼을 빼앗았다. 그러자 시어머니는 칼을 놓친 손을 허공에 떨구고, 갑자기 울음을 터뜨렸다. 윤주는 방 불을 켠 뒤 시어머니에게 다가갔다.

"언니가 내 거 뺏어갔어. 난 몰라잉……"

아이처럼 훌쩍이며 눈물을 훔치는 모습은 마치 다섯 살 아이 같았다. 윤주는 칼을 침대 뒤로 숨겨두고 시어머니를 달래기 시작했다.

"어머님, 괜찮아요. 제가 다른 거 가져다드릴게요. 진정하세요."

시어머니는 금세 울음을 그치더니 고개를 끄덕였다. 윤주는 안도의 숨을 내쉬며 시어머니의 등을 토닥였다. 그런데 옆구리 쪽에서 따뜻한 액체가 흘러내리는 느낌이 들었다. 옆구리에 손을 대보니 빨간 피가 묻어 나왔다. 윤주는 깜짝 놀라 외쳤다.

"어… 어머님…"

이불 위로 피가 번지고 있었다. 윤주는 손으로 피를 막아보려 했지만, 피는 계속해서 흘러내렸다. 쏟아지는 피를 보니, 갑자기 두려움과 서러움이 한꺼번에 터져 나왔다. 윤주는 그 자리에 주저앉아 조용히 흐느꼈다. 시어머니는 훌쩍이며 윤주의 얼굴을 쓰다듬었다.

"언니, 아파? 내가 '호' 해줄게……"

그 한마디에 윤주는 더는 울음을 참지 못했다. 옆구리를 부여 잡은 채 울음을 터트리자, 시어머니도 함께 울기 시작했다. 그때 방 밖에서 갑자기 예린의 목소리가 들렸다.

"엄마, 거기 있어? 뭐해?"

문이 삐걱 열리며 예린이 방 안으로 들어왔다. 잠이 덜 깬 얼굴로 윤주와 시어머니를 번갈아 바라보던 예린은 피 묻은 옷을 보고 눈이 휘둥그레졌다.

"엄마… 옆구리 그거 피야?"

윤주는 놀란 예린을 진정시키려 애쓰며 조용히 말했다.

"괜찮아, 별거 아니야. 살짝 스친 것뿐이야."

그러면서 이불로 상처를 가리려 했지만, 이미 번져버린 핏자국을 숨길 수는 없었다. 예린이 다가와 이불을 끌어당겼다.

"아니긴 뭐가 아니야! 엄마, 피가 이렇게 나는데. 설마 할머니가 그랬어?"

예린이가 윤주와 시어머니를 번갈아 보며 말했다. 윤주는 애써 미소를 지어 보이며 딸을 안심시키려 했다.

"할머니가 칼을 장난감인 줄 아셨나 봐. 진짜 괜찮아, 예린아."

하지만 예린은 고개를 저으며 눈물을 글썽였다.

"괜찮긴 뭐가 괜찮아! 엄마……!"

예린은 이내 시어머니를 향해 고함쳤다.

"할머니! 미쳤어? 엄마한테 왜 그랬어? 왜 그랬냐고!"

그 소리에 시어머니가 또다시 울음을 터뜨렸다.

"몰라잉……, 언니가 내 거 뺏어갔단 말이야……"

엉엉 우는 시어머니의 모습은 더 이상 두렵지도 위협적이지도 않았다. 그 모습을 본 예린이도 차마 더 이상 뭐라고 하지 못하고 눈물만 흘렸다. 윤주는 딸과 시어머니를 번갈아 보며 결국 함께 주저앉아 울음을 터뜨렸다. 방 안에는 세 사람의 흐느낌만 가득했다.

잠시 후 윤주가 피에 젖은 이불과 옷들을 치우는 사이, 예린이는 우는 시어머니에게 요구르트를 가져다드렸다. 시어머니는 언제 그랬냐는 듯 아이처럼 요구르트를 맛있게 빨아 먹기 시작했다. 윤주는 상처 부위를 수건으로 감싼 후 가까운 응급실을 검색했다. 상처를 방치하면 감염이 될 수도 있을 것 같았다. 다행히 멀지 않은 곳에 야간 진료를 하는 병원이 있었다.

윤주는 옆구리를 부여잡고 차키를 챙겨 나섰다. 예린이 걱정 가득한 눈빛으로 함께 가겠다고 했지만, 윤주는 예린의 눈을 보며 차분하게 말했다.

"엄마 혼자 다녀올게. 넌 집에 있어. 할머니도 봐야 하고."

"하지만 엄마……, 정말 괜찮겠어?"

"괜찮아. 걱정하지 마."

예린의 눈이 또다시 흐려지기 시작했다. 딸의 눈에서 눈물이 쏟아지기 전에 윤주는 서둘러 집을 나섰다.

응급실에 도착하자 간호사가 윤주의 피 묻은 옷을 보며 급히 치료실로 안내했다. 상처 부위를 확인한 의사는 소독약을 준비하며 고개를 저었다.

"다행히 깊진 않네요. 그래도 꽤 아프셨을 텐데요. 몇 바늘 꿰

매는 게 좋겠습니다.”

상처를 닦던 의사가 조심스레 물었다.

“어쩌다 다치신 건가요?”

윤주는 잠시 머뭇거리다 작게 말했다.

“그냥, 주방에서 칼을 쓰다 실수했어요.”

의사는 한쪽 눈썹을 살짝 찌푸렸다.

“음……, 요리하다가 이렇게 옆구리를 다치는 경우는 드뭅니다. 누군가에게 찔리신 건 아닌가요? 그렇다면 저희도 절차상 신고 의무가 있습니다.”

그 말을 들은 윤주의 눈에 눈물이 왈칵 쏟아졌다. 괜찮다는 안도감과 서러움이 한꺼번에 몰려들면서 참아왔던 감정이 와르르 무너졌다. 당황한 의사가 윤주를 바라보자, 윤주는 손등으로 눈물을 닦으며 힘겹게 말했다.

“사실은…… 어머님이 치매 때문에 정신이 온전치 않으세요.”

윤주의 말에 의사는 조용히 한숨을 내쉬었다. 한동안 묵묵히 치료를 이어가던 그는, 한참이 지나서야 조심스레 입을 열었다.

“사실 저희 아버지도 치매 환자셨어요.”

“……”

“처음엔 끝까지 모실 수 있을 거라 믿었어요. 그런데 어느 날, 아버지가 망치를 들고 제 아내를 내리치셨어요. 아내는 중태에 빠졌고…… 그제야 아버지를 요양원에 모셨죠. 하지만 이미 늦은 때였어요.”

마침내 치료를 끝낸 의사가 윤주의 눈을 똑바로 보며 말했다.

“가족들에게 더 큰 위협이 되기 전에 전문 요양원을 알아보셔야 합니다. 어머님 상태가 이 정도라면, 집에서 돌보기엔 너무 위험합니다. 나라에서 지원받을 수 있는 제도도 있으니 꼭 알아보세요. 저처럼 미련한 선택은 하지 마시고요.”

윤주는 조용히 고개를 끄덕였다. 의사는 소독과 봉합을 끝내고 상처에 특수 재질의 밴드를 붙여 마무리했다.

“가시기 전에 파상풍 주사 맞으시고요. 한두 번은 소독하러 나오셔야 합니다. ”

“네. 감사합니다, 선생님.”

윤주가 치료대에서 내려오자, 의사가 조심스럽게 말을 건넸다.

“지금은 힘드시겠지만, 더 큰 문제를 막으려면 결단을 내리셔야 합니다. 가족들의 안전이 우선이니까요.”

윤주는 대답 대신 조용히 한숨을 내쉬었다. 응급실을 나선 윤주의 손에는 항생제 처방전이 들려 있었다. 병원 앞에 세워둔 차에 오르려는데 파상풍 주사를 맞은 자리가 욱신거렸다. 다행히 옆구리는 진통제 덕분인지 통증이 전혀 느껴지지 않았다. 하지만 밴드 사이로 비치는 핏자국이 마음을 무겁게 했다.

윤주는 차를 몰아 집으로 향했다. 텅 빈 거리를 달리는데 결단을 내려야 한다는 의사의 말이 귓가를 맴돌았다. 다시는 이런 일이 생기지 않을 거라고 누구도 장담할 수 없었다. 혹시라도 내가 없는 사이에 어머님이 예린이에게 달려든다면. 이어폰을 끼고 있어 아무 소리도 듣지 못한다면. 생각만으로도 온몸이 떨려왔다.

문득 예전에 의사가 했던 말이 떠올랐다. 시어머니를 신료했던 의사는 요양원에서 치료를 받는 것이 어머님께도 더 나은 선택일 수 있다고 조심스럽게 말했다. 하지만 그때는 생각조차 하지 못했다. 요양원에 모신다는 건 시어머니에게 등을 돌리는 일처럼 느껴졌기 때문이었다.

지금은 그때와 달랐다. 어머님의 상태는 이제 두 사람의 손으로 감당하기엔 너무 깊고 심각했다. 체계적인 치료와 전문적인 돌봄이 어머니께도, 자신과 예린에게도 필요하다는 생각이 들었다. 그럼에도 마음은 여전히 흔들렸다. 정말 이게 최선일까. 내가 너무 쉽게 포기하는 건 아닐까. 윤주는 자신에게 거듭 묻고 또 물었다. 그러나 선뜻 답이 떠오르지 않았다.

생각에 잠겨 있던 윤주는 신호등이 붉게 바뀐 걸 늦게야 알아차리고 급히 브레이크를 밟았다. 정신을 차리고 보니 이미 아파트 단지를 한참 지나쳐 있었다. 그녀는 한숨을 깊이 내쉬며 조심스럽게 핸들을 돌려 유턴했다. 저 멀리 아파트 사이로 붉은 해가 천천히 떠오르고 있었다.

8

벚꽃이 흩날리던 날, 윤주는 시어머니를 모시고 시내에서 조금 떨어진 요양원으로 향했다. 다행히 국가 지원을 받아 집에서 멀지 않은 곳에 자리를 마련할 수 있었다. 화창한 날씨 때문인지 거리를 걷는 사람들의 표정이 더없이 환해 보였다. 하지만 운전대를 쥔 윤주의 마음은 한없이 무거웠다. 아무것도 모르는 시어머니는 차 안에서 내내 환한 얼굴로 말했다.

"언니, 우리 어디 가는 거야? 읍내에 가는 거야?"

윤주는 백미러를 향해 희미하게 웃어 보였다.

"네, 어머님. 좋은 데 가요."

"야, 신난다. 오랜만에 읍내 구경하겠네!"

아이처럼 들뜬 시어머니를 보며 윤주는 마치 어머니의 어릴 적 모습을 보는 것 같았다. 평생 시골에서 농사만 지으셨던 어머니에게 도시는 여전히 즐겁고 새로운 곳이라는 걸 그때야 깨달았다.

차가 건널목 앞에 멈추자, 어린아이들이 손을 높이 들고 길을 건넜다. 몇몇 어른들이 아이들의 손을 잡고 함께 걷는 걸 보니, 근처 어린이집에서 나들이라도 나온 모양이었다. 손을 든 채 종종걸음치는 아이들을 바라보다 문득 예린이의 어린 시절을 떠올려보았다. 하지만 윤주가 기억하는 그 시절의 예린은 희미하기만 했다. 딸의 유년은 오히려 십 년 넘게 곁을 지켜준 어머니의 기억 속에 온전히 담겨 있을 터였다.

윤주는 고개를 돌려 뒷자리에 앉은 시어머니를 바라보았다. 택시에서 처음 내렸을 때의 모습과는 전혀 다른 얼굴이었다. 그 시절 단정하고 온화하던 미소는 온데간데없고, 허공을 바라보는 눈은 어딘지 흐릿하고 멀게만 느껴졌다.

요양원에 도착하자, 입구에서 상담사가 윤주와 시어머니를 맞이했다. 복도는 정갈하고, 직원들의 인사도 따뜻했지만, 윤주의 마음은 한없이 가라앉았다. 입소 절차를 진행하는 동안, 시어머니는 주변을 두리번거리며 불안한 기색을 감추지 못했다.

"언니, 여긴 어디야? 나 집에 갈래. 난 여기 싫어……"

그 말에 윤주의 마음이 서서히 무너져 내렸다. 상담실에서 서류를 작성하는 동안에도 시어머니는 윤주의 손을 놓지 않았다.

"언니, 여기 말고 읍내 가자. 응?"

아이처럼 매달리는 어머니의 얼굴에는 겁이 잔뜩 실려 있었다. 간호사가 다가와 어머니를 데려가려 하자, 시어머니는 손길을 뿌리치며 윤주의 팔에 매달렸다.

"싫어, 싫어! 언니, 나 데려가 줘!"

윤주는 차마 볼 수 없어 시선을 떨구었다. 간호사 두 명이 시어머니의 양팔을 힘주어 붙잡았지만, 시어머니는 필사적으로 버티며 울부짖었다.

"나 집에 갈래! 언니, 가지 마! 나 혼자 두지 마……"

어머니의 절규가 윤주의 가슴속을 파고들었다. 아들을 잃고도 끝내 무너지지 않았던 사람, 며느리에게 말없이 모든 것을 내어주고, 예린을 사랑으로 길러낸 어머니. 지친 그녀를 위해 조용히 밥을 차려주고, 아픈 예린이를 밤새 토닥이던 어머니의 손길이 떠올랐다. 윤주는 눈물을 삼키며 떨리는 목소리로 말했다.

"어머님, 잠깐만 계세요. 금방 올게요. 정말 금방 올 거예요."

하지만 어머니는 옷자락을 꽉 쥔 채 윤주를 놓지 않았다. 결국 간호사들이 시어머니에게 달려들어 팔에 진정제를 놓았다. 윤주는 그 모습을 더 이상 볼 수 없어 상담실을 뛰쳐나왔다. 차에 올라탄 뒤에도 한참 동안 시동을 걸지 못한 채 정면만 바라보았다. 금방이라도 어머니가 다시 나타날 것만 같았다.

"어머님…… 정말 죄송해요."

윤주는 조용히 중얼거리며 차를 출발시켰다. 창밖으로 따스한 햇살과 연둣빛 나뭇잎들이 스쳐 지나갔다. 하지만 아무것도 눈에 들어오지 않았다.

그날 밤, 윤주는 새벽까지 잠들지 못한 채 계속해서 몸을 뒤척였다. 시어머니의 떨리는 눈빛과 애절한 목소리가 머릿속을 떠나지 않았다. 아침에 되어서야 잠이 든 윤주의 베개는 눈물로 축축하게 젖어 있었다. 아침이 되자, 따가워진 햇살이 창문을 뚫고 들어왔다. 나무 위에는 바람에 날린 꽃잎들이 수북이 내려앉아 있었다. 봄은 그렇게 조용히 저물어가고 있었다.

✛✛✛

시어머니를 요양원에 모신 지 어느덧 두 달이 지났다. 그 뒤로 집안의 분위기는 확연히 달라졌다. 무겁게 짓누르던 공기는 서서히 걷혔고, 예린의 얼굴을 찌푸리게 했던 불쾌한 냄새도 더 이상 느껴지지 않았다. 벽지에 배어 있던 묵은 냄새조차 말끔히 사라진 듯했다. 윤주는 집안을 둘러보며 숨을 길게 내쉬었다. 오랜만에 느껴보는 쾌적한 공기였다.

거실의 탁자 위에는 꽃병과 향초가 멋스럽게 놓여 있었다. 윤주가 자신을 위해 처음으로 산 작은 사치품이었다. 치우기에 급급했던 이전의 삶과 달리, 지금은 모든 것이 정돈되고 말끔해져 있었다.

예린도 전보다 훨씬 편안해 보였다. 스스로 등교 준비를 하고, 하교 후엔 곧장 학원으로 향했다. 예린의 방 역시 가지런했다. 책상 위엔 정돈된 교재들만 놓여 있었고, 더 이상 구석에 어머니의 물건이 놓여 있지도 않았다.

어느 일요일 저녁, 윤주와 예린이는 단둘이 식탁에 마주 앉았다.

"예린아, 오늘은 네가 좋아하는 갈비찜 했어. 어서 먹자."

예린은 잠시 미소를 지으며 수저를 들었다. 오랜만에 느껴보는 평온한 저녁이었다. 두 사람은 말없이 식사에 집중했다. 식사가 끝나갈 즈음, 예린이 조심스럽게 입을 열었다.

"엄마, 요즘 너무 편하고 좋은데…… 가끔 이상해."

윤주는 잠시 수저를 내려놓았다.

"뭐가 이상해?"

"그냥……, 너무 조용해서. 할머니가 계셨을 땐 정신없긴 해도 따뜻한 느낌이 있었잖아. 지금은 깨끗하긴 한데 뭔가 비어 있는 것 같아."

윤주는 한동안 입을 열지 못했다. 예린의 말처럼, 평온함 속에 묘한 허전함이 함께 깃들어 있었나.

"엄마도 비슷해. 그래도 우리가 할 수 있는 최선이잖아?"

예린은 천천히 고개를 끄덕였다. 다시 밥을 먹기 시작했지만, 더 이상의 대화는 오가지 않았다. 윤주는 마주 앉은 딸을 바라보다가 갈비찜 하나를 집어 들었다. 오랫만에 정성 들여 만든 음식이었지만, 어쩐지 맛이 예전 같지 않았다. 고기는 질기고 양념은 유난히 짰다. 예린도 조용히 식사를 마친 뒤, 곧바로 방으로 들어가 버렸다.

주방일을 마친 윤주는 오랫만에 책을 펼쳤다. 이렇게 조용히 책을 읽는 게 얼마 만인지 가물가물했다. 오래전 사두었던 책이었지만, 그동안 읽을 틈도, 마음의 여유도 없었다.

책은 치매에 걸린 어느 노부부의 이야기였다. 하지만 몇 장 넘기지 못하고, 윤주는 책을 덮고 말았다. 좀처럼 집중할 수 없었다. 집이 조용해진 건 분명 좋은 일이었지만, 마음 한편이 자꾸만 허전했다. 시어머니가 없는 생활은 편안함과 안정을 주는 동시에 깊은 죄책감을 안겨 주었다.

소파에 앉은 채 윤주는 시어머니와 함께했던 순간들을 하나하나 떠올려보았다. 어린 예린을 등에 업고 자장가를 불러주던 모습, 싱싱한 채소를 볼 때마다 눈을 반짝이던 얼굴, 앞날을 걱정하던 자신에게 늘 잘될 거라던 다정한 목소리…… 이제 그 모든 것들은 손이 닿지 않는 기억 속에만 남아 있었다.

눈을 감아도 요양원에서의 어머니 모습은 오히려 뚜렷해져만 갔다. 불안해하던 눈빛과 자신을 혼자 두지 말라고 울부짖던 그 날의 목소리가 그녀를 놓아주지 않았다. 하지만 윤주는 스스로에게 되뇌었다. 예린을 위해서라면, 그런 죄책감쯤은 기꺼이 감당할 수 있다고.

그녀는 조용히 소파에서 일어나 예린의 방으로 향했다. 예린은 이어폰을 낀 채 인터넷 강의를 듣고 있었다. 윤주는 말없이 다가가 딸을 살포시 안았다. 보드라운 뺨이 얼굴에 닿자, 어지럽던 감정들이 잠시 가라앉는 듯했다.

"예린아, 이렇게 씩씩하게 자라줘서 엄마는 정말 고마워."

예린이 고개를 들어 엄마를 바라보며 미소 지었다.

"엄마도 많이 힘들었잖아. 우리 이제 좀 행복해도 되지 않을까?"

그 말에 윤주도 웃으며 딸의 이마에 입을 맞추었다. 그리고 지금의 평화를 더는 죄책감이 아닌, 새로운 시작으로 받아들이기로 했다. 완전히 가벼워질 수는 없겠지만, 삶이란 결국 그런 무게마저 끌어안고 나아가는 일임을 그녀는 천천히 받아들이는 중이었다.

✦✦✦

얼마 뒤 윤주는 면회 일정을 앞딩거 시어머니가 계신 요양원으로 향했다. 한동안 얼굴을 뵙지 못한 터라 혹여 더 나빠지진 않았을까 하는 걱정이 앞섰다. 건물에 들어서자, 특유의 소독약 냄새가 코를 찔러왔다. 깔끔한 시설과 간호사들의 친절한 인사는 순간적인 안도감을 주었지만, 윤주의 마음속 한구석에서는 알 수 없는 불안이 자꾸만 고개를 들었다.

시어머니의 병실로 향하는 내내 지난 면회 때의 모습이 떠올랐다. 초췌했던 얼굴, 불안정했던 눈빛이 잊히지 않았다. 하지만 그저 병세가 깊어지고 있다는 뜻이려니, 하고 애써 자신을 다독였다.

간호사가 방문을 열자, 시어머니는 침대 끝에 조용히 앉아 있었다. 오랜만에 마주한 어머님의 모습에 윤주는 걸음을 멈추고 말았다. 얼굴은 더 핼쑥해졌고, 뺨은 깊이 꺼져 있었다. 팔과 다리는 살이 빠져 앙상했고, 몸을 가누는 것도 힘겨워 보였다.

"어머님……."

윤주가 다가서자, 시어머니가 고개를 들었다. 그러나 눈빛에는 반가움 대신 공포가 가득했다. 어머니는 몸을 움츠리며 뒷걸음질 쳤다.

"누구야? 나 건드리지 마!"

윤주는 당황한 채 다가가 조심스럽게 손을 내밀었다.

"어머님, 저예요. 윤주예요. 괜찮으세요?"

하지만 시어머니는 여전히 겁에 질린 얼굴로 침대 모서리를 움켜쥔 채 몸을 떨고 있었다. 불과 몇 주 만에 사람이 이렇게 달라질 수 있다는 사실이 믿기지 않았다. 가슴 깊은 곳이 서서히 무너져 내리는 듯했다. 윤주는 울컥하는 감정을 누르며 다시 손을 내밀었다.

"어머님, 보세요. 복숭아 가져왔어요. 어머님이 제일 좋아하시잖아요."

윤주는 집에서 챙겨온 복숭아를 꺼내 과도로 껍질을 벗기기 시작했다. 날카로운 칼을 본 시어머니는 한순간 더 움츠러들었지만, 얇게 깎인 복숭아를 바라보며 서서히 긴장을 푸는 듯했다. 윤주는 조심스레 복숭아 조각을 건넸다.

"한 입만 드셔 보세요. 아주 달아요."

시어머니는 한참을 망설이다가 윤주의 손에서 복숭아를 받아 들었다. 조심스럽게 한입 베어 문 뒤에야 얼굴에 희미한 안도감이 떠올랐다. 윤주는 그제야 옆에 앉아 조용히 물었다.

"어머님, 어디 불편하신 데는 없으세요?"

시어머니는 주위를 한 번 살피더니 갑자기 소리를 낮춰 말했다.

"여기 언니들이 자꾸 나 때려. 꼬집고, 욕하고…… 밥도 안 줘……"

윤주는 그 말을 듣는 순간 손끝이 떨렸다. 치매로 인한 망상이라 치부하기엔, 주변을 살피며 속삭이는 시어머니의 태도와 눈빛이 너무도 구체적이고 진지했다.

"어머님, 정말이에요? 누가 그랬어요?"

시어머니는 두려운 눈빛으로 방 밖을 힐끔거리며 더는 말을 잇지 못했다. 윤주는 황급히 시어머니의 팔과 다리를 살폈다. 팔뚝 안쪽과 허벅지 안쪽에 시퍼런 멍 자국이 보였다. 가슴 속에서 뜨거운 뭔가가 치밀어 올랐다. 당장이라도 고함을 치고 싶었지만, 정확한 사실을 확인하는 게 먼저였다. 윤주는 침대 위에 놓인 벨을 눌러 간호사를 불렀다. 얼마 지나지 않아 간호사가 방으로 들어왔다. 윤주는 최대한 침착한 어조로 물었다.

"어머님이 맞으셨다는데, 어떻게 된 일인지 설명해 주시겠어요?"

간호사는 잠시 당황한 표정을 짓더니, 곧 억지로 웃으며 대답했다.

"어머님이 요즘 병세가 더 심해지셔서요. 가끔 사실과 다른 말씀을 하실 때가 있어요. 하지만 절대로 그런 일 없으니까, 걱정하지 않으셔도 됩니다."

간호사의 말에 윤주는 시어머니의 소매를 걷었다.

"그럼, 이 멍 자국들은 어떻게 설명하실 건가요?"

간호사는 순간 말문이 막힌 듯 머뭇거리며 말했다.

"아, 어르신들이 가끔 넘어지거나 부딪히셔서……. "

"그럼, 약은 발라주신 건가요?"

"보호자님. 이런 작은 상처까지 저희가 일일이 챙겨 드리진 못해요. 보시다시피 저희가 챙겨야 할 분들이 한두 분이 아니라서요."

"그래도 그렇지. 어떻게 이렇게 멍이 들었는데 그냥 두신다는 건가요?”

“아시는지 모르겠는데, 어머님이 무척 낯을 가리세요. 어지간한 사람은 옆에 오지도 못하게 하신다고요.”

간호사가 짜증 섞인 말투로 대꾸했다. 윤주는 더 이상 아무 말도 하지 않았다. 시어머니가 낯을 가린다는 건 전부터 알고 있었다. 보호센터에서도 낯선 사람이 주는 밥은 절대로 입에 대지 않았고, 밥 한 끼를 먹으려면 엄청난 시간과 인내심이 필요했다. 하지만 이곳에서 누가 그런 시간을 들이고, 그런 정성을 기울일 수 있을까.

윤주는 주위를 둘러보았다. 복도 곳곳에는 누군가의 손길을 기다리는 노인들로 넘쳐났고, 그들을 바라보는 간호사와 의사들의 얼굴에는 깊은 피로가 드리워져 있었다. 이미 너무 많은 것을 감당하고 있는 얼굴들이었다.

윤주는 말없이 접수대로 걸어가 퇴원 절차를 밟았다. 사실을 안 이상 그냥 넘길 수는 없었다. 아무리 말해도 간호사들의 태도는 달라지지 않을 것이고, 그대로 두었다간 어머님의 상태가 더욱 악화될 수도 있었다. 서류를 작성하는 내내 마음은 심란했지만, 이미 내린 결정을 되돌릴 수는 없었다. 퇴원을 눈치챈 시어머니는 아이처럼 기뻐하며 말했다.

“언니, 나 이제 집에 가는 거지? 와, 신난다!”

그 말에 윤주는 그만 참았던 눈물을 쏟고 말았다. 외롭고 힘들었을 어머니를 생각하니 가슴 한쪽이 찢어지는 듯했다. 억지로 미소를 지으며 윤주는 대답했다.

"네, 어머님. 이제 집에 가요."

집으로 돌아오는 차 안에서 시어머니는 끝도 없이 말을 이어 갔다. 마치 오랜 감금 끝에 세상 밖으로 나온 사람처럼 들떠 있었다. 하지만 윤주의 마음은 무거웠다. '정말 이게 최선일까?' 같은 의문이 자꾸만 머릿속을 맴돌았다. 그렇다고 다시 돌아가기엔 이미 너무 멀리 와 버린 뒤였다.

집에 도착하자 시어머니는 소파에 앉아 환하게 웃었다. 윤주는 땀에 젖은 어머니의 옷을 벗기려 다가섰다. 그 순간, 익숙한 냄새가 코를 찔렀다. 재래식 화장실에서나 날 법한 진한 지린내였다. 동시에 잊고 있던 기억들이 하나둘 떠올랐다. 밥에 우유를 붓고, 기저귀를 풀어 바닥에 변을 문지르던 모습, 자신에게 칼을 휘두르던 그날의 밤까지.

윤주는 한숨을 내쉬며 시어머니를 욕실로 데려갔다. 머리를 감기고, 몸을 씻긴 후 타월로 물기를 닦아내는 동안 시어머니는 말없이 윤주에게 몸을 맡겼다. 머리를 다 말리기도 전에 시어머니는 소파에 누운 채 잠이 들었다.

윤주는 어머니의 냄새 밴 옷들을 세탁기에 넣고 돌렸다. 빨래가 끝난 뒤 옷들을 베란다에 널었을 땐 손톱만 한 해가 이미 산 너머로 사라진 뒤였다. 윤주는 옷가지 사이를 지나 금강 쪽을 바라보았다. 멀리 흐르는 강물 위로, 어둠이 조용히 내려앉고 있었다.

9

여름이 다가오면서 학교에 있는 시간이 하루하루 더 고통스럽게 느껴졌다. 쉬는 시간, 예린은 친구들 무리에서 떨어진 채 가방을 끌어안고 있었다. 아무리 귀를 틀어막아도 남자아이들이 수군거리는 소리가 또렷하게 들려왔다.

"서예린한테 또 냄새난다!"

"이거 똥 냄새 아냐? 진짜 구리다!"

가슴이 철렁 내려앉았다. 반박할 수도, 자리를 피할 수도 없었다. 손바닥엔 땀이 배어나고, 등에선 식은땀이 흘러내렸다. 이런 말을 들은 게 처음은 아니었지만, 들을 때마다 가슴 깊은 곳이 조여드는 것 같았다.

예린은 고개를 숙인 채 수업 종이 울리기만을 기다렸다. 그때, 처음 보는 남자가 교실로 들어섰다. 담임 선생님의 병가로 임시

담임을 맡게 되었다는 그는 간단히 자기소개를 하고 조회를 마쳤다. 그런데 교실을 나서던 선생님이 갑자기 발걸음을 멈췄다.

"어, 특이한 냄새가 나는 것 같은데……. 어디서 나는 거죠?"

그 한마디에 교실 안이 정적에 휩싸였다. 누구도 쉽게 웃어넘기지 못했다. 아이들의 시선이 서서히 예린 쪽으로 향했다. 예린은 숨을 죽였다. 얼굴이 점점 뜨거워지고, 손끝이 얼어붙는 듯했다. 하지만 선생님은 이상한 낌새를 눈치채지 못한 듯 냄새의 근원을 찾으려 교실을 천천히 돌아다녔다. 그러다 예린의 책상 앞에서 걸음을 멈췄다.

"여기서 나는 것 같은데……. 학생, 혹시 가방에 무슨 음식이 들어 있나요?"

그 말에 예린의 몸이 떨리기 시작했다. 금방이라도 심장이 터질 것만 같았다. 마치 교실 전체가, 아니 세상이 자신을 향해 조용히 조롱하는 듯했다. 결국 참을 수 없던 예린은 벌떡 자리에서 일어났다.

"아니에요! 저 아니에요!"

울음을 꾹 누른 채 교실을 뛰쳐나왔다. 복도를 가로질러 계단을 내려가는 동안, 눈물이 쏟아졌다. 지금껏 참아왔던 감정이 봇물 터지듯 터져 나왔다. 손등으로 아무리 훔쳐도, 눈물은 멈추지 않고 뺨을 타고 흘러내렸다.

교실을 지나 정문을 통과할 때까지도 아무 생각도 떠오르지 않았다. 그저 그 자리를 피하고 싶을 뿐이었다. 하지만 막상 학교 밖을 나오니 어디로 가야 할지 막막하기만 했다. 다시 교실로 돌아갈 수도, 선생님과 마주할 수도 없었다. 교실에 가면 또다시 마주해야 할 친구들의 수군거림부터 선생님의 어색한 표정까지, 그 모든 게 예린을 숨 막히게 했다.

예린은 학교를 등지고 무작정 걸었다. 어디로 향하는지는 중요하지 않았다. 그저 그곳에서 멀어지고 싶었다. 하지만 마음은 아직 교실에 남아 있었다. 선생님의 놀란 눈빛, 친구들의 웅성거림, 자신에게서 풍기던 지독한 냄새, 그리고 그 모든 것을 향해 터뜨린 비명까지— 모든 것이 머릿속을 떠나지 않았다.

한참을 걷자 한적한 공원이 나왔다. 예린은 공원 안으로 들어갔다. 평일 오전이라 그런지 사람이 많지 않았다. 길가에 놓인 벤치에 앉아 멍하니 하늘을 바라보았다. 아침 햇살이 정수리와 뺨을 뜨겁게 달구었다. 구름 한 점 없는 맑은 하늘이었다.

그때, 저 멀리서 한 아저씨가 어린 여자아이를 목마 태운 채 공원을 지나갔다. 아이는 깔깔대며 즐거워했지만, 아저씨의 이마에선 연신 땀이 흘러내리고 있었다. 그런데도 아저씨는 끝까지 아이를 내려놓지 않았다.

그 모습을 보니 문득 아빠가 보고 싶어졌다. 사실 아빠에 대해 기억나는 건 많지 않았다. 하지만 어릴 적 자신을 목마 태워주던 아빠의 모습만큼은 또렷이 기억했다. 높은 곳에 오르면 무서울 법한데도 아빠의 어깨는 언제나 편안하고 따스했다. 항상 웃고 있던 아빠 어깨 위에 있으면 무서울 게 없었고, 언제나 즐거웠다.

예린은 조용히 자리에서 일어났다. 어디로 가야 할지 알 것만 같았다. 엄마와 할머니와 함께 수없이 다녀온 곳이었지만, 혼자 가보는 건 처음이었다. 공원 입구를 나서려는 순간, 길가에 작은 꽃집이 눈에 들어왔다. 예린은 잠시 망설이다 가게 안으로 들어가 붉은 장미 한 송이를 샀다. 햇빛을 받은 꽃잎이 유난히 선명하게 빛났다. 장미를 조심스럽게 안은 예린은 공원을 나와 택시를 잡았다.

"은하수 공원으로 가 주세요."

택시가 재빨리 움직이기 시작했다. 창밖 풍경이 빠르게 스쳐 지나가는 사이, 예린은 마음을 가다듬었다. 어두웠던 마음 한편에 따뜻한 빛이 스며드는 것만 같았다. 정말로 아빠를 만나러 가는 기분이 들면서 가슴 한구석이 괜히 두근거렸다.

공원에 도착하자, 여름의 열기가 온몸으로 느껴졌다. 나무들 사이로 미지근한 바람이 불어왔지만, 달궈진 공기를 식혀주진 못했다. 예린은 장례식장을 지나 오른편 잔디장으로 향했다.

고개를 채 넘기도 전에 초록빛 잔디밭이 시야 가득히 펼쳐졌다. 예린은 천천히 잔디 사이를 걸어갔다. 언뜻 평평해 보였지만, 잔디밭 사이로는 수많은 비석이 조용히 놓여 있었다. 드문드문 놓인 꽃다발의 꽃잎들이 바람에 흩날렸다.

아빠의 묘를 찾는 데는 오래 걸리지 않았다. 돌에 새겨진 아빠의 이름 앞에 선 예린은 한동안 가만히 서 있었다. 그곳에 있는 아빠는 너무도 조용하고 편안해 보였다. 예린은 손에 들고 있던 장미를 조심스럽게 내려놓으며 낮은 목소리로 속삭였다.

"아빠, 나 왔어."

인사를 끝내자마자 갑자기 마음이 울컥했다. 엄마나 할머니와 함께 왔을 땐 느껴보지 못했던 슬픔과 외로움이 밀물처럼 차올랐다.

"잘 지내고 있어?"

아빠가 대답할 리 없었지만, 예린은 묵묵히 그 자리에 서 있었다. 한참을 그렇게 있다가, 마침내 조심스럽게 말을 꺼냈다.

"할머니가…… 아파. 많이 아파."

할머니 이야기를 꺼내는 순간, 목소리가 떨리기 시작했다. 예린은 금방이라도 터져 나올 것 같은 눈물을 참으며 아빠의 이름이 새겨진 비석을 바라보았다. 반질반질한 대리석은 햇볕을 받아서인지 따뜻했다. 예린은 무릎을 꿇고, 손끝으로 아빠의 이름을 천천히 어루만졌다.

예린의 기억 속 아빠는 키가 크고, 곱슬머리를 한 인상 좋은 아저씨였다. 어릴 적엔 아빠를 보고 싶다는 생각을 별로 하지 않았지만, 이상하게도 나이가 들수록 아빠가 더 자주 떠올랐다. 예린은 한참을 아빠의 이름을 바라보다가 조심스럽게 입을 열었다.

지금껏 누구에게도 말하지 못했던 이야기들이었다.

"엄마도 힘들고, 나도 힘들어. 어떻게 해야 할지 모르겠어. 할머니한테 잘해야 하는 건 알겠는데……, 나도 너무 지쳐."

그 순간, 대리석 위로 눈물 한 방울이 떨어졌다. 예린은 손끝으로 그 눈물을 따라 작은 원을 그리기 시작했다. 그렇게 원을 그리다 보면 어쩐지 아빠가 말이라도 걸어줄 것 같았다. 하지만 아무리 원을 그려도 아빠는 끝내 대답하지 않았다. 눈물자국이 마르자 예린은 조용히 손을 거두었다. 바로 그때, 부드러운 바람이 살며시 예린의 등을 스쳤다. 마치 괜찮다고, 잘하고 있다고 다정하게 토닥이는 것 같았다. 예린은 가만히 눈을 감은 채 한참을 그 자리에 서 있었다.

학교에 돌아왔을 땐, 학교는 한바탕 난리가 난 후였다. 수업을 마친 친구들이 청소를 하다 말고 예린에게 얼른 교무실로 가보라고 했다. 불안한 마음으로 교무실 문을 여는데, 담임 책상 앞에 앉은 엄마와 눈이 마주쳤다. 순간 예린은 안도와 동시에 숨이 막히는 듯한 기분이 들었다. 담임 선생님은 예린을 보자 반가운 듯 호들갑을 떨며 말문을 열었다.

"예린 학생, 돌아와서 정말 다행이에요."

엄마는 예린의 손을 조용히 잡았다가, 다시 책상 위로 손을 내렸다.

"교실로 돌아가 있어. 금방 갈게."

예린은 고개를 끄덕인 뒤, 교무실 뒷문 쪽으로 향했다. 하지만 복도로 나가지 않고 문 옆에 살짝 몸을 숨겼다. 뒤에서 어른들의 목소리가 낮게 이어졌다.

"예린 어머님, 갑자기 연락드려 죄송합니다."

"아닙니다. 전화 주셔서 감사해요."

"사실 오늘 예린 학생이 예고 없이 학교를 나가서요. 지금은 무사히 돌아왔으니 다행이지만, 학칙상 부모님께 연락드릴 수밖에 없었습니다."

"네, 말씀 들었습니다. 이런 일이 생겨서 죄송합니다."

"아니요, 그런 말씀 마시고요. 그런데 혹시…… 예린이한테 무슨 문제가 있나요? 아이들 말로는 예린이에게서 이상한 냄새가 난다고 하더라고요. 예린이도 알고 있는 눈치고요."

둘의 대화를 엿듣고 있던 예린은 엄마의 얼굴을 바라보았다. 멀리서도 창백한 얼굴빛이 한눈에 들어왔다. 결국 한숨을 내쉰 엄마는 담임에게 그간 말하지 못했던 사정을 털어놓기 시작했다.

"사실…… 저희 어머니가 치매를 앓고 계세요. 집에서 요양 중인데, 제가 밤늦게까지 일하다 보니 주로 예린이가 할머니를 돌보고 있어요. 어머님이 자주 실수하시는데, 그 냄새가 예린이에게 밴 것 같아요."

엄마의 말을 들은 담임의 표정이 차츰 달라졌다.

"그랬군요······ 예린이가 그간 힘들었겠어요."

"제가 생각했던 것보다 훨씬 많이 부담을 느끼고 있었나 봐요."

"그랬겠죠. 말씀을 듣고 보니, 제가 실수를 저지른 것 같네요. 예린이에게 미안하다고 꼭 전해주세요."

엄마는 조용히 고개를 숙이며 교무실을 나섰다. 집으로 돌아오는 차 안에서 예린은 창밖만 내다보며 한마디도 하지 않았다. 엄마는 옆자리를 흘끗 바라보다 조심스레 말을 건넸다.

"예린아, 엄마가 너한테 너무 많은 걸 맡긴 것 같아. 미안해."

하지만 예린은 아무런 대답도 하지 않았다. 엄마의 한마디 말로 용서하기에 이미 마음속에 쌓인 것들이 너무 많았다. 그중에서도 가장 가슴 아픈 건 서연이와의 일이었다. 서연이는 중학교 때부터 친했던 친구였다. 그러다 같은 고등학교, 같은 반이 되면서 둘은 더없이 가까워졌다. 하지만 언제부턴가 서연이는 예린 대신 다른 친구들과 밥을 먹기 시작했다. 이유를 알 수 없어 마음이 답답했던 예린은 어느 날 학원 가는 길목에서 서연의 손을 붙잡았다.

"서연아, 대체 왜 그래? 왜 요즘 나랑 밥 안 먹어?"

서연이 고개를 숙인 채 입을 열었다.

"그냥, 다른 친구도 사귀어보고 싶어서."

"그렇다고 나랑 얘기도 안 해?"

"나······, 사실 너 좀 무서워."

"뭐? 내가 무섭다고?"

"그냥…… 너 힘들잖아. 예전이랑 완전히 달라졌어."

"그럼, 내가 달라져서 무섭다는 거야?"

서연은 한참을 망설이다가 조심스럽게 말했다.

"너랑 같이 있으면 나까지 불행해질 것 같아. 누가 그러는데, 불행은 옮는 거래."

서연의 말을 들은 예린은 할 말을 잃고 말았다. 가장 가까웠던 친구의 입에서 그런 말이 나오다니. 자신이 언제부터 그렇게 불행해 보였던 걸까. 서연의 말은 걱정도, 조심스러운 위로도 아니었다. 그건 불쾌함을 피하려는 태도였고, 동시에 자신과 거리를 두려는 의지처럼 느껴졌다. 어이가 없었다. 자기를 불행을 옮기는 바이러스처럼 여기는 친구의 모습을 보고 있자니, 문득 세상도 자신을 그렇게 바라보고 있는 건 아닐까 하는 생각이 들었다.

물론 할머니 때문에 힘들었던 건 사실이었다. 하지만 자신이 불행하다고 생각해 본 적은 한 번도 없었다. 아빠는 일찍 돌아가셨지만, 자신에게 잘나가는 엄마가 있었고, 할머니는 누구보다 자신을 사랑했다. 더욱이 친구들이 아빠와 갈등을 겪는 모습을 볼 때면 오히려 다행이라는 생각이 든 적도 있었다.

서연은 잠시 눈치를 보더니, 학원이 있는 곳을 향해 달려갔다. 예린은 가만히 서서 서연이 사라진 방향을 오래도록 바라보았다. '불행은 옮는다'라는 서연의 말이 머릿속을 떠나지 않았다.

자신이 정말 그렇게 보였다면, 그 이유는 하나. 바로 할머니 때문이었다.

자기 몸에서 이상한 냄새가 난다는 건 누구보다도 잘 알고 있었다. 그건 씻지 못한 할머니의 체취와 오랫동안 배설물을 방치한 결과였다. 예린이는 아침마다 정성껏 씻고 향기로운 로션을 듬뿍 바르곤 했지만, 그 불쾌한 냄새는 쉽게 지워지지 않았다. 하지만 다른 친구들이 예린이를 보며 수군거리고 피해도 서연이만큼은 다를 거라 믿었다. 그런데 믿었던 서연이마저 자신을 불행의 원인으로 여기고 있다는 사실이 너무도 참기 힘들었다. 예린이는 애써 눈물을 참으며 터벅터벅 걷기 시작했다. 하지만 집이 아닌, 엄마의 공부방 방향이었다.

그날 이후, 예린이 집에 머무는 시간은 점점 줄어들었다. 학교에 갈 때도 엄마의 공부방에서 샤워하고 향수까지 뿌리고 나서야 교실로 향했다. 엄마도 그런 예린을 위해 최대한 편안한 공간을 만들어 주려 애썼다.

"예린아, 여기서 씻고 가면 괜찮을 거야. 우리 조금만 더 버텨 보자."

예린은 말없이 욕실로 향했지만, 조금도 버틸 생각이 없었다.

그 사이, 집에 홀로 남겨진 할머니는 점점 더 엉망이 되어갔다. 어느 날, 예린과 엄마가 오랜만에 집에 돌아왔을 때, 거실은 아수라장이 되어 있었다. 벽에는 배설물로 문질러진 자국이 선명했고, 바닥은 온갖 음식물과 쓰레기로 뒤덮여 있었다.

"할머니, 이게 뭐예요?"

예린이 소리쳤다. 옆에 있던 엄마는 그 자리에서 주저앉아 버렸다. 그러나 할머니는 해맑게 웃으며 말했다.

"내가 열심히 치워놨지. 나 잘했지?"

결국 엄마는 소리 내어 울기 시작했다. 예린은 어찌해야 할지 모른 채 발만 동동거렸다. 대체 어디서부터 잘못된 것인지, 어떻게 해야 할지 갈피를 잡을 수가 없었다. 결국 예린이도 엄마를 따라 울기 시작했다. 그러자 울고 있는 예린이 곁으로 할머니가 다가왔다. 할머니의 손은 여전히 배설물과 오물로 얼룩져 있었다. 그 더러운 손으로 안으려 하자 예린이가 팔을 뿌리치며 소리쳤다.

"저리가! 할머니. 더러워, 더럽단 말이야!"

할머니는 잠시 당황한 표정을 짓더니 금세 아이처럼 울기 시작했고, 셋은 함께 눈물을 흘렸다. 그렇게 불행은 묻지도 않고 찾아와 그들의 곁에 오래 머물렀다. 길고 긴 여름이 끝날 때까지.

10

가을로 접어들면서 하늘은 전에 없이 시리도록 푸르렀다. 여름의 열기가 사라지자, 집에 꼭꼭 숨어 있던 사람들이 다시 거리로 쏟아져 나왔다. 느슨했던 밤의 공기도 차츰 밀도를 높여 조여들기 시작했다. 세상은 잠시 숨을 고르는 듯했지만, 윤주의 하루는 여전히 쉴 새 없이 흘러가고 있었다.

예린에게 학교에 가기 전 공부방에 들러 씻고 가는 게 어떻겠냐고 처음 제안했을 때, 예린은 전보다 일찍 일어나야 한다는 이유로 썩 내키지 않아 했다. 하지만 시간이 지나며 예린은 공부방 생활에 점전 익숙해졌다. 씻고 식사하는 것뿐 아니라, 수업이 끝난 뒤에도 집으로 가지 않고 공부방에 머무는 시간이 점차 늘어났다.

작은 공부방은 이내 예린의 샴푸와 화장품, 옷가지, 공부할 책들로 가득 찼다. 윤주가 아무리 집에 좀 가보라고 해도, 예린은 만두나 찐빵 같은 간식만 식탁 위에 놓고는 공부방으로 곧장 돌아와 버렸다. 그러던 어느 날, 예린이 또다시 집에 가지 않겠다며 고집을 부렸다.

"엄마, 나 그냥 여기서 살면 안 돼? 집에 가기 싫어."

윤주는 한동안 말이 없었다. 예린이 왜 그러는지 굳이 묻지 않아도 충분히 알고 있었다. 그간 예린이 얼마나 힘겨웠는지, 얼마나 무거운 짐을 져왔는지 누구보다 잘 알고 있었다. 어린 딸이 욕설을 퍼붓는 할머니 앞에서 겁에 질리고, 배설물에 뒤덮인 몸을 씻기며 울음을 삼켜야 했던 순간들을 떠올릴 때마다 윤주는 자신을 책망했다. 힘들어하는 딸에게 조금만 더 참아달라며 매달렸던 지난날이 부끄럽기만 했다.

예린은 이미 한계에 다다라 있었다. 윤주는 결국 딸의 뜻을 받아들이고 공부방에서 지내도록 허락했다. 그날부터 예린은 공부방에서 자는 날이 많아졌고, 혼자 있는 딸이 걱정된 윤주도 가끔은 그곳에서 함께 밤을 보냈다.

낮 동안은 주간보호센터에 계셔서 그나마 안심이 되었지만, 밤이 되면 시어머니는 사실상 홀로 지내야 했다. 윤주가 집에 들러 간식거리를 챙겨드렸지만, 홀로 남겨진 시어머니가 긴 밤을 어떻게 견뎌낼지는 굳이 상상하지 않아도 짐작할 수 있었다.

전날에도 공부방에서 밤을 보낸 윤주는 평소보다 늦게 집으로 향했다. 헐레벌떡 아파트로 향하는데, 어느 상점 앞에서 여자들의 낮은 목소리가 들려왔다. 소리가 나는 쪽을 바라보니, 햇살이 비치는 공방 안에서 몇몇 여자들이 둥글게 앉아 뜨개질을 하고 있었다. 털실과 긴 바늘을 손에 쥔 그녀들은 서로의 작품을 봐가며 도란도란 이야기를 나누고 있었다. 윤주는 자신도 모르게 발길을 멈추고 여자들의 대화를 엿들었다.

"우리 아이가 이번에 장학금을 받았다더라."

"어머, 딸이 대단하네요. 정말 축하드려요!"

"그런데 이 무늬는 이렇게 하면 되는 거 맞죠?"

그들이 나누는 대화는 소박하면서도 평화로웠다. 윤주는 물끄러미 여자들의 모습을 바라보았다. 편안하고 안온한 여자들의 모습을 보고 있자니 마음 한편에서 부러움이 차올랐다. 따뜻한 햇살 아래 여유롭게 시간을 보내는 여자들의 모습은 바쁘고 지친 그녀와 너무도 대조적이었다. 문득 하루하루 전쟁처럼 살아가는 자신이 한없이 초라하게 느껴졌다. 대체 왜 나는 이렇게 살아야 하는지, 왜 저들처럼 평범하게 살 수 없는지, 길 가는 사람 누구에게라도 붙잡고 묻고 싶었다.

윤주는 종종 생각했다. 만약 시어머니와 같이 살지 않았더라면 어땠을까. 그때 잠깐만 더 버텼더라면, 어떻게든 혼자 힘으로 견뎌냈더라면 지금보다는 덜 고통스럽지 않았을까.

물론 윤주는 누구보다 잘 알고 있었다. 지금껏 버텨올 수 있었던 건 시어머니 덕분이라는 걸. 남편과 함께 한 시간은 고작 오 년이었지만, 시어머니와는 십 년이 넘는 시간을 서로 부대끼며 살아왔다. 시어머니는 예린이를 키울 때도, 윤주가 다시 일을 시작할 때도 늘 곁을 지켜주었다.

이제는 그 모든 고마움이 삶을 무겁게 만들고 있었다. 이 정도는 감당해야 한다고 수없이 다짐했지만, 어느새 그 다짐조차 닳아진 듯했다. 무표정한 얼굴로 아파트 단지 안으로 들어서던 순간, 누군가가 불쑥 말을 걸어왔다.

"이머, 예린 엄마? 정말 오랜만이에요!"

예린의 초등학교 친구 엄마였다. 한때 같은 아파트 단지에 살아 가까이 지냈지만, 아이들이 서로 다른 중학교에 진학한 뒤로는 자연스레 연락이 끊긴 사이였다. 그녀는 화사한 옷차림에 정갈한 머리를 하고 있었는데, 손에는 먼지 하나 묻지 않은 명품 가방이 들려 있었다. 순간 반가움과 불편함이 동시에 밀려들었다. 윤주는 잠시 망설이다 간신히 인사를 건넸다.

"네, 정말 오랜만이네요. 잘 지내셨어요?"

"잘 지냈죠? 근데 요즘 통 안 보이시더라. 이사 가신 줄 알았어요."

여자는 말을 이어가며 가방 속에서 무언가를 꺼내 정리했다. 여자의 목소리는 더없이 친절했지만, 윤주는 가까이 갈 수 없었다. 예린에게서 났던 냄새가 혹시 자신에게도 배어 있지 않을까 두려웠다. 윤주는 일부러 거리를 둔 채 대화를 이어갔다.

"아뇨, 요즘 조금 바빴어요."

"그러셨구나. 우리 여기서 이럴 게 아니라, 커피 한잔 어때요? 요 앞에 생긴 카페가 있는데 분위기가 괜찮더라고요."

여자가 반가운 듯 제안했다. 그러나 윤주는 최대한 빨리 그 자리를 벗어나고 싶은 마음뿐이었다.

"아, 오늘은 좀 급한 일이 있어서요. 다음에요."

윤주의 말에 잠시 아쉬운 표정을 지은 여자는 곧 고개를 끄덕이며 말했다.

"그래요? 그럼, 다음에 꼭 시간 내요. 그간 밀렸던 이야기 좀 나누게."

"네, 그럴게요."

윤주는 짧은 인사를 끝으로 서둘러 자리를 떴다. 복잡한 마음을 애써 지우려는 듯, 재빨리 엘리베이터 안으로 몸을 밀어 넣었다.

아파트 문을 열자 익숙한 냄새가 코끝을 찔러왔다. 식탁과 거실에는 먹다 남은 음식과 쓰레기들이 널려 있었고, 배설물이 묻은 기저귀들이 여기저기 굴러다녔다. 시어머니는 거실 한가운데 앉아 텔레비전을 보며 알아들을 수 없는 말을 중얼거리고 있었다.

예린이 공부방에서 지내게 된 뒤로 어머니는 자신의 방이 아닌, 거실에서 지냈다. 아무리 방에서 주무시라고 말씀드려도 소용이 없었다. 예린의 빈자리를 느껴서인지, 말수도 점점 줄어들고 얼굴도 시무룩해졌다.

윤주는 숨을 내쉬며 곧장 주방으로 향했다. 밀린 설거지를 하고, 식탁 위에 놓인 남은 음식들을 치우기 시작했다. 그녀의 손은 바쁘게 움직였지만, 언제까지 이렇게 살아야 할지 자신에게 끊임없이 묻고 있었다. 그럴 때마다 윤주는 자신에게 조금만 더 힘내자고, 모든 게 나아질 거라고 속삭였다. 하지만 그런 다짐이 얼마나 오래 버틸 수 있을지는 자신도 알지 못했다.

문득 윤주의 시선이 시어머니에게 닿았다. 창밖을 멍하니 바라보는 얼굴에는 깊은 주름이 드리워져 있었고, 흐릿한 눈에는 알 수 없는 우울함이 깃들어 있었다. 윤주는 깔끔하고 영리했던 시어머니가 이렇게 변할 수 있다는 게 믿기지 않았다.

물론 언젠가는 시어머니도 늙고, 병들 수 있다는 사실을 윤주도 모르지 않았다. 그런 날을 대비해 각종 보험에 가입하고, 곧 닥칠 어머니의 칠순을 위해 차곡차곡 여윳돈을 모으기도 했다. 칠순에는 가까운 친지들을 초대해 좋은 호텔이나 뷔페에서 식사하고, 여유가 된다면 셋이 함께 동남아 여행이라도 다녀올 계획이었다. 하지만 윤주가 준비한 건 딱 거기까지였다. 그녀의 계획 속 시어머니는 단지 흰머리가 조금 늘고, 기력이 다소 쇠한 정도였다. 치매나 암 같은 병은 생각조차 해본 적이 없었다. 아니, 그건 어머니와는 무관한 이야기라 믿었다. 적어도 예린이가 대학에 들어갈 때까지는, 어머니는 늘 그랬던 것처럼 건강한 모습으로 곁을 지켜줄 거라 굳게 믿고 있었다.

멀게만 느껴졌던 어머님의 노후가 이렇게 갑작스럽고도 빠르게 찾아올 줄은 미처 상상하지 못했다. 하지만 곰곰이 생각해 보면, 어머님이 늙어가는 만큼 자신 역시 늙어가고 있는 셈이었다. 언젠가 자신도 예린의 돌봄을 받아야 할 날이 올지도 모른다는 생각에 저절로 몸서리가 쳐졌다. 이제 막 돌봄을 끝내자마자 부양을 받는 신세가 된다는 게 어쩐지 씁쓸하기만 했다. 그러고 보면 치매가 아니었다면 시어머니의 돌봄은 죽을 때까지 계속될 일이었다. 그것은 여자란 이유로, 또 가족이란 이유로 끝없이 계속되는 굴레였고, 이제는 자신의 차례가 온 것뿐이었다.

청소를 마친 윤주는 시어머니를 부축해 욕실로 모셨다. 생기 없는 몸을 씻기는 일은 예전보다 손에 익었지만, 모든 걸 내려놓은 듯한 눈빛은 여전히 마주하기 힘들었다. 옷을 갈아입히고 식사용 음료를 드린 뒤, 윤주는 시어머니를 주간보호센터 차량에 태워 보냈다. 곧바로 학원으로 향한 윤주는 저녁 무렵 집으로 돌아왔다. 그나마 사정을 아는 센터장이 시어머니를 집안까지 모셔다드려 일을 덜 수 있었지만, 반복되는 하루에 윤주는 점점 지쳐갔다. 집 안은 아무리 지워노 금세 더러워졌다. 바닥에는 물기와 음식물 찌꺼기가 뒤섞였고, 공기는 언제나 눅눅하고 불쾌한 냄새로 가득했다. 윤주는 그 냄새를 맡을 때마다 한숨을 내쉬었다. 이렇게 살다가는 자신이 먼저 죽고 무너질지도 모른다는 생각이 젖은 담요처럼 내려앉아 숨 쉬는 일조차 버겁게 느껴졌다.

✛✛✛

2학기 중간고사가 끝나자, 윤주는 오랜만에 약간의 여유를 찾았다. 학생들은 가을 축제를 앞두고 있어서인지 좀처럼 수업에 집중하지 못했다. 윤주는 그런 아이들을 타일렀지만, 길고 긴 추석 연휴에 마음이 붕 뜨는 건 그녀도 마찬가지였다. 하지만 윤주에겐 연휴를 함께 보낼 남편도, 친구도 없었다. 시어머니를 돌보는 일상은 여전히 그녀를 짓눌렀고, 점점 말수가 줄어드는 예린을 바라보는 일도 마음을 무겁게 했다.

모처럼 찾아온 일요일, 시어머니와 예린은 소파에 나란히 앉아 있었다. 시어머니는 창밖을 멍하니 바라보고, 예린은 TV 화면에서 눈을 떼지 않았다. 두 사람은 한자리에 있었지만, 서로 다른 세계에 머무는 듯 보였다.

라면으로 점심을 해결한 윤주는 밑반찬을 만들어두기 위해 다시 주방으로 향했다. 냉장고 문을 열고 반찬거리를 꺼내는데, 식탁 위에 놓인 예린의 휴대전화가 울렸다. 하지만 드라마에 푹 빠진 예린은 꿈쩍도 하지 않았다. 윤주가 주방에서 소리쳤다.

"예린아, 전화 좀 받아!"

그런데도 예린은 움직이지 않았다. 할 수 없이 휴대전화를 갖다주려던 찰나, 액정에 표시된 '외할머니'라는 이름이 눈에 들어왔다. 순간 손이 멈췄다. 그제야 핸드폰을 집어 든 예린은 윤주를 힐끔 쳐다보더니 말없이 방으로 들어갔다.

평소 통화를 길게 하지 않던 예린이 꽤 오랫동안 전화를 붙들고 있는 듯했다. 윤주는 다시 칼을 들었지만, 채소를 자르는 손끝이 자꾸만 느려졌다. 간을 보던 된장찌개는 어정쩡한 맛을 냈고, 다시 숟가락을 들어도 짠지 싱거운지 구분할 수 없었다. 결국 그녀는 조용히 칼을 내려놓고, 예린의 방 쪽으로 귀를 기울였다. 문틈 사이로 예린이 낮은 목소리가 들려왔다.

"그래요, 할머니. 아니에요. 괜찮아요. 그냥 좀 힘들어요. 네…… 네…… 엄마는 더 힘들어요. 네……"

얼마 뒤 방에서 나온 예린은 눈가를 훔치며 조용히 소파에 앉았다. 다시 TV를 켰지만, 표정은 아까와 전혀 달라져 있었다. 윤주는 조심스럽게 딸에게 다가갔다.

"예린아, 외할머니랑 무슨 이야기 했어?"

"그냥, 별거 아니야."

"너, 전에도 외할머니랑 통화한 적 있어?"

"최근에 몇 번."

"왜?"

예린은 아무 대답도 하지 않았다.

"예린아, 이건 엄마 문제야. 외할머니께 괜한 걱정 끼쳐드리면

안 돼."

"왜? 왜 안 되는데?"

예린은 고개를 돌려 윤주를 바라보았다. 단호하고 적대적인 눈빛이었다.

"뭐라고?"

"외할머니께 말하면 왜 안 되냐고! 엄마도 힘들잖아. 나도 너무 힘들단 말이야!"

"외할머니가 우리한테 해줄 수 있는 건 아무것도 없어. 그러니까 절대로 전화하지 마."

"싫어!"

예린의 대답에 윤주는 말문이 막혔다. 예린이 이토록 강하게 말하는 경우는 거의 처음이었다.

"예린아……."

"엄마는 내가 힘들면 안 도와줄 거야?"

"그게 무슨 말이야. 당연히 도와주지."

"그럼, 외할머니는? 엄마가 힘들면 외할머니가 도와줘야 하는 거 아니야? 외할머니도 엄마의 엄마잖아!"

그 말에 윤주는 아무런 대꾸도 할 수 없었다. 입안이 바싹 마르고, 가슴이 서서히 내려앉았다. 무언가 더 말하고 싶었지만, 예린은 고개를 떨군 채 조용히 방으로 들어가 버렸다. 남겨진 거실엔 텔레비전 소리만 멍하니 퍼지고 있었다.

그제야 윤주는 깨달았다. 딸의 입에서 나온 그 말은, 결국 윤주 자신이 오래전에 꾹 삼켜버렸던 말이었다.

3부

새로운 달

1

예린은 아침도 먹지 않고 서둘러 학교로 떠났다. 식탁 위엔 손도 대지 않은 샌드위치가 덩그러니 남아 있었다. 아침 일찍 시어머니를 주간보호센터에 보낸 윤주는 식탁 앞에 앉아 예린이 남긴 샌드위치를 물끄러미 바라보았다. 하얀 식빵 사이로 차갑게 식은 햄과 달걀프라이가 힘없이 튀어나와 있었다. 윤주는 남겨진 샌드위치를 천천히 한입 베어 물었다. 그러나 차갑고 퍽퍽한 빵은 아무 맛도 느껴지지 않았다. 샌드위치를 쥔 손에서 힘이 빠지면서 빵 사이의 내용물이 접시 위로 흩어졌다. 윤주는 결국 남은 샌드위치를 음식물 쓰레기통에 버렸다.

접시를 닦는 동안, 문득 자신을 바라보던 예린의 표정이 머릿속에 떠올랐다. 친정엄마와의 통화 문제로 다퉜을 때, 딸의 하얗고 투명한 얼굴에는 짜증과 분노가 선명하게 드러나 있었다. 그

후로 예린은 아무렇지 않은 척 행동했지만, 윤주는 딸이 어딘가 달라졌음을 느꼈다. 말을 걸어보려 해도 예린은 공부를 핑계 삼아 다가가지 못하게 했다.

설거지를 마치고 청소기를 돌리려는데 갑자기 초인종 소리가 들렸다. 예상치 못한 방문에 놀란 윤주는 서둘러 거실 벽의 월패드를 확인했다. 화면 속엔 듬성듬성한 흰머리만 보일 뿐 얼굴이 보이지 않았다. 하는 수 없이 윤주는 청소기를 내려놓고 현관으로 향했다. 문을 열자, 무표정하게 서 있는 친정엄마가 보였다. 엄마의 손에는 검은 비닐봉지 몇 개가 쥐어져 있었다. 윤주가 당황스러운 목소리로 물었다.

"엄마?"

"잘 있었니?"

어머니의 목소리는 마치 어제 본 사람처럼 무덤덤했다.

"여긴 어쩐 일이야?"

"안으로 들어가도 되니?"

잠시 친정엄마를 바라본 윤주는 말없이 몸을 비켜섰다. 친정엄마는 집 안으로 들어서며 천천히 주변을 둘러보았다. 정리되지 않은 집 안에는 쌓인 물건들과 묵은 냄새가 가득했다.

어머니는 조용히 주방 쪽으로 눈길을 돌렸다가, 비닐봉지에서 만두와 과일을 꺼내 식탁 위에 가지런히 올려놓았다.

"이거, 예린이가 좋아한다며."

"갑자기 웬일이야?"

엄마는 대답 대신 주방으로 들어가 전기주전자에 물을 붓고 끓이기 시작했다. 윤주는 그런 엄마의 뒷모습을 말없이 바라보았다.

곧 물이 끓자, 엄마는 자연스럽게 냉장고 문을 열어 유리병을 꺼내 들었다. 유자차였다. 마치 그곳에 유자차가 있다는 걸 처음부터 알고 있었던 것 같은 능숙한 손길이었다. 그제야 윤주는 깨달았다. 오래전, 이 유자차를 직접 담가준 것도 바로 엄마였다는 사실을. 한때는 없어서 못 먹을 정도로 좋아했던 유자차였지만, 언제부터인지 그 존재조차 잊고 지내고 있었다.

두 모녀는 김이 모락모락 피어오르는 유자차를 사이에 두고 조심스럽게 마주 앉았다. 윤주는 아무 말 없이 찻잔을 들어 입을 대며, 오랜만에 마주한 엄마를 곁눈질로 바라보았다.

언제 그렇게 세월이 흘렀는지, 엄마의 손등과 얼굴에는 가는 주름들이 자리 잡았고, 염색하지 않은 머리는 거의 백발이다시피 했다. 젊은 시절, 누구보다 강인하고 당당했던 엄마의 모습은 사라지고, 휘어진 등과 느슨해진 몸매만이 긴 세월을 말해주고 있었다.

기미와 잡티가 내려앉은 진정엄마의 얼굴은 정신이 흐릿해진 시어머니와는 또 다른 방식으로 세월의 흔적을 보여주고 있었다. 시어머니보다 세 살이나 어린 엄마가 오히려 더 늙고 초라해 보인다는 생각에 윤주는 자신도 모르게 짜증이 치밀었다. 그토록 고생했으면 이제는 여유롭게 노후를 준비하며 지낼 법도 한데, 왜 지금까지 장사를 놓지 못하는지 도무지 이해할 수 없었다. 유자차의 김이 사그라들 무렵, 엄마가 조심스럽게 입을 열었다.

"예린이가 네 걱정을 많이 하더구나."

윤주는 잠시 놀란 듯 고개를 들었지만, 이내 다시 시선을 떨구었다.

"내가 어떻게 도와주면 좋겠니?"

엄마는 찻잔을 내려놓으며 부드럽게 말을 이었다. 그러나 윤주는 쉽게 대답할 수 없었다. 어린 딸이, 그것도 자신이 아닌 외할머니에게 속마음을 털어놓았다는 사실이 가슴 깊은 곳을 찔러왔다. 자책과 미안함이 한꺼번에 밀려와 목이 메었다. 윤주는 식어가는 찻잔만 한참 바라보다가 겨우 떨리는 목소리로 답했다.

"아니야. 내가 알아서 다 잘할 수 있어."

"윤주야……"

엄마가 다시 무언가를 말하려는 순간, 윤주는 더 이상 참지 못하고 벌컥 소리쳤다.

"대체 무슨 말을 하고 싶은 건데!"

"엄마는…… 이제라도 널 돕고 싶어."

"이제 와서? 내가 그렇게 도와달라고 애원할 땐 모른 척하더니, 이제 와서 뭘 어쩌겠다는 거야!"

"그땐 정말 미안했어. 네가 그러고 갔을 때, 엄마도 가슴이 찢어졌어."

"마음이 아팠다고? 그렇게 속상했다는 사람이, 왜 지금까지 연락 한 통 없었는데?"

윤주의 목소리는 점점 거칠어졌고, 감정은 제어할 수 없이 터져 나왔다.

"그래, 미안하다. 엄마가 잘못했다. 이제라도 엄마가 널 도울게. 예린이까지 힘들게 하지 마. 그 어린것한테 그런 부담을 지우면 되겠니?"

엄마의 그 한마디에 윤주는 다시 무너지듯 고개를 떨구었다. 예린이를 생각하면 당장이라도 엄마의 도움을 받아들이고 싶었다. 하지만 한때 자신을 외면했던 엄마를 그렇게 쉽게 용서할 수는 없었다.

"됐어. 내 일은 내가 알아서 할 테니까, 신경 쓰지 마!"

차갑게 뱉은 목소리마저 윤주의 마음을 다 숨기지 못하고 있었다.

"윤주야…… 엄마가 정말 미안하다."

"그만해. 제발 그만해!"

"늦었다는 거 나도 알아. 하지만 제발, 예린이를 생각해."

"예린이?"

윤주는 기가 막힌 듯 짧게 웃었다.

"지금 예린이를 걱정한다고? 지금까지 우리 힘들 때는 어디 있었는데? 우리가 어떻게 살아왔는지, 엄마가 알기나 해?"

숨이 가빠지고 감정이 걷잡을 수 없이 터져 나왔다.

"엄마는…… 한 번이라도 내가 어떻게 사는지 궁금했어? 한 번이라도 걱정해 본 적 있어? 엄마는 늘 강하게 살아야 한다고 말만 했지, 단 한 번도 손 내밀어 준 적 없었어! 엄마가 알아? 우리가 얼마나 힘들었는지!"

윤주는 더 이상 말을 잇지 못하고 고개를 떨군 채 울음을 터뜨렸다. 가슴 깊이 쌓여 있던 분노와 외로움이 눈물이 되어 흘러내렸다. 볼을 타고 흘러내린 눈물이 유자차 위로 툭툭 떨어졌다. 엄마는 아무 말 없이, 윤주가 울음을 다 토해낼 때까지 묵묵히 곁에 앉아 있었다. 윤주의 울음이 흐느낌으로 바뀌어 갈 무렵, 친정엄마는 천천히 자리에서 일어나 윤주에게 다가왔다. 그리고 조용히 윤주의 등을 쓰다듬었다.

"정말 미안하다, 윤주야. 엄마가 전부 잘못했다."

엄마의 나지막한 목소리가 윤주의 가슴을 깊이 흔들었다. 사실 윤주는 이미 알고 있었다. 자신이 정말 원했던 건 그저 엄마의 품에 안겨 원 없이 울고 싶었다는 것을. 그녀는 엄마의 어깨에 얼굴을 묻고 흐느끼며 말했다.

"왜 이제야 온 거야. 내가 얼마나 힘들었는데……, 우리가 얼마나 힘들었는데……"

엄마는 어린아이를 다독이듯이 그녀를 품에 꼭 안고 등을 토

닦였다. 그리움과 외로움, 그리고 용서가 뒤섞인 두 모녀의 울음 소리가 고요한 집안을 가득 채웠다. 윤주의 울음이 서서히 잦아 들 무렵, 엄마가 낮은 목소리로 말했다.

"어릴 적부터 사람들이 네가 엄마를 닮았다고 말할 때마다 마음이 무거웠어. 딸은 아빠를 닮아야 잘 산다고 하잖니. 그래서 두려웠어. 네가 정말 엄마처럼 힘든 삶을 살게 될까 봐."

윤주는 말없이 엄마의 말을 듣고만 있었다. 엄마는 평생 혼자 힘으로 살아왔지만, 그 삶을 딸에게 물려주고 싶어 한 적은 없었다. 가끔 가게 일을 도우려 하면, 공부나 하라며 오히려 화를 내기 일쑤였다.

"재훈이까지 그렇게 떠나고 나니까 더 그런 생각이 들더구나. 혹시 네가 나를 닮아서 그런 불행을 겪은 건 아닐까 하고 말이야. 그래서 네 옆에 있는 게 겁이 났어."

윤주는 품에서 천천히 벗어나, 엄마의 눈을 바라보았다. 젖은 눈동자가 한없이 흔들리고 있었다. 자신보다 훨씬 어린 나이에 과부가 된 엄마는 평생 힘든 내색 한 번 보이지 않았다. 오히려 누구보다 강하고 단단한 얼굴로 윤주를 대했고, 그런 엄마를 보며 윤주는 때때로 서운함과 원망을 품기도 했다. 어릴 땐 엄마가 차가운 사람이라고만 생각했다. 하지만 그 이면에 숨겨져 있던 두려움과 애틋함은 전혀 들여다보지 못했다.

이제야 조금은 알 것 같았다. 엄마가 자신을 어떤 마음으로 바라보았는지, 얼마나 절박한 마음으로 삶과 맞서왔는지. 엄마는 윤주가 자신처럼 고단한 길을 걷게 될까 봐 두려웠던 거였다. 그래서 누구에게도 기대지 않고, 어디에서나 당당히 서는 법을 알려주려 했던 거였다. 마치 윤주가 예린이에게 바라는 마음처럼.

윤주는 흐느끼는 엄마를 조심스럽게 끌어안았다. 오래전, 어린 시절 엄마 품에 안겨 잠들던 기억이 꿈처럼 되살아났다. 세상 모든 두려움이 녹아내리던 그 온기까지도. 그 순간, 윤주는 오랜 세월 굳어 있던 마음의 벽이 조용히 허물어지는 걸 느꼈다. 그녀는 아이처럼 엄마를 불렀다.

"엄마……."

그렇게 부르는 것만으로도, 가슴 깊이 쌓였던 슬픔과 원망이 조금씩 사라져갔다. 긴 세월 동안 삼켜왔던 울음이 엄마의 품속에서 비로소 온전히 쏟아져 나왔다. 그리고 그제야 깨달았다. 자신이 진정으로 바랐던 것은 화려한 성공이나 독립이 아니라, 단지 엄마가 곁에 있어 주는 것이었다는 걸. 문을 열고 들어선 엄마를 본 순간, 이미 마음속 깊은 곳에서는 모든 걸 용서하고 있었다는 사실을.

윤주는 마침내 울음을 그쳤다. 가슴 한편에 엉켜있던 얼음 조각들이 하나둘씩 녹아내렸다. 오랫동안 차갑기만 했던 거실에도 따뜻한 온기가 서서히 돌기 시작했다. 창가 너머로 부드럽고 환한 빛이 조용히 스며들고 있었다.

얼마나 시간이 흘렀을까. 윤주는 천천히 엄마 품에서 몸을 일으켜 엄마를 바라보았다. 눈물을 훔친 엄마가 조용히 말했다.

"윤주야, 이제 걱정 마. 예린이도, 너도 더는 힘들지 않게 엄마가 곁에 있을게."

그 말을 들은 윤주는 조용히 고개를 끄덕였다. 삶은 때로 모든 것을 빼앗아 가기도 하지만, 가끔은 가장 뜻밖의 모습으로 되돌아오기도 했다. 그날, 윤주는 아주 오랫동안 잊어왔던 따스함을 다시 느낄 수 있었다.

2

친정엄마가 집으로 들어온 뒤로 윤주와 예린의 삶은 빠르게 달라지기 시작했다. 늘 배설물과 쓰레기로 넘쳐났던 집은 친정엄마의 손길을 거치면서 깔끔하고 정돈된 공간으로 변했고, 변 냄새 대신 따뜻하고 맛있는 음식 냄새가 집안을 채웠다.

엄마는 이른 새벽부터 주방에 서서 밥과 국을 끓이고, 각종 반찬을 준비했다. 김치찜, 무나물, 멸치볶음 같은 소박한 음식들이 엄마의 손끝에서 하나둘 완성되었고, 그 맛은 윤주와 예린의 지친 일상에 깊은 안정을 되찾아주었다. 오래전 시어머니가 그랬던 것처럼.

윤주와 예린은 그러한 변화를 조심스럽게 받아들였다. 사실 가슴이 벅찰 만큼 기뻤지만, 너무 기뻐하다가는 이 아슬아슬한 행복이 촛불처럼 꺼져버릴까 두려웠다. 친정엄마는 집안 살림은 물론이고 공부방 청소까지 도맡으려 했지만, 윤주는 일부러 최소한의 도움만 받으려 애썼다. 돌봄에 익숙해지는 일이 얼마나 위험한 것인지, 누구보다 잘 알고 있기 때문이었다. 하지만 친정엄마는 그런 윤주의 태도를 여전히 자신을 완전히 용서하지 못한 탓이라고 여겼기에 온전히 기대지 않는 딸에게 서운함을 감추지 못했다.

반면, 친정엄마와 시어머니를 대하는 윤주의 태도는 분명 달랐다. 시어머니가 집안일을 도맡아 주는 동안 윤주는 늘 고마우면서도 미안한 마음을 함께 느꼈다. 그래서인지 그에 걸맞은 보답을 해야 한다는 부담감을 좀처럼 내려놓기 어려웠다. 하지만 친정엄마에게는 이상하리만큼 그런 미안함이 들지 않았다. 물론 고마운 마음은 컸지만, 그 모든 것이 너무 자연스럽고 당연한 일처럼 느껴지기도 했다.

그처럼 친정엄마는 대가 없이 온전히 기대어도 되는, 세상에 단 하나뿐인 존재였다. 하지만 윤주는 알고 있었다. 자신이 누리는 이 평온한 일상이 엄마의 땀과 고단함 위에 세워져 있다는 것을. 그리고 그 편리함이 사랑이라는 이름 아래 감춰진 조용한 착취일 수 있다는 것도.

다행히 친정엄마가 온 뒤로 시어머니는 순하고 착한 어린아이로 되돌아갔다. 더 이상 칼을 들고 덤비지도 않았고, 기저귀를 풀어놓는 일도 없었다. 때가 되면 밥을 먹고, 온종일 텔레비전 앞에 앉아 있다가 어둑해지기도 전에 잠자리에 들었다. 친정엄마를 "엄마"라고 부르는 시어머니는 씻겨주면 해맑게 웃었고, 과자만 쥐여줘도 세상 행복한 표정을 지었다. 가끔 예쁘다고 칭찬이라도 하면, 부끄러워 얼굴을 붉히기까지 했다.

윤주는 그런 시어머니의 모습을 지켜보며 묘한 기분이 들었다. 마치 긴 세월의 돌봄을 끝낸 시어머니가 어린 시절로 되돌아가는 것만 같았다. 그리고 그 종착지가 어디일지는 윤주도 알고 있었다. 언젠가 자신 역시 이 과정을 밟게 될 거라는 생각에, 시어머니를 바라보는 게 점점 더 힘들어졌다.

가끔은 어이없는 마음도 들었다. 이토록 순하게 지내줄 수 있었다면, 친정엄마 없이도 버텨낼 수 있었을 텐데. 어찌 된 일인지 시어머니는 친정엄마 곁에만 있으면 순한 양처럼 얌전했다.

"우리 사돈, 밥 먹을 시간입니다!"

친정엄마는 시어머니를 향해 큰 소리로 부르며 다가갔다. 그러면 시어머니는 아기처럼 고개를 끄덕이며 친정엄마가 내미는 수저를 냉큼 받아 들었다. 처음에는 거부하는 시늉을 하던 시어머니도 시간이 지날수록 친정엄마가 챙겨주는 음식을 맛있게 드셨다. 가끔 떡을 한입 크기로 잘라 입에 넣어주면, 어린아이처럼 눈을 반짝이며 "맛있다"라고 말하기까지 했다.

어느 날, 시어머니가 갑작스럽게 옷을 벗으려 하자 친정엄마가 단호한 목소리로 말했다.

"우리 사돈 그러면 안 되죠!"

그 소리에 시어머니는 움찔하며 고개를 숙였다. 그리고 작은 목소리로 말했다.

"잘못했어요, 엄마."

친정엄마는 시어머니를 노려보다가 이내 미소를 지어 보였다.

"다시는 그러지 말아요."

시어머니는 고개를 끄덕이며 "네, 엄마"라고 대답했다. 그 모습을 지켜보던 윤주는 가슴 한편이 먹먹해졌다. 친정엄마와 시어머니의 모습은 영락없는 엄마와 어린 딸이었다. 시어머니는 엄마 앞에서 더 이상 말썽을 부리지도 않았고, 얌전한 아기가 되어 있었다.

가장 눈에 띄는 변화는 예린이었다. 집안이 안정되자 예린은 다시 친구들과 어울리기 시작했다. 공부방에서 씻고 학교에 가던 생활도 자연스레 끝났다. 학부모 상담에서 담임은 예린이 수업에도 적극적으로 참여하고, 친구들과도 잘 지낸다며 칭찬을 아끼지 않았다.

윤주는 그런 예린을 보며 비로소 마음을 놓을 수 있었다. 평범한 고등학생으로 돌아간 예린은 인근 입시학원 상위 반에 등록해 뒤처졌던 공부를 따라잡기 시작했다. 처음엔 윤주가 직접 가르칠지 고민했지만, 오히려 딸에게 부담이 될까 싶어 전문 학원을 선택했다.

늦은 밤까지 책상에 앉아 공부하는 예린의 모습을 볼 때마다 윤주는 안도와 뿌듯함을 동시에 느꼈다. 한때 아빠의 빈자리가 예린에게 깊은 상처로 남지 않을까 걱정했던 윤주는, 딸이 제자리를 지키며 꿋꿋이 나아가는 모습을 보고 조금씩 마음을 놓을 수 있었다.

어느 날, 평소보다 일찍 학원에서 돌아온 윤주는 가장 먼저 딸의 방을 찾았다. 그 시간이야말로 딸과 얼굴을 마주할 수 있는 소중한 순간이었다. 문을 열고 들어서며 윤주는 종이봉투를 내밀었다.

"예린아, 이것 좀 먹어봐."

"뭐야?"

"호떡. 요 앞에서 팔길래 사 왔어."

"와, 출출한데 잘 됐다."

예린은 재빨리 봉투를 열어 호떡을 먹었다. 윤주는 딸의 얼굴을 물끄러미 바라보다가 조심스럽게 물었다.

"외할머니한테 뭐 좀 달라고 하지 그랬어."

"외할머니도 온종일 일하셨잖아. 이 정도는 괜찮아."

예린의 말에 윤주는 기특하면서도 짠한 마음이 들었다. 너무 일찍 철든 딸의 모습이 안쓰러웠다.

"학원은 어땠어?"

"좋았어. 나, 수학이 갑자기 재밌어졌어."

"그래? 다행이다. 모르는 문제 있으면 엄마한테 물어봐."

예린은 살짝 웃으며 고개를 저었다.

"엄마, 집에서는 선생님 말고 그냥 엄마로만 있어 줘."

"알겠어. 그렇게 할게."

둘은 따끈한 호떡을 나눠 먹으며 오랜만에 소소한 이야기를 주고받았다. 예린의 반짝이는 눈빛이 윤주에게는 어두운 밤을 환히 밝히는 작은 등불처럼 느껴졌다.

다음 날, 늦게 일어난 윤주는 부랴부랴 요가학원으로 향했다. 친정엄마의 권유로 시작한 요가는 일주일에 세 번, 한 시간가량 진행되었다. 운동이라면 질색하던 윤주에게 엄마는 이제부터라도 건강을 챙겨야 한다며 끈질기게 설득했다. 마지못해 요가학원에 등록했지만, 막상 수업이 끝나면 몸이 한결 가벼워진 걸 느낄 수 있었다. 덕분에 자신을 위한 시간이 필요하다는 것을 조금씩 깨닫게 되었다. 요가 수업을 끝내고 돌아온 윤주는 엄마가 차려 놓은 점심을 먹기 시작했다. 함께 식사하던 친정엄마가 조심스레 말을 꺼냈다.

"요즘 보니까 학생들도 꽤 되는 것 같은데, 공부방 말고 학원을 차리는 건 어떠니?"

윤주는 놀란 눈으로 엄마를 바라보았다. 엄마의 말대로 집안일에서 벗어난 윤주는 이전보다 과외에 더욱 집중할 수 있었다. 시간이 흐를수록 신입생이 늘어나자, 윤주는 공부방을 벗어나 제대로 된 학원을 운영하는 편이 낫겠다는 생각이 들었다. 점점 불어나는 학생들을 수용하기 위해선 더 넓은 공간이 필요했고, 보다 안정적인 수입을 얻기 위해서도 학원을 운영하는 게 훨씬 이득이었다. 다만 재정적인 문제를 생각하면 절대 쉽지 않은 일이었다. 그런데 한 번도 꺼낸 적 없는 이야기를 엄마가 어떻게 눈치챘는지 신기할 따름이었다.

"나도 그러고 싶긴 해. 근데 막상 알아보니까 보증금도 만만치 않고, 시설비도 꽤 들더라고. 지금 당장은 좀 힘들 것 같아."

윤주의 말을 잠자코 듣고 있던 엄마는 잠시 수저를 내려놓았다.

"그렇다고 이대로 포기할 거니?"

윤주 역시 수저를 내려놓았다.

"포기는 아니고……, 조금 더 시간을 두고 준비하려는 거야."

"윤주야, 포기하지 않으면 결국 길은 열리게 되어 있어. 학원을 차리면 생활도 안정될 테고, 예린이도 더 나은 환경에서 공부할 수 있잖니. 모든 게 완벽한 순간이란 없어. 중요한 건 네가 어떻게든 앞으로 나아가겠다는 마음이야."

엄마의 말에 윤주는 잠시 멈칫했다. 담담한 목소리에는 평생을 버텨온 삶의 무게가 담겨 있었다. 삶은 결국 선택의 연속이고, 그 선택들이 모여 미래를 만들곤 했다. 엄마는 완벽한 준비를 기다리다 놓친 기회들이 얼마나 많은지 경험으로 이미 알고 있었다. 때로는 불확실하더라도 일단 시작하는 게 최선이라는 것도.

"알겠어, 엄마. 더 알아보고, 좋은 기회가 생기면 꼭 할게."

"그래. 살아보니 안 하고 후회하는 것보단 하고 후회하는 편이 낫더라."

둘은 다시 수저를 들고 남은 밥을 먹기 시작했다. 운동을 해서인지 밥맛이 그야말로 꿀맛 같았다. 윤주는 오랜만에 본 호박전을 정신없이 먹기 시작했다. 애호박과 양파를 채 썰어 만든 전은 어릴 적 먹던 맛 그대로였다.

"운동해서 그런지 밥맛이 너무 좋은걸. 이러다 살찔까 봐서 걱정이야."

"살은 무슨, 뼈만 남았구먼. 많이 먹어. 그래야 힘이 나지."

둘은 도란도란 이야기를 나누며, 커다란 호박전을 나누어 먹었다. 정신없이 밥을 먹던 윤주는 문득 집안을 둘러보았다. 먼지 하나 없는 거실과 음식 향으로 가득한 집안은 더없이 편안하고 안온해 보였다. 덕분에 윤주는 오랫동안 잊고 있었던 자신의 꿈과 계획을 다시 떠올릴 수 있었다.

밥을 든든히 먹은 윤주는 커피 두 잔을 사 들고 공부방으로 향했다. 교실에서는 정 선생이 먼저 와 수업 준비를 하고 있었다.

"원장님, 오셨어요?"

정 선생은 예전에 같은 학원에서 함께 일했던 동료였다. 늦은 나이에 학원가에 뛰어들었지만, 실력도 뛰어나고 성격도 원만한 그녀는 남편의 죽음으로 힘든 시기를 보내던 윤주에게 큰 힘이 되어주었다. 공부방을 같이 해보자고 제안했을 때도 흔쾌히 수락한 그녀는 지금까지 최고의 지원군이었다.

"선생님, 제발 원장님이라는 호칭 좀 빼주세요. 남들이 들으면 무슨 대형 학원이라도 운영하는 줄 알겠어요."

"그래도 '아름다운 수학'을 세우신 분인데요."

'아름다운 수학'은 윤주가 공부방 이름으로 정한 타이틀이었다. 처음에는 조금 촌스럽나는 생각이 들었지만, 수학을 어려워하고 싫어하던 학생들이 수업을 통해 조금씩 흥미를 느끼는 모습을 볼 때마다 제법 잘 지은 이름이란 생각이 들곤 했다.

"정 선생님도 참, 정말 못 말린다니까요."

윤주는 정 선생에게 따뜻한 커피 한 잔을 건넸다. 정 선생은 감사하다며 커피를 받더니, 갑자기 윤주의 얼굴을 찬찬히 들여다보기 시작했다.

"원장님, 요즘 점점 더 예뻐지시는 것 같은데요?"

"갑자기 왜 이러세요? 이 나이에 예뻐져 봤자 무슨 소용이에요."

"그게 무슨 말씀이세요? 아직 젊으신걸요."

"에이, 제 나이면 젊다고 하기엔 좀 민망하죠."

"그런 말 마세요. 원장님, 혹시 재혼 생각 없으세요? 남편 후배

중에 괜찮은 사람 있는데, 소개해 드릴까요?"

정 선생의 진지한 표정에 윤주는 가볍게 웃으며 고개를 저었다.

"아니에요. 저는 지금 생활이면 충분히 만족해요."

정 선생은 더 이상 묻지 않고 고개만 끄덕이며 커피를 마셨다. 윤주는 그런 정 선생의 옆모습을 잠시 바라보다가 전부터 궁금했던 질문을 조심스럽게 꺼냈다.

"근데 선생님은 왜 학교를 그만두셨어요? 실력도 뛰어나시고, 학교에서 인기도 많으셨다면서요."

정 선생은 잠시 생각에 잠긴 듯하다가 조용히 말을 꺼냈다.

"사실 처음엔 아이가 좀 아팠어요. 육아휴직을 쓰고 다시 복직했는데, 얼마 지나지 않아 아이가 소아당뇨 판정을 받았거든요."

윤주가 놀란 얼굴로 정 선생을 바라보았다.

"세상에, 정말 힘드셨겠어요."

"말도 못 했죠. 소아당뇨는 조금만 방심해도 위험하거든요. 병원도 자주 다녀야 하고, 한시도 눈을 뗄 수가 없어요."

"주변에 도와주실 분이 전혀 없으셨어요?"

"네. 친정엄마는 언니 때문에 미국에 계시고, 시어머니도 시골에서 아버님과 과수원을 하셔서 부탁드리기 어려웠어요."

정 선생은 커피잔을 만지작거리며 담담하게 말을 이었다.

"그래서 육아휴직이랑 돌봄휴직을 번갈아 쓰면서 버텼는데, 점점 다른 선생님들 눈치도 보이고 학교에 적응하기도 힘들어지더라고요. 결국 버티지 못하고 그만두게 됐어요."

윤주는 안타까운 표정을 지으며 고개를 끄덕였다.

"속상하셨겠어요. 그렇게 좋은 직장을 그만두시다니……."

정 선생은 쓸쓸하게 웃으며 말을 이었다.

"처음엔 정말 속상했는데, 저 같은 경우가 의외로 많더라고요. 주변에 친정엄마나 시어머니가 도와주시면 어떻게든 버티는데, 그게 아니면 다들 포기하더라고요. 워커홀릭인 제 친구도 아이가 학교생활에 적응하지 못한다는 얘길 듣고 하루아침에 사직서를 내더라니까요."

윤주는 고개를 끄덕이며 공감했다.

"맞아요. 아이 앞에선 정말 장사 없죠."

정 선생이 쓸쓸한 웃음을 지으며 윤주를 바라보았다.

"그러게요. 결혼하고 아이를 낳으면 비로소 어른이 되는 줄 알았어요. 그런데 살아갈수록 오히려 엄마의 손길이 더 절실해지더라고요."

윤주는 정 선생의 말에 잠시 생각에 잠겼다. 어쩌면 어른이 된다는 건 혼자 서는 것이 아니라 함께 버텨내는 법을 배우는 일이라는 생각이 들었다. 삶에서 가장 강력한 힘은 결국 곁에 있는 사람에게서 비롯된다는 사실을 윤주는 누구보다도 잘 알고 있었다.

정 선생의 쓸쓸한 눈빛을 바라보며 윤주는 문득 그런 생각이 들었다. 만약 정 선생에게도 자신처럼 시어머니나 친정엄마 같은 존재가 있었다면, 그렇게 좋은 직장을 그만두지 않아도 되었을 텐데. 하지만 동시에 윤주는 깨달았다. 자신에게 주어진 행운 역시 누군가의 보이지 않는 희생 위에 놓여 있다는 것을. 누군가의 눈물과 인내를 발판 삼아 겨우 여기까지 버텨왔다는 사실이 새삼 아프게 다가왔다.

그때 복도에서 부산스러운 발소리가 들리더니 교실 문이 벌컥 열렸다. 웃음소리와 함께 중학생들이 우르르 강의실로 들어왔다. 그 소리에 정 선생은 서둘러 자리로 돌아가 수업 준비를 시작했다. 윤주 역시 고등학생 강의실로 발길을 옮기려다 문득 구석에 놓인 크리스마스트리를 바라보았다. 진한 초록색의 인조 나무 위로 형형색색의 전구들이 부드럽게 반짝이고 있었다. 환한 빛을 뿜어내는 트리를 보고 있자니, 조금 행복하다는 생각이 들었다. 윤주는 한동안 트리를 바라보다 천천히 강의실로 향했다.

3

　사계절이 지나도록 친정엄마는 윤주와 예린의 곁을 한 번도 떠나지 않았다. 또다시 겨울방학이 찾아왔고, 윤주와 예린의 일상은 더욱 분주해졌다. 몇 달 뒤면 고3 수험생이 되는 예린이는 학원과 독서실을 오가며 공부에 몰두했고, 윤주 역시 눈코 뜰 새 없이 바쁜 나날을 보냈다.

　그동안 시어머니를 돌보느라 제대로 집중하지 못했던 수업이 안정을 되찾자, 떠났던 학생들도 하나둘 돌아오기 시작했다. 덕분에 공부방도 다시 활기를 띠었다. 늘어나는 학생 수에 맞춰, 윤주는 정 선생과 상의해 바로 옆 공부방을 추가로 임대하고 강의실을 확장했다. '아름다운 수학'은 점차 학원의 모습을 갖춰갔다.

　새로 임대한 공부방은 이전에 부동산 투자 강의실로 쓰이던 곳이라 별다른 준비 없이 바로 수업을 시작할 수 있었다. 윤주는 두 공간을 오가느라 하루하루가 정신없이 지나갔다. 쏟아지는 강의와 특강에 몸은 힘들어도 목표에 가까워진다는 생각에 피로를 느끼지 못했다.

어느 날 저녁, 요가 수업을 마치고 집에 돌아오니 친정엄마가 서랍장을 뒤적이고 있었다.

"엄마, 뭐해?"

"응, 속이 좀 안 좋아서. 소화제 남은 거 있나 하고 찾고 있었어."

윤주는 서랍 안쪽에 있던 소화제를 찾아 엄마에게 건넸다.

"엄마, 며칠 전에도 속 안 좋다고 했잖아. 병원에 가봐야 하는 거 아니야?"

"괜찮아. 어제 수제비 남은 게 아까워서 먹었더니 좀 얹혔나 봐."

"엄마는, 그런 거 아까워하지 말고 그냥 버려. 몸 생각해야지."

"얘가, 날이 갈수록 잔소리가 심해지네. 누가 아빠 딸 아니랄까 봐."

엄마는 소화제를 넘기며 피식 웃었다. 윤주는 엄마의 웃는 모습을 보며 마음이 조금 놓였지만, 왠지 모르게 마음 한편이 불편했디.

"시어머니는?"

"아침에 씻겨드렸더니 바로 주무시네."

"그래도 주간보호센터에 보내드리는 게 낫지 않아? 엄마도 좀 쉴 수 있고."

"괜찮아. 온종일 주무시기만 하니까, 별로 힘든 것도 모르겠어."

"시어머니가 점점 더 아기 같아지는 것 같아."

"그러게. 나이 들면 늙는 게 아니라, 오히려 다시 아이가 되는 건가 봐. 나도 언젠간 그렇게 되겠지."

"엄마, 그런 말 하지 마!"

윤주는 갑자기 목소리를 높이며 엄마를 바라보았다. 엄마마저 시어머니처럼 변해가는 모습을 상상하는 것만으로도 숨이 막혔다. 뜻밖의 반응에 엄마는 말없이 딸을 바라보다 조용히 입을 다물었다. 윤주 역시 자신의 반응이 과했다는 걸 알고 있었지만, 쉽게 진정되지 않았다.

점심 무렵, 윤주는 엄마가 차려준 밥을 허겁지겁 먹고 학원으로 향했다. 교실 안은 여느 때처럼 학생들의 웃음소리로 가득했지만, 윤주의 마음은 종일 무겁게 가라앉아 있었다. 괜히 엄마에게 화를 냈던 일이 자꾸만 맴돌아 마음이 개운치 않았다. 그러다 벽에 걸린 달력이 눈에 들어왔다.

며칠 뒤면 엄마의 생일이었다. 어릴 적엔 고생하시는 엄마를 위해 깜짝 파티를 준비하곤 했지만, 결혼 후에는 이런저런 이유로 생일을 제대로 챙긴 적이 거의 없었다. 특히 예린이를 부탁했다가 틀어진 뒤로는 아예 모른 척하며 지냈다.

사실 엄마의 생일은 잊으려야 잊을 수가 없었다. 정월대보름 전날 태어난 엄마는 한 번도 생일다운 생일을 치러본 적이 없다고 종종 말했다. 마을 전체가 오곡밥과 나물을 준비하느라 분주한 날, 정작 자신의 생일은 조용히 흘러가곤 했다고. 그 이야기를 들을 때마다 윤주는 가슴 한쪽이 쓰렸다. 모두가 밝은 보름달을 기다리는 밤, 엄마는 단 한 번도 초 하나 켜보지 못했다는 사실이 오래도록 마음에 남았다.

올해 엄마의 생일은 다행히 수업이 없는 일요일이었다. 윤주는 이번만큼은 꼭 특별한 하루를 선물해 드리겠다고 마음먹었다. 예린에게 살짝 귀띔하자, 눈을 반짝이며 말했다.

"그럼, 제가 외할머니랑 마트 다녀올게요! 그 사이에 엄마가 준비하면 되겠다!"

생신 당일, 예린은 먹고 싶은 게 있다며 아침부터 친정엄마를 졸라댔다. 엄마는 오후에 가자며 타일렀지만, 결국 예린의 성화에 못 이겨 카트를 들고 함께 마트로 나섰다. 현관문이 닫히자마자, 윤주는 곧장 주방으로 달려갔다. 전날 밤 미리 불려두었던 미역을 꺼내 들고, 참기름에 소고기를 볶기 시작했다.

미역국은 엄마가 가장 좋아하는 음식이자, 윤주가 처음 배운 요리이기도 했다. 예전에는 단순한 국이라고만 여겼지만, 그 깊은 국물 맛을 내기 위해 엄마가 얼마나 오랜 시간을 주방에서 보냈는지 이제야 알 것 같았다. 주방 한쪽에서는 잡채용 당면이 차가운 물에 담가 있었다. 잡채를 만들기 위해 시금치, 당근, 표고

버섯을 정갈히 썰어 각각 따로 볶았다. 손이 많이 가는 음식이지만, 오늘만큼은 하나도 번거롭지 않았다. 맵지 않게 양념한 제육볶음까지 팬에서 익어가자, 윤주는 식탁을 차리기 시작했다. 작은 유리병에 꽂은 카네이션 한 송이와 예린이 고른 핑크빛 냅킨, 그리고 꽃바구니가 그려진 카드까지, 모두 윤주가 엄마를 위해 준비한 조용한 마음의 선물이었다.

마지막으로, 며칠 전 배송받은 새 운동화를 조심스레 꺼냈다. 엄마가 신고 다니는 운동화는 밑창이 닳아 너덜너덜한 데다, 발등이 눌려 형태가 흐트러진 상태였다. 늘 편한 신발만 고집하던 엄마였지만, 이번엔 좀 더 고급스럽고 세련된 디자인을 골랐다. 엄마가 이런 예쁜 신발을 신고 외출할 생각을 하니 괜스레 기분까지 좋아졌다. 잠시 후, 예린과 엄마가 함께 집에 들어섰다.

"어, 이게 무슨 냄새야?"

현관문을 열고 들어온 엄마는 집 안을 둘러보다가 주방 앞에서 발걸음을 멈췄다. 식탁 위에는 김이 모락모락 피어오르는 미역국과 잡채, 제육볶음, 그리고 핑크빛 리본으로 묶인 선물 상자가 놓여 있었다. 눈이 휘둥그레진 엄마는 선물 위에 얹힌 카드를 먼저 집어 들었다.

'엄마, 세상에 와 주셔서 감사합니다. 생신 축하드리고, 사랑합니다.'

카드를 읽은 엄마는 한동안 말없이 서 있었다. 그때 예린이 다가와 팔짱을 끼며 말했다.

"할머니, 생신 축하드려요!"

"세상에, 살다 보니 이런 날도 다 있구나. 고맙다."

"엄마, 국 식겠다. 얼른 밥부터 먹자."

윤주가 엄마를 식탁으로 이끌었다.

엄마는 수저를 들고도 한참 머뭇거리다, 조심스레 국물을 한 숟갈 떠 입에 넣었다.

"윤주야……, 이 맛을 아직도 기억하고 있었구나."

"잊을 수가 없지. 엄마랑 내가 제일 좋아하는 맛인데."

예린은 선물 상자를 열어 운동화를 꺼내 엄마의 발 앞에 놓아 드렸다.

"외할머니, 이건 저랑 엄마가 같이 고른 거예요! 꼭 신어보셔야 해요."

엄마는 웃으며 고개를 끄덕였다. 눈가가 살짝 붉어졌지만, 끝내 울지 않았다. 그저 오래 씹고, 오래 바라보다가, 조용히 말했다.

"고맙다, 얘들아. 오늘……, 정말 생일 같구나."

식사를 마친 뒤에도 세 사람은 한참 동안 식탁에 머물렀다. 창밖은 겨울 햇살로 반짝이고, 집 안은 웃음소리로 가득했다. 윤주는 두 사람을 바라보며 마음속으로 생각했다. 아무렇지 않게 흘러가는 이 하루가, 누군가의 마음을 데워주는 순간이 될 수도 있다는 것을. 오랜만에 찾아온 조용하고 따뜻한 하루였다.

✛✛✛

다음날, 평소보다 일찍 일어난 윤주는 주방으로 향했다. 하지만 한참 식사 준비를 하고 있을 친정엄마가 보이지 않았다. 엄마방문을 열어보려던 순간, 갑자기 화장실 쪽에서 이상한 소리가들려왔다. 가만히 들어보니, 화장실에서 누군가 구토를 하는 듯했다. 윤주는 재빨리 화장실로 뛰어갔다. 변기를 붙잡고 토하고있는 사람은 다름 아닌 엄마였다.

"엄마, 왜 그래?"

윤주가 놀라서 물었다.

"어제 갑자기 고기를 많이 먹어서 체한 모양이야."

엄마가 변기 물을 내리며 말했다. 세면대에서 입을 닦는 엄마의 얼굴이 평소보다 힘이 없고 안색이 나빠 보였다.

"엄마, 이러지 말고 병원에 가자. 지난번에도 그랬잖아."

윤주가 당장 나서며 말했다.

"별거 아니야. 나이 들어서 그런 거지. 괜히 병원 가봤자 돈만들고 아무 소용도 없어."

"엄마, 괜히 병 키우지 말고 제발 병원에 가자고. 나 세수만 하고 같이 갈게."

"다 토해버렸으니까 곧 괜찮아질 거야."

"엄마는 참……"

친정엄마는 예전부터 병원 가는 걸 유난히 꺼렸다. 감기에 걸려도 타이레놀 하나로 버티고, 어지간한 통증은 진통제로 눌러가며 견뎠다. 게다가 고집도 세서 아무리 병원에 가자고 해도 듣지 않으셨다. 그런 엄마의 고집을 알기에 윤주는 더 이상 아무 말도 하지 못한 채 엄마의 입을 닦아주었다.

그런데 며칠 뒤, 또다시 화장실에서 구토 소리가 들려왔다. 윤주는 걱정스러운 마음으로 문 앞에 다가섰다. 잠시 뒤, 문을 열고 나온 엄마는 말없이 약장을 열었다. 매번 아무렇지 않은 척하던 엄마가 먼저 약을 찾는 건 흔한 일이 아니었다. 더는 미룰 수 없겠다는 생각에 윤주는 급히 옷을 챙겨 입으며 말했다.

"엄마, 안 되겠어. 오늘은 꼭 병원에 같이 가자."

"둘이 같이 가면 사돈 양반은 어쩌고? 너 오늘 요가도 있잖아."

그제야 윤주는 시어머니 생각이 났다. 말대로 요가 수업도 있었고, 어머니를 혼자 둘 수도 없었다.

"그러니까 시어머니 주산보호센터에 잠깐이라도 모셔두자고 했잖아."

"저렇게 잠만 주무시는데 뭘 어찌겠니. 니무 걱정하지 마. 금방 괜찮아질 거야."

엄마는 여전히 대수롭지 않게 넘기려 했지만, 윤주의 불안은 좀처럼 가라앉지 않았다.

결국 보다 못한 윤주는 요가 일정을 미루고 시어머니를 보겠다고 나서자, 엄마는 마지못해 병원에 가기로 했다. 하지만 금방 돌아올 줄 알았던 엄마는 점심이 가까워서야 집에 들어왔다.

"병원에서 뭐래?"

"글쎄, 큰 병원 가서 정밀검사를 받는 게 좋겠대."

엄마의 말에 윤주의 표정이 굳어졌다. '큰 병원', '정밀검사'라는 단어가 계속해서 머릿속을 맴돌았다. 순간 시어머니의 일이 떠올랐다. 처음엔 그저 건망증이라 생각했지만, 결국 되돌릴 수 없는 병으로 이어졌던 그날의 기억이. 윤주는 급히 휴대전화를 집어 들었다.

"그럼 내가 바로 대학병원에 예약할게."

"그래, 뭐. 근데 괜히 호들갑 떠는 거 아닐까? 별일 없을 거야."

엄마는 태연하게 말했지만, 윤주의 마음은 쉽게 가라앉지 않았다. 시어머니가 그랬듯 아무런 징조 없이 무너져 내리는 일이 또다시 반복된다면 ― 지금이 그 시작일지도 모른다는 생각이 머릿속을 떠나지 않았다.

며칠 후 검사일이 다가오자, 윤주는 엄마와 함께 가겠다고 나섰다. 그러나 이번에도 엄마는 혼자 가겠노라며 윤주를 막아섰다.

"나 혼자 갈 수 있어. 바쁜데, 걱정 말고 네 일이나 해."

윤주는 끝내 엄마를 따라나서지 못하고 학원으로 향했다. 오후 내내 신경이 쓰여 수업에 집중하기가 힘들었다. 저녁 무렵, 핸드폰 진동이 울렸다. 엄마였다. 전화기 너머로 들려오는 엄마의 목소리는 예상보다 훨씬 밝았다.

"검사했더니 아무 이상 없대! 괜히 돈만 날렸지, 뭐냐."

윤주는 그제야 안도의 숨을 내쉬었다. 하루 종일 머릿속을 떠나지 않던 걱정과 불안이 순식간에 사라져 버렸다.

"정말 다행이야, 엄마."

"다음엔 절대 병원 안 간다. 괜히 의사들 배만 불렸어."

엄마는 농담처럼 투덜거렸고, 윤주는 피식 웃으며 조용히 고개를 끄덕였다.

그날 밤, 그녀는 오랜만에 마음 편히 잠들 수 있었다. 모든 예감이 현실이 되는 건 아니라는 사실이, 그날따라 참 다행스럽게 느껴졌다.

4

윤주의 친정엄마는 오래전부터 '부안 댁'으로 불렸다. 전라북
도 부안에서 태어난 적도, 심지어 가본 적조차 없었지만, 사람들
은 자연스레 그렇게 불렀다. 이유는 단순했는데, 그녀의 음식 솜
씨가 워낙 뛰어났기 때문이었다. 한 번이라도 그녀의 음식을 맛
본 사람들은 어김없이 고향을 물어왔고, 귀찮아진 그녀는 친구의
고향인 부안이라고 얼버무렸다. 그러면 사람들은 으레 고개를 끄
덕이며 "그럼, 그렇지. 전라도 음식 솜씨는 알아줘야지."라고 말
했고, 그렇게 그녀는 자연스레 '부안 댁'이 되었다.

사실 그녀의 고향은 경기도였다. 결혼 전에는 한 중소기업에서
경리로 일하며 비교적 평범한 삶을 살았다. 같은 회사에서 성실
하던 윤주의 아빠를 만나 결혼했고, 둘은 비록 넉넉하진 않아도
검소한 삶을 이어갔다.

문제는 남편의 지나친 책임감과 체면이었다. 남편은 가족은 물론이고 친지나 동창, 지인의 부탁조차 절대 거절하지 못했다. 가난한 유년기를 보낸 그는 적어도 자신만큼은 누군가에게 도움이 되는 사람이고 싶어 했고, 그 마음은 곧 남을 돕는 일에 앞장서는 성격으로 굳어졌다. 누가 돈을 빌리러 오면 망설임 없이 지갑을 열었고, 정작 가족을 위한 집 한 칸 마련하지 못한 채 고단한 월급은 늘 남의 주머니로 먼저 흘러들었다.

　그런 남편을 늘 안쓰럽게 지켜보던 부안 댁은 마침내 결심했다. 더는 기다릴 수 없다고, 이제는 자신이 나설 차례라고. 그렇게 시작한 게 바로 만둣집이었다. 새벽이면 직접 만두소를 만들고, 정성스레 손으로 빚은 만두를 쪄내 가게 문을 열었다. 그렇게 밤낮없이 일에 매달리던 그녀는 나중엔 업종을 바꿔 횟집을 운영하게 되었다.

　어느새 장사꾼이 된 부안 댁은 말수도 적고 잘 웃는 편도 아니었다. 하지만 음식 솜씨와 성실함 덕분인지 가게에는 늘 손님이 끊이지 않았다. 그렇게 만둣집과 횟집을 이어간 덕분에 살림은 조금씩 나아졌다.

　그 무렵, 남편은 또다시 친구의 사업에 보증을 서게 되었다. 부안 댁은 평소보다 큰 금액에 놀랐지만, 손을 쓰기엔 너무 늦은 상태였다. 아니나 다를까, 친구의 사업이 부도가 나면서 남편은 엄청난 빚을 고스란히 떠안게 되었다. 그 뒤로 남편은 말수가 점점 줄고, 얼굴에도 그늘이 떠나지 않았다. 낮에는 방 안에 틀어박혀 좀처럼 밖으로 나오지 않다가 밤이 되면 담배를 물고 거실을 서성였다. 그러다 어느 날, 낚시를 다녀오겠다며 조용히 집을 나선 남편은 그 길로 영원히 돌아오지 않았다.

며칠 뒤, 호수 한가운데 낚싯배만 덩그러니 떠 있는 채 발견되었다. 남편의 죽음은 사고사로 처리되었지만, 부안 댁은 어렴풋이 알 수 있었다. 현실의 무게를 끝내 감당하지 못한 남편이 스스로 삶을 내려놓았다는 걸. 부안 댁은 눈물조차 나오지 않을 만큼 참담했지만, 어린 윤주를 바라보며 마음을 다잡았다.

다행히 남편에겐 지인의 부탁으로 들어둔 생명보험이 있었다. 보험회사는 자살 가능성을 이유로 지급을 미루려 했지만, 부안 댁은 물러서지 않았다. 서류를 뒤지고, 조사를 받고, 법정까지 가며 싸운 끝에 보험금을 받아냈다. 남편이 가족을 위해 평생 하지 못한 일을 그녀가 결국 이뤄낸 셈이었다.

그 돈으로 부안 댁은 번듯한 상가 건물 1층을 임대해 칼국숫집을 열었다. 이번엔 간판도 제대로 달고, 손님을 맞을 넉넉한 좌석도 마련했다. 그 가게야말로 그녀의 인생을 새로 쓰기 시작한 공간이었다. 탱글탱글한 면발과 깊은 국물 맛이 입소문을 타더니, 나중에는 방송까지 소개되었다. 사람들이 줄을 서서 먹고 가는 칼국숫집 안에서 그녀는 딸 윤주를 키웠고, 허물어진 삶을 다시 세워나갔다.

반면 장사란 게 늘 겉보기와는 달랐다. 밥 한 끼를 앉아서 먹는 날이 드물었고, 식사를 하려다 손님이 들어오면 젓가락을 내려놓기 일쑤였다. 허겁지겁 삼킨 밥은 늘 체기와 더부룩함을 남겼고, 그게 쌓여 속병이 되었다. 조금만 먹어도 속이 더부룩하고 트림이 나왔다. 하지만 부안 댁은 그 모든 것을 견디며 살아왔다. 사람들 앞에서는 드러내지 않았고, 속이 쓰려도 그저 꾹 참았다. 그녀에게 인생이란, 아프다고 멈출 수 없는 일이었다. 끝까지 버티는 것, 그것이 삶이었다.

병원에 가는 일은 엄두도 내지 못했다. 생업에 쫓겨 하루하루 살아가야 했던 그녀에게 병원에 간다는 건 대단한 사치였다. 부안 댁은 약 대신 동치미 국물을 한 잔 마시거나 된장을 푼 물을 마시며 답답한 속을 달랬다. 그렇게 수십 년을 버티며 살아냈지만, 장사를 접고 윤주의 집으로 들어온 뒤에도 속병은 완전히 사라지지 않았다. 그러다 어느 순간, 상태가 점점 더 나빠지고 있다는 걸 느끼게 되었다.

어느 날, 부안 댁은 평생 손도 대지 않았던 소화제 병을 열며 작은 한숨을 내쉬었다. 그 무렵 체기가 이상할 정도로 오래 가고, 가슴에 둔한 통증이 자주 찾아왔다. 처음에는 대수롭지 않게 여겼는데, 시간이 지날수록 증상은 점점 더 심해졌다.

"엄마, 병원 좀 가보세요. 이렇게 오래 체하는 건 이상한 거라니까요!"

딸의 끈질긴 성화에 못 이겨, 부안 댁은 결국 집 근처 내과를 찾았다. 사람들로 북적이는 병원 대기실에 앉아 있으려니, 가슴 한쪽이 묘하게 답답했다. 진료실로 들어서자 젊은 의사가 간단한 문진을 한 뒤 고개를 갸웃거렸다.

"음……, 아무래도 큰 병원에 가보시는 게 좋겠습니다. 위내시경을 받아보셔야 할 것 같은데, 우리 병원엔 장비가 없거든요."

의사는 짧게 설명을 마친 뒤, 소견서를 건네며 약조차 처방하지 않았다. 대학병원에 가보라는 짧은 한마디가 마음을 뒤흔들었다. 병원 문을 나서는 순간부터 가슴속으로 찬바람이 일기 시작했다. 그녀는 손에 쥔 소견서를 내려다보며 한동안 발걸음을 떼지 못했다.

집에 돌아온 부안 댁은 윤주에게 상황을 털어놓았다. 그녀의 말을 들은 윤주의 표정이 금세 어두워졌다. 말없이 휴대전화를 집어 든 윤주는 집에서 멀리 떨어진 대학병원에 전화를 걸어 외래 진료를 예약했다. 다행히 취소된 자리가 있어 일주일 뒤에 진료를 받을 수 있었지만, 부안 댁의 불안감은 좀처럼 사그라지지 않았다.

예약일이 다가올수록 알 수 없는 두려움이 스멀스멀 그녀의 마음속을 파고들었다. 속이 비교적 편할 때는 '아무것도 아닐 거야'라며 자신을 안심시켰다. 하지만 무거운 돌덩이가 배를 짓누르는 듯한 답답함이 느껴질 때면 심각한 일이 아닐까 하는 걱정이 앞섰다.

부안 댁은 불안을 달래기 위해 평소보다 더 바쁘게 움직였다. 손녀의 아침 식사를 챙기고, 안사돈을 씻기는 일 외에도 집안 유리창을 닦고 베란다를 구석구석 청소했다. 하지만 짙어지는 걱정을 떨쳐낼 수는 없었다. 예약일이 가까워질수록 한숨은 깊어지고 마음은 무거워졌다.

처음 가본 대학병원은 아침부터 북적였다. 간신히 접수를 마친 부안 댁은 대기실 의자에 앉았다. 예약을 해두었는데도 긴 시간을 기다려야 했다. 의자에 앉아 있는 동안 주변의 다양한 목소리가 들려왔다.

"몇 시에 들어갈 수 있는 거예요?"

"아직도 한참 기다려야 한다네요."

한숨 섞인 대화와 조급한 발소리가 병원 특유의 긴장감을 더했다. 젊고 건강했을 때는 세상에 아픈 사람이 이리 많다는 걸 알지 못했다. 일만 하느라 바빴을 뿐 아니라, 길에서 마주치는 사람들도 자기 또래의 활기찬 젊은이들뿐이었다. 하지만 지금은 병원에서나 길에서도 병든 사람들만 유독 눈에 띄었다. 그들의 모습에 자신의 그림자가 겹치는 것 같아서 어쩐지 마음 한구석이 씁쓸했다.

마침내 간호사가 부안 댁의 이름을 불렀다. 진료실에 들어서자, 희끗희끗한 머리의 중년 의사가 차트를 보고 있었다. 소견서를 훑어보던 의사가 물었다.

"환자분, 언제부터 속이 안 좋으셨어요?"

"오래됐죠. 한 십 년 넘은 것 같아요. 그땐 장사하느라 제대로 밥 먹을 틈도 없었거든요. 손님들 들어올 때마다 밥숟가락을 내려놔야 해서요. 그래도 그때는 별 탈 없었는데, 요즘 들어 자꾸 속이 메스껍고 구역질이 나네요."

의사에게 증상을 털어놓은 부안 댁은 쑥스러운 듯 웃었다. 하지만 의사는 웃음기 없는 얼굴로 체중 변화와 속쓰림 같은 증상들을 하나하나 확인했다.

"증상이 오래되셨네요. 당장 내시경 검사를 진행하는 게 좋겠습니다."

부안 댁은 대답 대신 조용히 고개를 끄덕였다. 진료실을 나오자, 간호사가 내시경 검사 일정을 잡고, 금식 지시를 전했다. 안내를 듣는 내내, 그녀의 두 손에는 자꾸만 땀이 배어나왔다. 하지만 집에 돌아온 뒤, 부안 댁은 윤주에게 아무 일도 없다고 둘러댔다. 괜히 말을 꺼냈다간 딸이 나설 것이고, 그러다 보면 일은 커질 수밖에 없었다. 더 이상 딸과 손녀의 어깨에 짐을 얹고 싶지 않았던 그녀는, 결국 자신의 병을 숨기기로 마음먹었다.

대학병원에 다녀온 뒤로 부안 댁은 사돈을 당분간 보호센터에 맡기기로 했다. 윤주와 예린이 집을 비우는 낮 동안 사돈을 맡기고 병원에 다녀오면, 아무에게도 들키지 않을 수 있었다.

검사 당일, 부안 댁은 이른 아침부터 사돈을 씻기고 아침 식사를 챙겼다. 사돈은 아기처럼 가만히 앉아, 그녀가 떠먹여 주는 밥을 천천히 받아먹었다. 입가에 연신 침을 흘리면서도 밥을 삼키는 모습을 바라보노라면, '살아간다는 게 이런 걸까' 하는 생각이 문득 들곤 했다. 그럴 때마다 부안 댁의 마음은 복잡해졌다. 사돈이 딸의 앞길을 가로막는 것 같아 답답하다가도 자신을 대신해 딸과 손녀를 돌봐준 걸 생각하면 한없이 고마운 마음이 들었다.

대충 정리를 마친 부안 댁은 사돈의 옷가지와 기저귀 몇 개를 챙겨 조용히 센터로 향했다.

"저희 사돈 잘 부탁드려요. 무슨 일 생기면 바로 연락주세요."

직원에게 간곡히 부탁하고 돌아서는데, 가슴 한구석이 무겁게 내려앉았다. 그래도 딸과 손녀를 위해 마음을 다잡고 부지런히 발걸음을 옮겼다.

병원에 도착한 뒤, 간호사의 안내에 따라 부안 댁은 내시경 검사실로 들어갔다. 검사실은 비교적 깔끔했지만, 어쩐지 차가운 느낌이 들었다. 의사는 낮고 차분한 목소리로 검사 과정을 설명했다.

"위내시경으로 위 내부를 살펴보고, 필요시 조직검사도 함께 진행하겠습니다. 그런데 보호자는 안 오셨나요?"

"네, 혼자 왔어요. 그냥 비수면으로 해주세요."

부안 댁의 말에 의사와 간호사는 잠시 망설였지만, 결국 그녀의 뜻을 받아들였다.

잠시 후 검사 침대에 눕자, 간호사가 내시경 기구를 조심스레 조정했다. 이윽고 차가운 기구가 목을 통과했다. 순간 이물감이 밀려오면서 숨이 턱 막히는 듯한 느낌이 들었다. 다음으로 조직검사가 이어졌다. 작고 날렵한 기구가 위벽에서 조직을 떼어낼 때마다 위가 살짝 움찔거렸고, 그때마다 그녀는 안으로 깊은숨을 들이쉬었다.

마침내 검사가 끝났다. 간호사가 따뜻한 차를 가져다주었지만, 한 모금도 넘기지 못했다. 부안 댁은 위가 뒤틀리는 듯한 통증을 참아가며 회복실 의자에 멍하니 앉아 있었다. 하지만 머릿속에선 두 가지 생각이 끝없이 싸우고 있었다. 한편에선 별일 아닐 거라고 다독였고, 다른 한편에선 큰 병일지도 모른다고 자꾸만 부추겼다.

검사를 마친 뒤, 그녀는 주간보호센터로 가서 안사돈을 데리고 집으로 돌아왔다. 어두워진 거리를 걸으며 부안 댁은 계속해서 결과를 떠올렸다. 하루나 이틀 안에 알 수 있을 거라던 결과는 조직검사 때문에 늦어진다는 연락을 받았고, 그렇게 기다림은 일주일로 늘어났다. 결과를 기다리는 시간은 길고 답답했다. 밥을 먹는 동안에도, 사돈을 돌보는 동안에도 머릿속은 온통 검사 결과에 대한 걱정으로 가득했다.

일주일 뒤, 다시 병원을 찾은 부안 댁은 낯익은 대기실 의자에 앉아 차례를 기다렸다. 주변 환자들과 보호자들은 스마트폰을 들여다보거나 소곤소곤 대화를 나눴다. 하지만 그녀는 손끝까지 번지는 긴장을 감출 수 없었다. 눈앞의 작은 전광판에서 자신의 이름이 뜨자, 숨을 깊게 들이쉬고 진료실로 들어갔다.

의사는 컴퓨터 화면을 잠시 들여다보다가 부안 댁을 향해 물었다.

"보호자가 없으신가요?"

부안 댁은 잠시 머뭇거리다가 조용히 입을 열었다.

"딸이 있긴 한데요, 미국에 살고 있어서요."

자신도 모르게 거짓말이 튀어나왔다. 어쩐지 보호자를 찾는 게 좋지 않은 징조처럼 느껴졌다. 의사는 그녀의 말을 듣고 고개를 끄덕이며 차트를 다시 보았다.

"검사 결과, 위암이 확인되었습니다. 추가 검사를 통해 암의 진행 정도를 확인해야겠지만, 전이 가능성도 있어 보입니다."

의사의 말에 부안 댁은 온몸이 얼어붙고 말았다. 머리가 멍해지며 온몸에서 피가 빠져나가는 것만 같았다. 의사의 말도 더는 귀에 들어오지 않았다.

"치료가 늦어질수록 암이 더 진행될 위험이 있습니다. 하루빨리 수술하고 항암치료를 병행하려면 보호자가 필요합니다. 따님에게 연락하시죠."

차가운 설명이 가슴에 비수처럼 꽂혔다. 부안 댁은 잠시 숨을 고른 뒤 어렵게 입을 열었다.

"선생님, 하라는 대로 다 하겠습니다. 그런데……, 제 딸에게는 절대 알리지 말아 주세요. 혼자서도 할 수 있습니다."

의사는 난처한 표정으로 그녀를 바라보았다.

"이십 년 넘게 혼자 살아왔어요. 혼자서 감당할 수 있습니다."

부안 댁은 의사에게 힘주어 말했다. 의사는 한동안 생각에 잠긴 듯 보이더니 무겁게 고개를 끄덕였다.

"좋습니다. 대신 며칠 입원하셔서 추가 검사를 진행하시죠. 결과를 보고 치료 방향을 정하도록 하겠습니다."

의사의 말에 부안 댁은 잠시 안도의 숨을 내쉬었다. 며칠간 입원해야 한다는 사실이 마음 한구석에 걸렸지만, 딸이 오지 않아도 된다는 점만으로도 다행이라 여겼다. 자신이 암에 걸렸다는 사실보다 딸에게 짐을 지운다는 게 더 무섭고 두려웠다. 진료실을 나와 병원 복도를 걸으면서, 그녀는 스스로에게 다짐했다. 암 정도는 거뜬히 이겨낼 수 있다고, 딸과 손녀에게 절대로 짐이 되지 않겠다고 수없이 되뇌었다.

다음날부터 부안 댁은 자신이 자리를 비울 동안 혼란이 생기지 않도록 바삐 움직였다. 가장 먼저 주간보호센터에 연락해 사돈을 돌봐줄 개인 요양보호사를 구했다. 젊은 시절 같은 일을 했다는 여자는 부안 댁과 비슷한 나이에 성격도 온화해 보였다. 그녀는 딸과 손녀가 집을 비운 시간에 맞춰 와서 사돈을 씻겨 보호센터에 보내고, 저녁에는 예린이가 학원에서 돌아올 때까지 돌봐주기로 했다.

그다음엔 마트에서 장을 봐와 국과 찌개를 끓이고, 윤주와 예린이가 좋아하는 밑반찬을 만들어 냉장고를 채웠다. 속이 울렁거리고 갑갑했지만, 해야 할 일들을 하나씩 마무리했다. 마지막으로 딸과 손녀에게 통영의 언니 집에 일주일 정도 다녀오겠다고 알렸다. 둘은 처음엔 놀라는 듯했지만, 더는 묻지 않았다.

입원 당일, 사돈을 요양보호사에게 맡긴 뒤 병원으로 향했다. 진료실에 도착하자마자 혈액검사, 복부 초음파, CT 촬영이 줄줄이 이어졌다. 그중에서도 복강경 검사가 제일 힘들었다. 전신마취 후 복부에 작은 구멍을 내 내시경으로 안을 들여다보는 검사였는데, 마취에서 깨어난 뒤에는 배가 부풀어 오른 듯한 답답함이 몰려왔다. 너욱이 하나의 검사가 끝나면 곧바로 다음 검사가 기다리고 있어서 마치 끝없이 이어지는 터널을 지나고 있는 기분이었다.

며칠간의 검사를 마치고 집으로 돌아온 부안 댁은 문을 여는 순간 숨이 턱 막혔다. 일주일 사이 가구엔 먼지가 소복이 쌓였고, 방 안엔 답답한 냄새가 배어 있었다. 싱크대엔 설거짓거리가 가득했고, 식탁 위엔 얼룩이 그대로 남아 있었다.

그녀는 짐을 내려놓고 조용히 앞치마부터 둘렀다. 먼저 설거지를 한 후 세탁기를 돌리고, 바닥과 가구의 먼지를 닦아냈다. 몸은 고됐지만, 마음은 더 복잡했다. 고작 일주일 비웠을 뿐인데 이 정도라니. 혹시라도 자신에게 무슨 일이 생긴다면, 딸과 손녀의 삶이 어떻게 될지는 불 보듯 뻔했다.

사돈까지 돌보고 있는 딸의 삶은 이미 벼랑 끝에 있었다. 부안댁은 딸이 왜 사돈을 요양원에 보내지 못하는지 알고 있었기에 뭐라 말하지도 못했다. 딸에게 있어 예린을 돌봐준 사돈은 단순한 보호자가 아니었다. 그런 사돈을 요양원에 보낸다는 건, 돌봄을 포기하는 것이 아니라 삶의 마지막 끈 하나를 놓는 것과 마찬가지였다.

청소기를 밀던 그녀는 조용히 혼잣말처럼 다짐했다. 이번엔 반드시 치료하겠다고. 어떻게든 병을 이겨내겠다고. 주변에서 들었던 기적 같은 이야기들이 떠올랐다. 췌장암 말기에서도 회복한 사람, 자궁암을 이겨내고 십 년 넘게 살아가는 사람처럼 자신도 그럴 수 있으리라 믿었다. 사돈이 눈을 감을 때까지만이라도 버틸 수 있다면, 그 뒤에는 마음 놓고 쉬어도 괜찮을 것 같았다.

그녀는 사돈을 집으로 데려와 된장국에 밥을 말아 먹이고, 조용히 잠자리에 눕혔다. 집 안은 다시 예전의 고요를 되찾았고, 부안 댁은 잠시나마 안도의 숨을 내쉬었다. 하지만 검사 결과가 나오기 전까지, 마음속 불안은 여전했다.

열흘 후, 병원을 다시 찾은 부안 댁에게 의사는 심각한 표정으로 말했다.

"환자분, 빨리 따님에게 연락하시는 게 좋겠습니다."

순간 숨이 멎는 듯했다.

"왜요? 그렇게 안 좋은가요?"

의사는 한동안 말을 잇지 못하고 차트를 내려다보다가, 마침내 고개를 들었다.

"검사 결과, 위암 말기로 보입니다. 이미 암이 몸 곳곳에 퍼진 상태입니다."

그 순간, 시간이 멈춘 것 같았다. 주변의 모든 것이 사라지고, 의사의 목소리만 머릿속에 맴돌았다. 하지만 이대로 무너질 순 없었다. 가까스로 정신을 차린 부안 댁은 의사에게 필사적으로 물었다.

"선생님, 수술해 주세요. 수술하면 나을 수 있는 거죠?"

의사의 표정이 더 어두워졌디.

"죄송하지만, 지금 상태에서는 수술이 불가능합니다."

부안 댁은 의사의 말을 이해할 수 없었다.

"왜요? 왜 수술이 안 된다는 겁니까? 혹시 수술비 때문인가요?

돈은 준비할 수 있어요. 얼마가 들든지 수술해 주세요."

의사는 고개를 저으며 차분히 설명했다.

"그게 아닙니다. 암세포가 이미 온몸에 퍼져 있어 종양을 제거하는 수술이 현실적으로 어렵습니다. 수술로 제거한다고 해도 환자분께 큰 위험이 따를 수 있습니다."

부안 댁은 말문이 막혔다. 수술조차 불가능한 상태라니. 그러면 이대로 죽으라는 말인가? 순간 귀에서 '삐-' 소리가 울리고, 머릿속이 새하얘졌다. 구토감이 밀려왔고, 숨을 쉬는 것조차 힘들었다. 그런 그녀를 보며 의사는 부드럽게 말했다.

"암의 진행 속도를 늦추기 위해 항암치료와 방사선 치료를 병행해야 합니다. 치료를 시작하려면 곧 입원하셔야 합니다."

하지만 부안 댁은 더 이상 아무 말도 들리지 않았다. 몸이 공중에 떠 있는 듯했고, 현실은 자꾸만 멀어졌다.

"알겠습니다. 생각해 보고 다시 오겠습니다."

그녀는 의사와 간호사의 만류에도 불구하고 손을 내저으며 진료실을 나섰다. 갑자기 세상이 무너져 내린 듯했다. 사람들이 분주히 오가고 있었지만, 부안 댁은 홀로 낯선 세계에 던져진 기분이었다. 몸이 떨려와 걷기조차 힘들었다. 간신히 집에 도착하긴 했지만, 어떻게 차를 타고 왔는지 전혀 기억나지 않았다. 문을 열고 들어선 부안 댁은 그대로 소파에 주저앉았다. 온몸이 축 늘어져, 마치 땅속으로 꺼지는 듯한 기분이었다.

한참을 그렇게 누워있는데, 어딘가에서 익숙한 소리가 들려왔다. 시선이 닿은 곳에는 얼마 전 윤주가 백화점에서 사준 어여쁜 가방이 놓여 있었다. 소리는 분명 그 안에서 울리고 있었다. 정신없는 와중에도 주간보호센터에서 걸려 온 전화일 거란 생각이 들었다. 간신히 몸을 일으켜 가방 안으로 손을 뻗었다. 하지만 수화기를 들기도 전에 전화는 끊어지고 말았다. 부안 댁은 무거운 손을 무릎 위에 내려놓고 다시 소파에 몸을 기대었다. 세상이 멈춘 듯한 고요 속에서 밤이 깊어지고 있었다.

5

집에 돌아온 친정엄마는 평소와 다름없이 밝은 얼굴이었다. 아침 일찍 일어난 윤주는 엄마를 껴안으며 말했다.

"엄마, 통영 다녀오더니 얼굴이 훨씬 좋아졌네."

친정엄마는 콧노래를 흥얼거리며 대답했다.

"응, 아주 좋았어. 공기도 맑고, 오랜만에 아는 얼굴들도 좀 보니까 살 것 같더라."

"그렇게 좋았어? 여긴 계속 추웠는데."

"남쪽이라 그런지 동백꽃이 벌써 피었더라. 빨간 꽃이 얼마나 얼마나 예쁘던지 넋을 놓고 봤다니까."

그렇게 말한 엄마는 콧노래를 이어 부르며 곧장 주방으로 들어갔다. 익숙한 손길로 냄비에 물을 올리고 채소를 다듬기 시작했다. 윤주가 요가를 마치고 돌아왔을 땐, 식탁 위에는 이미 산더미 같은 만두가 빚어져 있었다.

"엄마, 좀 쉬어. 오자마자 무리하지 말고."

윤주가 말리자, 친정엄마는 손을 멈추지도 않은 채 고개를 저었다.

"아휴, 이 정도는 아무것도 아냐. 식당에 있었으면 이거보다 열 배는 더 했지."

그날 점심, 시어머니는 친정엄마가 직접 빚은 만두를 정신없이 집어 먹었다. 예전엔 가게에서 사 온 만두는 거들떠보지도 않더니, 식판에 속을 흘리면서도 손을 멈추지 않았다. 윤주 역시 오랜만에 맛보는 엄마의 손맛에 감탄하며 만두를 연신 집어 먹었다.

"엄마, 오늘 학원에서 말이야……"

식사가 끝날 무렵, 윤주는 전날 학원에서 있었던 일을 이야기하며 환하게 웃었다. 친정엄마는 고개를 끄덕이며 다정하게 귀를 기울였다.

그날부터 친정엄마는 쉬지 않고 무언가를 준비하기 시작했다. 아침부터 칼질 소리가 끊이질 않았고, 주방은 온갖 채소와 양념들로 북새통을 이뤘다. 며칠 후, 평소보다 늦게 일어난 윤주는 깜짝 놀라고 말았다. 주방이 조용하다 싶어서 가보니, 엄마가 산더미 같은 배추를 소금에 절이고 있었다.

"엄마, 김장한 지 얼마 되지도 않았는데, 이 많은 김치를 또 이렇게 다 먹어?"

"너희들이 좋아하잖아. 냉장고에 꽉꽉 채워놔야 든든하지."

윤주는 어이없다는 표정으로 머리를 저었다. 결국 김치통은 하나둘씩 채워졌고, 총각김치와 깍두기까지 윤주와 예린의 입맛을 고려한 다양한 김치들이 만들어졌다.

다음날, 친정엄마는 장아찌를 담그기 시작했다. 깻잎, 오이, 무를 깨끗이 손질해 간장에 담그는 모습을 보며 윤주는 말했다.

"엄마, 어디 떠날 사람처럼 왜 이래? 너무 무리하는 거 아니야?"

친정엄마는 웃으며 대꾸했다.

"이제 좀 부지런해야지. 늙어서 게으름 피우면 쓰겠니."

그렇게 엄마는 매일 같이 새로운 음식을 만들었고, 냉장고는 각종 김치와 장아찌들로 빈틈없이 채워졌다. 이어 다양한 고기반찬과 국들로 냉동고까지 가득 채운 엄마는 곧바로 이불 빨래를 시작했다. 그리고 장롱 깊숙이 있던 오래된 옷가지들까지 모두 꺼내어 세탁했다. 아침이면 새하얀 이불과 옷들이 햇빛 아래에서 반짝였지만, 그 모습을 바라보는 윤주의 마음은 어딘가 모르게 불안하기만 했다.

며칠 뒤, 운동을 마치고 돌아온 윤주는 시어머니 방에서 웅성거리는 소리에 발걸음을 멈췄다. 방문을 열어보니 도배 업자들이 벽지와 바닥재를 걷어내고 있었다.

"엄마, 지금 뭐 하는 거야?"

놀란 윤주가 묻자, 벽지 견본을 손에 든 엄마가 환하게 웃으며 말했다.

"어, 왔니? 이제 곧 봄이고 해서 벽지랑 장판 좀 새로 하려고."

"엄마, 어차피 금방 또 더러워질 텐데, 뭐 하러 도배까지 해?"

"냄새도 안 좋고, 너무 오래됐잖니. 가끔 바꿔줘야 집안 분위기도 살아."

엄마는 견본들을 하나하나 살피며 신중하게 선택했다. 결국 집안의 방들은 말끔하게 새 단장을 마쳤다. 엄마의 말대로, 도배된 파스텔톤 벽지와 깨끗하게 깔린 장판을 보니 집안 분위기가 환해진 느낌이었다.

"어때, 괜찮지? 냄새도 새집 같고, 공기도 달라진 것 같지 않니?"

엄마가 새로 바른 벽지를 쓰다듬으며 묻자, 윤주는 한숨을 내쉬며 고개를 저었다.

"엄마, 정말…… 좋긴 한데. 얼마 안 가 또 더러워질 텐데, 뭐 하러 돈을 써."

하지만 엄마는 대꾸하지 않았다. 방 안을 한 번 더 둘러본 뒤, 만족스러운 표정으로 조용히 미소 지을 뿐이었다.

"수고 많으셨어요. 덕분에 집이 훨씬 산뜻해졌네요."

작업이 끝나자, 방 안은 마치 새로 입주한 집처럼 깔끔하게 바뀌어 있었다. 엄마는 새롭게 단장한 방이 더러워지지 않도록 커다란 비닐을 덮어 두었고, 시어머니는 그 위에 아기처럼 조심스럽게 눕혀졌다.

"엄마, 진짜 이해 안 가. 꼭 이렇게까지 해야 해?"

윤주가 어이없다는 듯 말하자, 엄마는 벽지를 바라보며 싱긋 웃었다.

"봄도 됐는데, 냄새도 싹 빠지고 얼마나 좋니. 예린이도 좋아할 거야."

모처럼 보는 엄마의 환한 표정에 윤주는 더는 아무 말도 하지 못하고 고개만 끄덕였다.

그날 이후로도 엄마의 이상한 행동은 계속되었다. 아침마다 옷 장에서 옷가지들을 하나둘씩 꺼내 상태가 괜찮은 것들은 중고 거래에 올리고, 나머지는 수거함에 버렸다. 특별한 날에만 입던 고급 양장도 이젠 작아서 못 입는다며, 반값도 안 되는 가격에 내놓았다. 시간이 지날수록 엄마의 물건들은 조금씩 사라졌고, 방 안은 정돈되다 못해 허전하게 느껴질 만큼 텅 비어갔다.

윤주는 그런 엄마를 바라보며 속으로 이상하다고 생각했지만, 도저히 말릴 수가 없었다. 그렇게 한동안 정리에 몰두하던 엄마 는 마음에 들지 않는다던 소파와 오래된 세탁기까지 바꾸고 나 서야 편안한 얼굴로 돌아갔다.

✛✛✛

어느 날, 윤주가 퇴근해 집에 돌아오니 친정엄마가 갑자기 야식을 시켜 먹자고 졸라댔다. 당황한 윤주는 배달앱을 켜 족발과 막국수를 주문했지만, 뭔가 이상한 기분을 지울 수 없었다. 윤주는 엄마가 야식을 먹는 모습을 단 한 번도 본 적이 없었다. 어릴 적 통닭을 먹고 싶다고 떼를 써도, 엄마는 윤주에게만 건네주고는 속이 안 좋다며 손도 대지 않으셨다. 하지만 막국수를 보며 기뻐하는 예린의 모습을 보자, 윤주는 그제야 조금 안심이 됐다. 엄마가 먹고 싶었던 게 아니라, 예린을 위해 일부러 야식을 시키자고 했던 모양이었다.

이윽고 세 사람은 배달된 음식을 앞에 두고 식탁에 앉았다. 엄마가 맥주까지 꺼내든 걸 보고 뭔가 좋은 일이라도 생긴 모양이었다.

"엄마, 무슨 일 있지? 요즘 엄청 이상한 거 알아?"

윤주가 야들야들한 족발을 입에 넣으며 말했다.

"뭐가 이상해?"

엄마가 웃으며 되물었다.

"생전 안 먹던 야식을 먹자고 하고."

"낮에 TV를 봤더니, 갑자기 족발이 당기더라. 그래서 시켜 본 거야."

"그건 그렇고, 요즘 왜 그렇게 음식을 해대는 거야. 게다가 벽지를 새로 하지 않나, 옷도 죄다 정리하고."

"요즘 내가 갱년기인가 봐. 기분도 바꿔볼 겸 일부러 일을 하는 거지.”

“엄마가 무슨 갱년기야? 지나도 한참 지났지.”

윤주가 말도 안 된다는 듯 웃으며 말했다.

“그땐 내가 바빠서 갱년기에 걸릴 틈도 없었잖니. 그래서 이제야 온 것 같아.”

“그럼 회춘하는 거네. 알았으니까, 족발 많이 드세요.”

“그러자꾸나. 우리 예린이도 많이 먹어. 고3이라 힘들지?”

“조금요. 그래도 족발 보니까 힘이 나요, 할머니!”

예린의 밝은 대답에 모녀가 활짝 웃었다.

“엄마, 이제 속은 완전히 나은 거야?”

윤주가 예린에게 막국수를 덜어주며 물었다.

“네 말처럼 회춘했는지, 싹 나았어. 그러니까 족발도 먹지.”

엄마는 맛있게 족발을 먹으며 활짝 웃었다. 윤주는 그런 엄마의 모습을 보며 안심했다. 하지만 마음 한구석에 남아 있는 이상한 느낌을 완전히 떨쳐낼 수는 없었다. 그저 오늘 같은 날이 계속되길, 아무 일도 일어나지 않기만을 바랄 뿐이었다.

✛ ✛ ✛

어느덧 완연한 봄이었다. 해가 길어지면서 집 안에도 따뜻한 빛이 오래 머물렀다. 창문을 타고 들어온 햇살은 부드럽고 포근했고, 창틀 너머로는 노란 개나리가 조심스레 꽃망울을 터뜨리고 있었다. 거리의 사람들도 두꺼운 외투를 벗고, 밝은색의 얇은 코트를 걸친 채 재촉하듯 걸음을 옮기고 있었다.

열어둔 주방 창문 사이로 봄 특유의 공기가 스며들었다. 어디선가 풍겨오는 풋풋한 냄새와 은근한 따뜻함이 방 안 가득 번졌고, 겨우내 잠잠하던 참새들의 울음소리도 선명하게 들려왔다. 바람은 나뭇가지를 흔들며 쌓인 먼지를 털어내고, 그 사이로 흙내음을 실어 왔다. 땅속 어딘가에서 무언가가 깨어나고 있다는 것을 알리는 듯한 냄새였다.

윤주의 가족은 남들이 보기엔 다소 특별했다. 서로 사돈인 두 할머니에, 엄마와 손녀까지. 세대도 다르고 성씨도 다른 네 여자가 한집에 모여 산다는 건 누군가에겐 불편하거나 낯선 일처럼 보일 수 있었다. 하지만 언제부턴가 그들의 삶은 조심스러우면서도 단단하게 엉겨들기 시작했다. 마치 겨울을 지나며 뿌리를 더 깊이 내린 나무처럼, 이 집에도 어느덧 봄의 온기가 자연스럽게 자리 잡고 있었다.

어느 아침, 예린이 고3이 되어 처음 치르는 모의고사 날이었다. 교복 차림의 예린은 현관 앞에 서서 긴장한 얼굴로 운동화 끈을 매고 있었다. 친정엄마는 그런 예린을 꼭 안아주며 말했다.

"우리 예린이, 오늘 시험 잘 보고, 끝까지 힘내야 해. 알았지?"

그러고는 조심스레 작은 봉투 하나를 내밀었다.

"그동안 용돈도 제대로 못 줬잖니. 받아둬."

예린은 봉투를 받아 들고 놀란 듯 물었다.

"할머니, 갑자기 웬 용돈이에요?"

옆에서 봉투 안을 살짝 들여다본 윤주가 눈살을 찌푸렸다.

"엄마, 애한테 무슨 그리 큰돈을 줘? 학생이 무슨 돈이 필요하다고."

엄마는 웃으며 예린의 어깨를 토닥였다.

"예린이도 다 컸잖아. 함부로 쓰진 않을 거야. 그렇지?"

예린은 수줍게 웃으며 고개를 끄덕였고, 윤주는 한숨 섞인 웃음으로 고개를 저었다.

예린이 학교에 간 뒤, 친정엄마가 조용히 윤주의 소매를 잡았다.

"우리도 오랜만에 커피 한잔할까. 어때?"

뜻밖의 제안에 윤주는 피식 웃었다.

"엄마랑 커피 마시는 날이 다 오고. 진짜 별일이네."

두 사람은 주방에서 커피를 내려 소파에 나란히 앉았다. 한동안 말없이 커피를 마시던 엄마가 먼저 입을 열었다.

"학원 차리는 건 어떻게 돼가고 있어?"

윤주는 잔을 내려놓으며 어깨를 으쓱했다.

"괜찮은 자리 하나 있긴 한데, 보증금이 너무 비싸서 그냥 접었어."

엄마는 고개를 끄덕이며 잠시 생각하더니 마침내 결심한 듯 말했다.

"엄마가 도와줄게. 가서 계약해."

뜻밖의 말에 윤주의 손이 멈칫했다.

"엄마한테 그런 돈이 어디 있다고 그래?"

"집이랑 가게 판 돈 있잖아."

윤주는 놀란 얼굴로 고개를 저었다.

"안 돼. 그건 엄마 노후 자금이잖아. 이제 시어머니 돌아가시면 엄마도 엄마 인생 살아야지."

그 말에 엄마는 한참을 웃더니, 윤주에게 말했다.

"내가 왜 그 돈을 모았겠니. 너 주려고 악착같이 모은 거야. 그러니까 부담 갖지 말고, 그냥 계약해."

그러곤 덤덤하게 웃으며 덧붙였다.

"대신, 나 죽을 때까지 너랑 붙어살 거다. 이제 엄마도 딸 덕 좀 보려고. 어때?"

윤주는 처음엔 말도 안 된다며 고개를 저었지만, 이내 커피잔을 내려놓고 조용히 생각에 잠겼다. 삼시 후, 고개를 들어 말했다.

"진짜지? 나중에 딴소리 없기야."

엄마는 눈을 찡긋하며 대답했다.

"너, 엄마가 헛소리하는 거 본 적 있어?"

윤주는 잠깐 망설이다가 이내 고개를 끄덕였다.

"알았어. 내일 부동산 가서 다시 알아볼게."

그 말에 엄마는 조용히 고개를 끄덕였다. 두 사람은 남은 커피를 마시며 창밖을 바라보았다. 봄빛이 창가에 고요히 내려앉고 있었다.

6

예린과 윤주가 나간 집은 금세 고요해졌다. 부안 댁은 말없이 주방으로 들어가 설거지를 시작했다. 그릇과 냄비들을 깨끗이 씻고 물기를 닦아 선반에 가지런히 올려두었다. 이어 건조기에서 빨래를 꺼내 소파에 앉았다. 딸과 손녀가 입던 옷을 하나씩 무릎 위에 펼쳐놓고, 손끝으로 천천히 어루만졌다. 작은 티셔츠의 단추 하나, 희미한 얼룩, 해진 소매 끝자락을 오래 바라보다 이내 다시 옷들을 접기 시작했다. 부안 댁은 그렇게 옷을 조심스레 개어 서랍에 차곡차곡 넣었다.

빨래를 정리한 뒤에는 거실과 방을 둘러보며 집 안을 살폈다. 몇 번을 쓸고 닦았지만, 혹시라도 작은 먼지나 흐트러진 물건이 있는지 다시 한번 확인했다. 조용한 집 안은 평온하면서도 묵직한 정적이 스며 있었다. 머릿속으로 미처 마무리하지 못한 일들이 떠올랐지만, 그냥 두기로 했다.

사돈이 쓰던 방은 전날 밤 미리 정리해 두었다. 쓰던 침구들도 모두 세탁하고, 덮어 두었던 보호용 비닐도 모두 치워버렸다. 다행히 사돈이 아침까지 편히 자준 덕에 이불도 오랜만에 깔끔한 상태였다. 벽지는 여전히 새것처럼 말끔했고, 방 안 공기엔 남은 냄새조차 없었다.

부안 댁은 자신이 쓰던 방으로 천천히 걸음을 옮겼다. 방 한쪽 옷장 안에는 오늘 입을 겉옷과 속옷 몇 벌만 남아 있었다. 나머지 옷들은 이미 정리해 팔거나 옷 수거함에 넣은 상태였다. 그녀는 옷장 문을 열고, 사돈의 겉옷 하나를 꺼내어 조심스레 손끝으로 쓸어보았다. 오래됐지만 깨끗이 세탁된 옷의 까슬까슬한 촉감이 손끝에 닿았다. 부안 댁은 준비해 둔 가방에 여벌의 옷을 넣고는 방안을 한 바퀴 둘러보았다.

말끔히 정리된 방엔 이제 아무것도 남아 있지 않았다. 텅 빈 방을 바라보자, 가슴이 무너져 내리는 것 같았다. 하지만 이게 최선이라는 생각엔 변함이 없었다. 그녀는 천천히 숨을 내쉬며 방을 나섰다. 어쩌면 이제야 진짜 휴식이 찾아오는 것일지도 모른다고, 그렇게 스스로를 달랬다.

거실 한편, 사과를 들고 앉은 사돈이 눈에 들어왔다. 가녀린 손으로 사과를 꼭 쥔 채 한 입 한 입 천천히 베어 물고 있었다. 입가에 침을 묻히며 아이처럼 웃는 사돈의 모습은 이상하리만치 평화로워 보였다. 부안 댁은 그 모습을 잠시 바라보다가 천천히 사돈 곁으로 다가갔다.

"사돈, 집에서만 있으니 심심하시죠? 우리 오랜만에 나들이나 갈까요?"

사돈의 입을 닦아주며 부안 댁이 물었다. 그러자 사돈은 눈을 반짝이며 고개를 끄덕였다.

"엄마, 놀러 가는 거야? 나 좋아, 좋아!"

천진난만한 반응에 부안 댁은 애써 미소를 지으며 말했다.

"네, 사돈. 그럼, 예쁜 옷 입고 나가요. 제가 준비해 드릴게요."

부안 댁은 사돈을 욕실로 데려가 더운물을 받아 손수 얼굴을 씻겼다. 따뜻한 물을 적신 수건으로 사돈의 손과 발을 닦아주며 부안 댁은 계속 이야기를 건넸다.

"우리 사돈, 깨끗이 씻고 예쁜 옷 입으면 더 예뻐지겠네. 머리도 곱게 빗어드릴게요."

사돈은 나가자는 말에 기분이 좋은지 마냥 미소를 지어 보였다.

"엄마, 나 이뻐? 나 공주야?"

"그럼요, 공주님이지요. 오늘은 최고로 예쁘게 하고 나갑시다."

부안 댁이 웃으며 대답하자, 사돈은 아이처럼 들뜬 표정으로 중얼거렸다.

"공주님, 공주님. 나 진짜 공주야."

부안 댁은 깨끗이 씻긴 사돈에게 미리 준비한 한복을 입었다.

푸른 빛이 도는 고급스러운 한복은 예전에 윤주와 재훈의 결혼식에서 입었던 예복이었다. 그다음 사돈의 머리를 곱게 빗어 단정히 정리하고, 얼굴과 손에 향이 좋은 로션을 듬뿍 발라주었다. 거울 속 자신을 본 사돈이 손뼉을 치며 환하게 웃었다.

"엄마, 나 진짜 예쁘다! 어디 가는 거야?"

"우리 사돈이랑 좋은 데 갈 테니까, 조금만 기다려요."

사돈의 외출 준비를 마친 부안 댁은 자신도 옷을 갈아입었다. 사돈의 한복과 같은 디자인에 색만 다른 옷이었다. 거울 앞에 서서 옷매무시를 단정히 가다듬은 뒤, 자신에게 속삭이듯 말했다.

"이제, 떠날 준비가 되었구나."

이어 주방으로 간 부안 댁은 식탁 위에 누런 봉투 하나를 올려놓았다. 안에는 짧은 편지와 함께 통장과 도장이 들어 있었다. 통장에는 가게와 집을 판 돈, 그리고 평생 모아온 저축이 고스란히 담겨 있었다. 부안 댁은 편지를 다시 꺼내 읽었다. 딸에게 전하고 싶은 말은 많았지만, 가슴이 메어 끝내 다 적지 못했다. 그녀는 편지를 봉투에 넣고 봉투를 단단히 닫은 뒤, 마지막 인사를 남기듯 식탁 위에 올려놓았다.

소파에 앉아 사돈의 입가를 닦아주는데, 휴대전화가 울렸다. 잠시 누군가와 통화한 부안 댁은 가방을 들고 사돈을 조심스럽게 일으켰다. 사돈은 어리둥절한 표정으로 부안 댁을 천천히 따라나섰다.

"사돈, 우리 이제 나가볼까요?"

"응! 나 나가는 거 좋아! 엄마랑 같이 갈래!"

엘리베이터를 타고 밖으로 나가자 밝은 햇살이 눈을 찔러왔다. 화단에는 개나리와 벚꽃들이 화사한 자태를 뽐내며 향기를 품어내고 있었다. 아파트 정문 앞에는 미리 불러둔 택시가 기다리고 있었다. 운전기사가 차창을 내리며 환한 미소로 인사했다.

"어디 좋은 데 가시나 봐요?"

부안 댁은 기사에게 웃어 보이며 대답했다.

"네, 둘이 좋은 데로 여행갑니다."

운전기사는 문을 열어주며 두 사람을 맞았다. 부안 댁은 사돈을 조심스럽게 차에 태우고, 사돈의 한복을 다시 한번 정돈했다. 차에 탄 사돈은 두리번거리며 들뜬 표정으로 물었다.

"엄마, 우리 어디 가는 거야? 놀러 가는 거야?"

"네, 사돈. 오랜만에 꽃구경하러 갑시다."

부안 댁은 사돈의 손을 다독이며 말했다. 운전기사에게 목적지를 전하자, 차가 천천히 움직이기 시작했다. 사돈은 차창에 얼굴을 바짝 대고 바깥 풍경을 따라 눈을 움직였다.

"엄마, 저기 봐. 꽃이 날아다녀. 하얀 꽃이야."

창밖으로 벚꽃이 흩날리고 있었다. 길 양옆의 나무들이 바람을 타며 조용히 흔들렸고, 꽃잎은 공중에서 맴돌다 천천히 땅에 내려앉았다. 부안 댁은 창밖을 바라보며 점점 작아지는 아파트를 눈에 담았다. 멀어지는 딸과 손녀의 집이 자꾸만 자신을 부르는 것만 같았다.

윤주와 예린의 얼굴이 떠오르자, 부안 댁의 눈가에 이슬이 맺혔다. 그녀는 조용히 눈물을 훔치며 고개를 창밖으로 돌렸다. 부드러운 엔진 소리 사이로 꽃잎 하나가 유리창을 스치듯 지나갔다.

✛✛✛

윤주는 예린의 다급한 목소리에 눈을 떴다. 희미한 눈빛 너머로 교복을 반쯤 입은 예린이가 자신을 내려다보고 있었다.

"엄마, 엄마! 좀 일어나 봐!"

"왜 그래, 무슨 일이야……"

윤주는 비몽사몽인 얼굴로 간신히 몸을 일으켰다. 어제 밤늦게까지 영화를 본 탓인지 눈꺼풀이 제대로 떠지지 않았다.

"나 완전 지각이야! 엄마가 나 학교에 좀 데려다줘!"

예린의 절박한 외침에 윤주는 벽시계를 향해 고개를 홱 돌렸다. 8시 20분. 평소 같으면 예린이 벌써 교실에 앉아 있어야 할 시간이었다.

"뭐? 벌써 여덟 시가 넘었어?"

윤주는 침대에서 벌떡 일어나 벽에 걸린 아무 옷이나 집어 들고 허겁지겁 몸에 걸쳤다. 침대 옆 테이블에 놓인 차 키를 움켜쥔 채, 예린을 향해 외쳤다.

"얼른 나가자!"

예린은 세수도 하지 못한 채 교복 단추를 잠그며 윤주를 따라 현관으로 달려 나왔다.

"오늘 이렇게 늦게 일어났어?"

운동화를 신으며 윤주가 물었다.

"몰라! 외할머니가 안 깨워줬어!"

"외할머니 어디 가셨는데?"

"나도 몰라. 아침부터 안 보이셔."

예린은 짜증이 가득한 목소리로 중얼거리며 가방을 어깨에 둘렀다. 둘은 급히 현관문을 열고 엘리베이터로 향했다. 다행히 엘리베이터가 금세 도착해서 곧바로 지하 주차장으로 내려설 수 있었다.

대부분의 차량이 이미 빠져나간 주차장에는 몇몇 차만이 조용히 자리를 지키고 있었다. 윤주는 급히 운전석에 앉아 시동을 걸었다. 옆자리에 앉은 예린은 가방을 뒤적이며 시계를 확인하더니 목소리를 높였다.

"엄마, 빨리 좀 가! 진짜 큰일 났단 말이야!"

"알았어, 알았다고. 일단 안전벨트부터 매!"

예린의 학교는 집에서 멀진 않았지만, 도보로는 꽤 시간이 걸리는 거리였다. 버스를 타기에도 애매해, 평소엔 걸어서 다니곤 했다. 윤주는 가속 페달을 밟으며 학교 방향으로 차를 몰았다. 차 안에서 예린은 계속 투덜거렸다.

"하필 오늘 조회까지 있어. 진짜 짜증 나!"

"조회 있으면 수업은 더 늦게 시작하잖아? 괜찮아, 늦지 않을 거야."

"엄마, 정문 닫히면 지각 처리된단 말이야!"

예린의 투덜거림을 뒤로하고, 윤주는 속도를 조금 더 올렸다. 머릿속은 온통 학교로 제시간에 도착할 수 있을까 하는 걱정뿐 이었다. 다행히 도로가 크게 막히지 않아 윤주는 학교 앞 교문에 가까스로 도착했다. 시계는 8시 35분을 가리키고 있었고, 40분 이 되면 자동으로 교문이 잠겼다. 예린은 차 문을 열자마자 뒤도 돌아보지 않고 가방을 움켜쥔 채 교문을 향해 달렸다.

"뛰어! 예린아, 뛰어!"

윤주는 창문을 내리고 예린에게 소리쳤다. 예린은 그 말에 고 개도 돌리지 않고 달음박질쳤다. 숨도 쉬지 않고 뛰어가는 딸의 뒷모습을 보며, 윤주는 손에 땀이 배어 있는 것을 느꼈다. 다행히 예린이는 정문이 닫히기 전에 안으로 들어갔다. 윤주는 그제야 깊게 숨을 내쉬며 핸들을 쥔 손에서 힘을 뺐다.

딸의 모습이 시야에서 사라지자, 윤주는 천천히 차를 돌려 집 으로 향했다. 현관문을 열었을 때, 집 안은 평소보다 유난히 조용했다. 친정엄마도, 시어머니도 보이지 않았다. 혹시나 해서 안방으로 향했지만, 방은 정돈된 채 텅 비어 있었다. 주방이나 거실 어디에도 두 사람의 흔적을 찾을 수 없었다. 순간 윤주의 가슴이 철렁 내려앉았다.

"어디 가신 거지……?"

집 안을 살피던 윤주의 시선이 주방에서 멈췄다. 식탁 위에 낯선 봉투 하나가 조용히 놓여 있었다. 누렇게 바랜 봉투엔 아무런 글씨도 적혀 있지 않았다. 윤주는 조심스럽게 봉투를 집어 들고 이리저리 살펴보다 안을 열어보았다. 누렇게 바랜 봉투 안에는 반듯이 접힌 편지 한 장과 함께 통장, 도장이 가지런히 들어 있었다. 편지를 펼쳐보는데, 가슴 한쪽이 묘하게 저렸다. 종이 위에는 친정엄마 특유의 정갈한 글씨가 또박또박 적혀 있었다.

'윤주야,

나는 우리 딸이 잘될 거라고 믿어.

사돈이 집에만 있으니 너무 답답해하시고,

나도 오랜만에 고향 바람을 쐬고 싶어서 통영에 다녀오기로 했다.

시골이 도시보다 공기도 좋고 안전하니까 걱정하지 마라.

일주일 정도 있을 예정이니, 반찬이랑 국은 냉장고에 만들어뒀다.

꺼내서 데워 먹기만 하면 되니 아무 걱정 말고 네 일에 집중해라.

예린이도 끝까지 열심히 하라고 전해줘.

엄마는 너희를 항상 응원한다.

사랑한다.'

편지를 읽은 윤주는 더욱 불안해졌다. 여행이라면 전날 짧게 이야기하고 떠나면 그만인데, 이렇게 긴 편지까지 남기다니. 평소 엄마답지 않은 행동이었다. 그녀는 천천히 편지를 내려놓고 식탁 위에 놓인 통장과 도장을 집어 들었다. 통장을 열어보자, 그 안에는 놀라울 정도로 많은 금액이 담겨 있었다. 가게와 집을 판 돈, 그리고 칼국숫집을 하면서 평생을 모아온 엄마의 전 재산이었다.

놀란 윤주는 주방으로 발걸음을 옮겼다. 냉장고를 열자 정갈하게 정리된 반찬들이 눈에 들어왔다. 나물무침과 장조림, 깻잎장아찌까지 헤아릴 수 없을 정도였다. 용기 하나하나마다 정성들인 음식들이 깔끔하게 담겨 있었다. 더 놀라운 건 냉동칸이었다. 선반에는 큼지막한 글씨가 적힌 지퍼백들이 층층이 쌓여 있었다.

'미역국'

'김치찌개'

'북어국'

'제육볶음'

'소불고기'

대충 양을 가늠해 보아도 한 달은 거뜬히 먹고도 남을 정도였다. 윤주는 냉장고 문을 닫으며 깊은 한숨을 내쉬었다. 잠시 여행을 간다면서 왜 이렇게까지 준비한 건지 이해가 되지 않았다. 윤주는 잠시 고민하다 주머니에 있던 휴대전화를 꺼내 들었다. 통영에 있는 이모에게 전화해 엄마와 연락이 닿았는지 물어볼까 싶었다. 하지만 통화버튼을 누르려다 말았다. 평소엔 전화 한 통 없다가 엄마가 집을 비운다고 대뜸 연락하는 게 어쩐지 머쓱하게 느껴졌다.

어쩌면 엄마는 정말 오랫동안 계획했던 봄나들이를 떠난 것일지도 몰랐다. 지난번에도 엄마는 병세가 점점 악화되는 시어머니를 보며 마지막으로 꽃구경이나 시켜드리고 싶다고 말한 적이 있었다. '그냥 여행 갔겠지. 왜 이렇게 예민해지는 거야.' 윤주는 속으로 자신을 다독이며 불안감을 애써 억눌렀다.

다시 잠을 청해볼까도 했지만, 도저히 눈을 감을 수가 없었다. 하는 수 없이 냉장고에서 밥과 반찬을 꺼내 아침 겸 점심을 먹었다. 평소대로라면 요가를 하고 있을 시간이었지만, 도저히 운동할 기분이 아니었다.

식사까지 마치고도 할 일이 없어진 윤주는 결국 공부방에 가기로 했다. 줄근 준비를 마치고 집을 나서려는데 문득 엄마의 편지와 통장을 떠올렸다. 윤주는 다시 식탁으로 돌아와 봉투를 살펴보고는 텔레비전 아래 서랍 속에 조심스럽게 넣어두었다. 마음 한구석에서 불안함이 스멀스멀 올라왔지만, 머리를 흔들어 떨쳐냈다.

주차장에 도착한 윤주는 차를 몰아 공부방에 도착했다. 모의고사와 중간고사를 앞두고 있어서 할 일이 태산이었다. 그러나 어쩐지 일이 손에 잡히지 않았다. 채점을 하는데도 신경이 쓰여 집중할 수가 없었다. 결국 윤주는 자리에서 일어나 간이 싱크대로 향했다. 전기주전자에 물을 올린 뒤 찬장에서 캐모마일 차를 꺼냈다. 물이 끓자 조용히 컵에 붓고, 향긋한 차를 담아 책상으로 가져갔다. 따뜻하고 향기로운 차가 시끄러운 속을 달래 주었다.

윤주는 깊은 한숨을 내쉬며 의지에 앉았다. 그런데 그 순간, 신고 있던 슬리퍼가 미끄러지며 몸이 살짝 기울어졌다. 그와 함께 손에 들고 있던 찻잔이 바닥에 떨어지며 산산조각이 나고 말았다.

잠시 조용했던 마음에 다시 금이 가기 시작했다. 윤주는 짜증을 꾹 눌러 삼키며 허리를 숙여 깨진 찻잔 조각을 모았다. 걸레로 바닥을 닦는 순간, 보이지 않던 조각 하나가 손가락 사이를 파고들었다. 따끔한 통증과 함께 선홍빛 피가 흘러나왔다. 윤주는 멍하니 손끝을 바라보다가, 다시 조용히 걸레를 쥐었다.

7

아침 일찍 눈을 뜬 윤주는 주방으로 향했다. 냉장고 안에는 여전히 친정엄마가 만들어둔 반찬과 냉동 음식들이 차곡차곡 들어 있었다. 요즘 윤주의 하루는 냉동실을 열고 그날의 메뉴를 정하는 일로 시작되었다. 윤주는 그중 '제육볶음'이라고 쓰인 봉지를 꺼내 물이 흐르지 않도록 커다란 볼에 넣어두었다. 그렇게 한두 시간 후 녹으면 프라이팬에 넣고 볶기만 하면 되었다.

그때 방에서 예린이 나왔다. 샤워를 마치고 머리까지 말린 예린은 머리를 단정히 묶고, 가방까지 미리 챙겨 현관에 두었다. 식탁으로 다가오는 딸의 표정엔 잔잔한 여유가 배어 있었다.

"엄마, 오늘 저녁에 뭐 먹어요?"

토스터기에 빵을 넣으며 예린이 물었다. 윤주는 냉장고에서 딸기잼과 우유를 꺼내며 대답했다.

"외할머니가 만들어 놓은 제육볶음 해동 중이야. 미리 볶아둘 테니까, 학원 끝나고 오면 살짝 데워 먹어."

예린은 고개를 끄덕이며 막 구워진 빵에 잼을 발랐다. 윤주는 식탁에 마주 앉아 조용히 예린을 바라보았다. 딸의 차분한 모습이 기특하기보다는 어쩐지 멀게 느껴졌다.

시어머니와 친정엄마가 떠나고 나서, 집 안은 낯설 만큼 조용해졌다. 오랫동안 두 노인이 주고받던 말소리와 걸음 소리, 주방의 조리 소음까지 모두 사라지고 나자, 집을 가득 채우던 온기 또한 함께 사라져 버린 듯했다.

예린은 잽싸게 아침 식사를 끝내더니 "엄마, 나 간다."라고 말하곤 현관을 나섰다. 현관문이 닫히자 또다시 고요가 찾아왔다. 윤주는 멍하니 현관을 바라보다가 천천히 몸을 일으켰다. 뭐라도 해야 할 것 같아 방들을 둘러보기 시작했다.

제일 먼저 친정엄마의 방으로 향했다. 방 안은 놀랄 만큼 깔끔했고, 옷장엔 속옷 하나 남아 있지 않았다. 윤주는 서랍을 열어보다가 엄마가 돌아오시면 편하게 입을 옷 좀 사드려야겠다고 생각했다.

다음엔 시어머니의 방으로 발걸음을 옮겼다. 새로 도배한 방은 여전히 깨끗했고, 냄새도 나지 않았다. 그런데 방에 들어서는 순간 윤주는 이상한 점을 발견했다. 벽을 두르고 있던 비닐들이 깨끗하게 뜯겨 있었다. '엄마가 왜 비닐을 뜯었을까?'

도배한 벽지를 보호하겠다고 비닐을 씌운 사람은 다름 아닌 엄마였다. 그랬던 사람이 스스로 비닐을 걷어냈다는 게 도무지 이해되지 않았다. 순간 텅 빈 방 안이 허전하게 느껴지면서 설명할 수 없는 정적이 맴돌았다.

여행을 떠난 이후로 엄마에게선 아무런 연락이 없었다. 얼마 전 통영에 갔을 때도 며칠 연락이 뜸하긴 했지만, 이번엔 유난히 조용했다. 통화를 자주 하는 성격은 아니어도 문자나 카카오톡 정도는 늘 보내오던 엄마였다. 그런 엄마가 며칠째 소식이 없다는 건 분명 이상했다. 그제야 윤주는 통영에 있는 이모가 다시 떠올랐다. 지금이라도 전화를 걸어, 두 분의 소식을 물어봐야겠다는 생각이 들었다.

바로 그때, 휴대전화가 울렸다. 깜짝 놀란 윤주는 주머니에서 전화를 꺼내 액정을 확인했다. 화면에는 근처 부동산 상호가 찍혀 있었다. 전화를 받자, 흥분한 여자 중개인의 목소리가 들려왔다.

"원장님, 좋은 소식이 있어서 아침 일찍 전화드렸어요!"

"네? 무슨 일이신데요?" 윤주가 다급히 물었다.

"예전에 보셨던 그 상가 기억하시죠? 건물주가 원장님 조건을 받아들이시겠대요. 그럼, 바로 계약하실 거죠?"

순간 윤주의 심장이 빠르게 뛰기 시작했다. 얼마 전에 봤던 상가는 위치도 좋고 구조도 마음에 들었지만, 월세가 틱없이 높아 포기했었다. 나중에 본 상가들은 월세는 적당했지만, 반대로 보증금이 부담스러웠다. 학원 특성상 봄에 학생들이 몰려들었다가 시험이 끝나면 썰물처럼 빠져나가는 점을 고려하면, 고정 지출은 가능한 한 줄이는 게 좋았다.

고민 끝에 윤주는 중개인을 통해 건물주에게 보증금을 조금 더 내는 대신 월세를 낮출 수 없겠느냐고 제안했다. 하지만 며칠이 지나도 답이 없어 이미 마음을 접은 상태였다. 그런데 이렇게 다시 연락이 올 줄은 몰랐다.

"정말인가요? 그 조건으로 계약할 수 있는 거예요?"

"네, 다음 주에 계약 일정만 잡으시면 됩니다. 정말 축하드려요!"

전화를 끊은 윤주는 거실 한가운데에 멈춰 섰다. 기쁨과 설렘, 그리고 가벼운 긴장이 뒤섞인 감정이 가슴을 채웠다. 잠시 눈앞이 아득해지는 듯했지만, 곧 심호흡과 함께 휴대전화를 들었다. 사진첩을 열자, 예전에 찍어둔 상가 사진들이 눈에 들어왔다. 깔끔하게 정돈된 복도와 환한 조명, 그리고 밝고 조용한 2층 공간이 다시금 눈앞에 펼쳐졌다.

스터디카페로 사용되던 건물 2층은 중학교와 고등학교 사이에 자리해 학원 운영에 최적의 입지였다. 1층에는 편의점과 카페가 나란히 들어서 있어서 수업을 마친 학생들이 간단히 요기하거나 잠시 머물기에도 적당했다. 더욱이 주변엔 크고 작은 아파트 단지들이 밀집해 있어, 잠재 수강생도 충분해 보였다.

그곳이라면 오랜 시간 꿈꿔온 학원의 형태를 제대로 갖출 수 있을 것 같았다. 더 이상 비좁은 공부방에서 눈치를 보며 수업하지 않아도 되었다. 정 선생과 함께 계획했던 일들이 머릿속을 스쳤다. 광고지를 만들어 아파트 단지 곳곳에 배포하고, 체험 수업과 설명회도 열고, 늘어나는 학생 수에 맞춰 강사들도 더 고용할 예정이었다.

윤주는 텅 빈 아파트 안에서 "와!"하고 소리를 질렀다. 오랫동안 품어왔던 꿈이 마침내 눈앞에 현실로 다가온다는 생각에 흥분을 억누를 수 없었다. 잠시 후 마음을 가라앉힌 윤주는 곧바로 인테리어 업체에 전화를 걸었다. 사실 이날을 위해 미리 점찍어 둔 업체가 있었다. 예린의 국어학원 원장이 소개해 준 곳으로, 깔끔한 디자인으로 평이 좋았다. 윤주는 학원 공간의 분위기와 실내 동선, 필요한 구조 변경에 대해 미리 상의해 두고 싶었다.

"안녕하세요. 학원을 차리려고 하는데요, 주소는요……"

윤주의 말을 듣자마자, 전화기 너머 사장이 반가운 듯 응답했다.

"아, 그 건물 2층 말씀하시는 거죠? 저희가 거기 스터디카페 공사했어요."

"정말요?"

윤주의 목소리에 놀라움과 설렘이 섞여 있었다.

"네, 내부 구조는 제가 제일 잘 알죠. 어떤 학원 하시게요?"

"수학학원이요. 초등부터 고등까지 다 받을 예정이고요."

윤주는 마음속에만 그려오던 학원의 모습을 떠올리며 말을 이었다.

"그 공간, 학원으로 바꾸기 딱이에요. 조명도 좋고 방음도 잘 되어 있거든요. 걱정 마세요. 원장님이 원하시는 대로 깔끔하게 만들어드릴게요."

자신감 넘치는 말에 윤주는 안도하며 미소를 지었다. 이미 그 공간을 손에 익힌 사람이 다시 맡는다는 사실만으로도 마음이 놓였다.

"잘 좀 부탁드려요. 이번엔 정말 제대로 해보려고요."

윤주의 말에 사장은 주저 없이 답했다.

"그럼요. 우선 사무실로 오셔서 원하시는 스타일 말씀해 주세요. 그대로 반영해 드릴게요."

"네, 계약하고 곧바로 찾아뵐게요."

그렇게 둘은 전화를 끊었다. 휴대전화를 내려놓은 윤주는 한동안 거실 한가운데에 가만히 서 있었다. 마음 깊은 곳에서부터 무언가가 차오르고 있었다. 오래도록 품어온 꿈이 비로소 현실의 형체를 갖추기 시작한 것이다. 창밖의 햇살이 깊숙이 들어왔다. 윤주는 그 빛을 따라 창가로 다가가 조용히 웃었다.

'이제 나도 학원 원장이 되는구나.'

그 생각만으로도 가슴 한쪽이 따뜻하게 달아올랐다.

한동안 설렘에 잠겨 있던 윤주는 이윽고 출근 준비에 나섰다. 수업까지는 아직 여유가 있었지만, 가만히 기다릴 수가 없었다. 샤워를 하고, 빵을 먹는 동안에도 콧노래가 떠나지 않았다. 준비를 마친 윤주는 기분 좋게 집을 나섰다. 오늘따라 세상이 다르게 보였다. 거리의 풍경이 밝아 보이고, 지나가는 사람들의 표정도 하나같이 평화로워 보였다.

윤주는 계속해서 콧노래를 흥얼거리며 공부방으로 향했다. 어깨에 멘 가방 안에는 엄마가 남긴 통장과 도장이 조심스럽게 담겨 있었다.

✛✛✛

윤주는 이른 아침부터 설레는 마음으로 일어났다. 오늘은 드디어 학원 건물 계약을 하는 날이었다. 친정엄마가 남겨준 돈으로 학원을 차릴 기회를 얻은 그녀는 계약이 어떻게든 성사되기를 간절히 바랐다.

옷장에서 단정한 블라우스와 검정 재킷을 꺼내 입은 윤주는 거울을 보며 머리를 정돈했다. 그때까지 친정엄마에게서는 아무런 소식도 들려오지 않았지만, 그저 이모 집에서 잘 계시리라 믿기로 했다. 계약 소식을 들으면 분명 엄마도 좋아하실 거란 생각에 무거웠던 마음마저 한결 가벼워져 있었다. 외출 준비를 마친 윤주는 가벼운 발걸음으로 집을 나섰다.

부동산 사무실에 도착한 윤주는 중개인의 안내를 받아 건물주와 마주 앉았다. 나이가 지긋한 그는 인근에 비슷한 건물을 여러 채 가진 사람이었다. 피로가 묻어나는 얼굴로 윤주와 인사한 그는 곧바로 말을 꺼냈다.

"이전 세입자가 월세를 자주 밀려서 고생을 좀 했어요. 학원을 하신다니 그런 일은 없겠죠?"

"걱정 마세요. 어떤 일이 있어도 월세는 밀리지 않을 겁니다."

윤주는 미소를 띤 채 대답했다. 책상 위에는 계약서가 펼쳐져 있었고, 중개인이 조항을 하나하나 짚어가며 설명했다.

"계약 기간은 2년입니다. 특별한 문제 없으면 만료 후에도 연장 가능하시고요, 연장을 원치 않으실 경우엔 만료 6개월 전에 알려주셔야 합니다. 보증금과 월세는 계약서에 기재된 대로입니다."

윤주는 고개를 끄덕이며 펜을 들었다. 건물주는 마지막으로 계약서를 훑어본 뒤 서명을 마쳤고, 윤주도 이름을 또박또박 적은 뒤 도장을 꾹 눌러 찍었다.

"그럼, 계약이 끝났습니다. 축하드려요, 원장님."

중개인이 밝게 웃으며 계약서를 봉투에 담아 건넸다. 건물주도 손을 내밀며 말했다.

"앞으로 잘 부탁드립니다. 좋은 인연이 되었으면 좋겠네요."

윤주는 조심스레 그 손을 맞잡았다. 설렘과 책임이 한꺼번에 밀려왔다. 이제 진짜 시작이라는 생각이 들었다. 계약금과 월세를 송금하고 입주 일정을 조율한 뒤에야 윤주는 조용히 부동산을 나섰다.

공부방으로 향하는데, 마치 구름 위를 걷는 것 같았다. 갑자기 온 세상이 아름답게 보이고, 지나가는 사람들 모두가 자신을 축복하는 것처럼 느껴졌다. 삶이 오늘만 같다면 그동안 자신을 시험에 들게 했던 운명도 용서할 수 있을 것 같았다.

멀리서 아이들의 웃음소리가 환하게 들려왔다. 윤주는 한층 밝아진 마음으로 공부방을 향해 걸음을 옮겼다.

8

일주일이 넘도록 엄마에게선 아무런 연락도 없었다. 시시각각 몰려드는 불안 때문에 수업에 집중하기가 어려웠다. 중학생 수업을 간신히 이어가던 중, 휴대전화가 진동했다. 화면에는 ○○대학병원 이름이 떠 있었다. 윤주는 급히 강의실 밖으로 나가 전화를 받았다.

"여보세요?"

"안녕하세요. ○○대학병원입니다. 혹시 김연희 환자분 보호자분 되시나요?"

"네, 제가 김연희 씨 딸인데요? 무슨 일이시죠?"

"오늘 진료 예약이 잡혀 있는데 환자분이 오시지 않으셔서 확인차 연락드렸습니다."

"저희 엄마가요? 혹시 무슨 일로 병원에 다니셨는지 알 수 있을까요?"

"…자세한 내용은 담당 의사와 직접 상의하셔야 합니다. 내일 오전 9시에 내원해 주실 수 있겠습니까? 담당 의사는 소화기외과 ○○○ 교수님입니다."

직원은 짧게 그렇게 말하곤 전화를 끊었다.

한동안 멍하니 서 있던 윤주는 곧장 대학병원 홈페이지를 검색했다. 화면에 뜬 의사의 전문 분야는 다름 아닌 위암이었다. 순간 가슴이 철렁 내려앉았다. 설마 엄마가… 암? 하지만 곧 고개를 저었다. 그럴 리가 없었다. 엄마는 얼마 전 위내시경까지 받았고, 아무 일도 없다고 하지 않았던가.

윤주는 떨리는 손으로 엄마에게 전화를 걸었다. 그러나 휴대전화는 꺼져 있었다. 다시, 또다시 걸었지만 끝내 연결되지 않았다. 메시지를 몇 번이나 보냈지만, 읽음 표시조차 뜨지 않았다.

다음 날 아침, 윤주는 서둘러 병원으로 향했다. 진료실 문을 열자 흰 가운을 입은 의사가 고개를 들어 그녀를 바라보았다.

"김연희 환자분 보호자분이시죠?"

윤주가 고개를 끄덕이자, 의사는 서류를 펼치며 차분히 말을 이었다.

"환자분이 지역가입자로 등록되어 계셔서 가족 정보를 확인하기가 어려웠습니다. 또 따님은 미국에 계신다고 하셔서, 저희도 그대로 믿고 있었습니다. 다행히 남겨주신 비상 연락처가 있어 연락드릴 수 있었습니다."

윤주의 숨이 막혔다. 그제야 엄마의 말이 모두 거짓이었다는 걸 깨달았다. 검사에서 아무 이상 없었다는 것도, 속이 편해져 야식을 먹고 싶다던 말도, 다 자신을 안심시키려는 꾸밈이었다.

의사는 잠시 말을 고르더니 담담히 말했다.

"어머님은 암을 앓고 계십니다."

"네? 암이라고요?"

"네, 정밀검사 결과, 어머님은 위암이 이미 상당히 진행된 것으로 보입니다."

"그럼, 어느 정도인지…?"

"말기입니다. 수술도 불가능한 상태이고요."

"수술이 불가능하다니요? 그럼, 치료를 할 수 없다는 말인가요?"

"지금은 통증 조절이 우선이고, 이후 항암치료 여부를 논의해야 합니다. 가능한 한 빨리 환자분을 모셔 오세요."

의사의 말에 윤주는 아무 말도 하지 못했다. 가슴이 미어졌다. 불과 며칠 전에도 엄마는 환하게 웃으며 아무렇지 않은 얼굴로 자신을 바라보았다. 마치 그 어떤 병도 없는 사람처럼.

"엄마는… 왜 제게 말씀하지 않으셨을까요. 대체 왜……"

의사는 고개를 잠시 떨군 채 조용히 말했다.

"저희에게까지 거짓말을 하신 걸 보면, 따님께 짐을 지우고 싶지 않으셨던 것 같습니다."

결국 윤주는 의사에게 엄마를 모셔 오겠다고 약속하고 진료실을 나왔다. 복도를 따라 걷는데 앞이 잘 보이지가 않았다. 손이 부들부들 떨리고, 머릿속은 텅 비어 버린 듯했다. 급히 화장실에 들어가자, 거울에 낯선 얼굴이 비쳤다. 지쳐 내려앉은 표정, 충혈된 눈동자. 십 년은 늙은 듯한 모습이었다. 윤주는 휴지를 움켜쥐고 입을 막은 채 흐느꼈다. 가슴 깊은 곳에서 끓어오르는 감정은 좀처럼 가라앉지 않았다.

한참을 울고 난 윤주는 화장실을 나왔다. 세상은 여전히 평온해 보였지만, 그녀는 알고 있었다. 평온이란 때로 가장 깊은 균열을 품고 있다는 것을.

✢✢✢

이른 새벽, 윤주는 피곤한 얼굴로 거실 소파에 앉아 있었다. 주방 시계가 아침 7시를 가리키자, 휴대전화 알람이 울렸다. 윤주는 예린의 방문을 조심스럽게 열고 들어가 잠든 딸의 어깨를 살짝 흔들었다.

"예린아, 일어나야지. 학교 늦겠다."

"응, 엄마……."

예린은 반쯤 감긴 눈으로 겨우 몸을 일으켰다. 교복을 입는 손놀림이 느렸지만, 윤주는 그런 딸의 모습을 말없이 지켜보았다.

예린이 학교로 떠나자, 윤주는 곧바로 통영에 있는 이모에게 전화를 걸었다. 벨소리가 두 번 울리기도 전에 수화기 너머로 이모의 밝은 목소리가 들려왔다.

"윤주야!"

"이모, 안녕하셨어요?"

"뭐, 그럭저럭 지내지. 너랑 예린이는 어때?"

"잘 지내요. 자주 연락 못 드려서 죄송해요, 이모."

"사는 게 다 그렇지. 그런데 아침부터 웬일이야?"

"이모, 혹시 엄마 거기 다녀가셨어요?"

"엄마가? 아니. 2년 전에 온 게 마지막인데."

"2년 전이요? 지난달에도 다녀오셨다고 하셨는데……"

"혹시 다른 데랑 착각한 거 아니니? 요즘은 통 전화도 못 했는데."

윤주는 잠시 말문이 막혔다. 대체 한 달 전, 엄마는 어디를 다녀온 걸까. 아무렇지도 않게 짐을 챙기며 통영에 다녀올 거라던 그날이 머릿속에 그려졌다. 순간, 의사의 말이 떠올랐다. 정밀검사. 위암 말기. 그때 엄마는 이모에게 간다고 하고 병원에 다녀온 거였다.

혼자 병원을 찾아 검사를 받고, 다시 아무 일 없던 사람처럼 집으로 돌아온 엄마. 그 모든 시간을 혼자 버텼을 엄마를 생각하자 윤주의 가슴이 또다시 무너져 내렸다. 병원 복도를 혼자 걷고, 진료실 앞에서 이름이 불리길 기다리는 엄마의 모습을 생각하니 눈물이 저절로 흘러내렸다.

"이모, 어떡해요……."

윤주가 흐느끼며 말했다.

"윤주야, 도대체 무슨 일이야?"

갑자기 이모의 목소리가 커졌다. 윤주는 입술을 깨물며 떨리는 목소리로 말했다.

"엄마가 시어머니 모시고 통영 간다고 하셨거든요."

"정말? 언제 나가셨는데?"

"일주일도 넘었어요. 그런데……, 집을 나간 뒤로 연락이 안 돼요."

"엄마가 다른 데 가신 건 아니고? 전화야 잠깐 고장이 났을 수도 있지."

"이모, 사실 엄마가 위암이래요. 저도 어제야 알았어요. 의사 말로는 말기라는데……."

그 말을 들은 이모는 한동안 아무 말이 없었다. 수화기 너머의 정적이 윤주에겐 한없이 길게 느껴졌다.

"윤주야, 네 엄마가 어떤 사람인지 알잖니. 널 두고 그렇게 쉽게 사라질 분 아니야. 일단 경찰에 신고부터 하자. 지금은 그게 먼저야."

이모의 단단한 목소리에 윤주는 조금 마음을 가라앉혔다.

"알겠어요, 이모. 경찰서에 가볼게요."

"그래. 마음 단단히 먹어. 엄마한텐 분명 아무 일 없을 거야."

"정말 그렇겠죠, 이모?"

"그럼. 네 엄마가 어디 만만한 사람이냐. 혼자 병 고쳐보겠다고 공기 좋은 데라도 찾아간 걸 수도 있어. 그래도 혹시 모르니까, 신고는 꼭 하자."

"네, 그렇게 할게요."

"그리고 연락 닿으면 나한테도 바로 알려. 나도 주변 사람들한 데 알아볼게."

"고맙습니다, 이모."

전화를 끊은 윤주는 곧장 가까운 경찰서로 향했다. 이른 시간 이었지만, 경찰서 안은 민원인들로 북적였다. 접수 데스크 앞에 선 그녀는 잠시 망설이다가 조심스레 입을 열었다.

"저기, 실종 신고를 하러 왔어요."

피곤한 기색이 역력한 경찰관이 고개를 들고 윤주를 바라봤다.

"누가 실종되셨죠?"

"친정엄마와 시어머니요. 두 분이 함께 집을 나가신 뒤, 지금까 지 연락이 없어요."

경찰관은 고개를 갸웃하며 모니터에 무언가를 입력하다가 물 었다.

"혹시 여행 가신 건 아닌가요? 나이 드신 분들이 가끔 그러시기도 하거든요.”

윤주는 울음을 삼키며 차분히 말했다.

“친정엄마는 위암 말기고, 시어머니는 중증 치매 환자예요. 혼자 생활도 어려운 분들인데, 둘이 함께 사라졌어요.”

경찰관의 표정이 금세 달라졌다. 그는 자세한 상황을 하나씩 물었다.

“마지막으로 본 게 언제예요? 평소 가시던 곳이나 자주 머무시던 장소는요?”

윤주는 떨리는 손으로 가방에서 편지를 꺼내 조심스럽게 내밀었다.

“이 편지요. 엄마가 이모 댁에 다녀오겠다고 하셨는데, 이모에게 확인해 보니 오시지 않았데요. 그냥……. 정말 사라지셨어요.”

경찰관은 편지를 찬찬히 읽고는 고개를 끄덕이며 옆자리 동료에게 무전을 날렸다.

“실종 신고 하나 접수됐습니다. 말기 암 환자와 치매 환자, 동반 외출. 빠르게 조회 부탁드립니다.”

이후 윤주에게 가족들의 인적 사항과 최근 사진, 평소 복장, 사용하던 휴대전화 번호, 주민등록번호 등을 하나하나 물으며 입력해 나갔다. 윤주는 휴대전화를 꺼내 엄마와 시어머니의 사진을 보여주었다.

“네, 접수 완료됐습니다. 관할과 인접 경찰에 공조를 요청하고,

CCTV 확인부터 시작하겠습니다. 병원이나 터미널, 역, 요양시설에도 순차적으로 협조 공문을 보내겠습니다."

"혹시……, 두 분을 찾는 데 얼마나 걸릴까요?"

윤주의 질문에 경찰은 조심스럽게 답했다.

"장담은 어렵지만, 건강 상태가 위중한 분들이니 최대한 빠르게 움직일게요. 진행 상황은 바로바로 공유해 드리겠습니다."

윤주는 고개를 끄덕이며 자리에서 일어났다. 경찰서를 나서는 발걸음은 무거웠지만, 마음 한구석에 작은 희망이 돋아났다. 아직 늦지 않았다는 믿음이 간신히 그녀를 지탱하고 있었다.

집에 돌아온 윤주는 외투도 벗지 않은 채 식탁 의자에 털썩 주저앉았다. 한쪽에 놓인 미역국 냄비를 열고, 국을 데우지도 않은 채 대충 먹기 시작했다. 국물이 입안에 닿는 순간, 울컥하는 감정이 북받쳤다. 주방을 오가며 분주히 움직이던 엄마의 모습이 떠올라 더는 숟가락을 들 수 없었다.

"엄마…… 엄마……"

윤주는 아이처럼 울음을 터뜨렸다. 수저를 든 손이 떨리고, 그릇 속으로 눈물이 떨어졌다. 엄마가 너무 그리웠다. 병을 숨긴 채, 그 모든 시간을 혼자 견뎠을 엄마를 떠올리자 미안함과 슬픔이 가슴 깊은 곳을 죄어왔다.

그 아픈 몸으로 왜 굳이 시어머니까지 데리고 나섰는지, 아무리 생각해도 이해되지 않았다. 어쩌면 엄마는 마지막까지 딸의 삶을 챙기려 했는지도 모른다. 삶의 끝자락에서도 자신을 먼저 돌보지 못한 사람, 그게 엄마였다. 윤주는 식탁에 이마를 묻은 채 한참을 그렇게 앉아 있었다.

그 와중에도 시간은 무심하게 흘러갔다. 그 무렵, 윤주는 학원 공사 현장을 오가며 분주한 나날을 보냈다. 매일 아침 일찍부터 인테리어 사무실에 들러 자재를 고르고, 수업하는 틈틈이 공사 현장을 점검했다. 벽 색상부터 책상의 배치까지 하나하나 신경 쓰며, 학생들에게 편안하고 집중하기 좋은 공간이 될 수 있도록 노력했다.

공사는 비교적 순조롭게 진행되었고, 밝고 모던한 분위기를 원하는 윤주의 의견도 세심하게 반영되었다. 내부 칠이 끝나고 조명이 설치되자, 비로소 '학원'이라는 공간이 조금씩 형태를 갖춰가기 시작했다.

온종일 바쁘게 움직이던 윤주도 집에 돌아오면 거실에 기댄 채 한참을 멍하니 앉아 있었다. 불 꺼진 집 안은 조용했고, 그 조용함이 오히려 마음을 더 무겁게 만들었다. 엄마와 시어머니가 함께 앉아 있던 모습이 떠오르면 이유 없이 눈물이 흘러내렸다. 밥을 차리던 엄마의 옆모습, 피곤한 하루를 붙던 엄마의 무심한 목소리, 그 모든 것이 선명해 견디기 더 힘들었다.

윤주는 경찰에게 몇 차례 전화를 걸어 두 분의 소식을 확인했다. 혹시라도 새로운 단서가 생기지 않았을까 기대하며 수화기를

들었지만, 돌아오는 건 "아직 별다른 소식은 없다"라는 말뿐이었
다. 기다려달라는 경찰의 말이 점점 윤주를 지치게 했다. 하지만
윤주는 다음 날 아침이면 어김없이 공사장으로 향했다. 뭔가에
몰두하고 있다는 사실만이 아슬아슬한 삶을 지탱해 주고 있었다.

9

경찰이 보내온 주소는 세종에서 한참 떨어진 큰 저수지였다. 윤주는 시골길을 따라 조심스럽게 차를 몰았다. 손바닥에는 땀이 고였고, 저수지에 가까워질수록 숨이 점점 가빠왔다. 차창 밖으로 스쳐 지나가는 풍경이 이상하게도 낯설지가 않았다. 마치 오래전부터 알고 있던 곳처럼 익숙하게만 느껴졌다. 이윽고 희뿌연 물안개 너머로 저수지가 시야에 들어오자, 오래된 기억이 안개처럼 모여들었다.

검은빛 물결이 일렁이는 저수지는 어릴 적 아빠를 잃은 곳이었다. 말없이 낚시를 떠났던 아빠는 며칠 뒤, 배가 전복됐다는 소식만을 남긴 채 돌아오지 못했다. 결국 사건은 사고로 종결됐지만, 시신을 끌어안고 울부짖던 엄마의 모습과 이른들의 무기운 침묵은 어린 윤주의 마음에 깊은 상처로 남았다.

윤주는 낚시터 입구에 차를 세우고, 선착장을 향해 천천히 걸음을 옮겼다. 습기를 머금은 바람이 얼굴을 스치며 축축한 물비린내가 폐 속으로 파고들었다. 수상가옥처럼 생긴 낚싯배들이 물안개 속에서 유령처럼 떠다니고 있었다.

"왜 하필 이곳에서……"

걸을수록 윤주의 하얀 운동화는 진흙에 파묻혀 얼룩졌다. 선착장 근처에 이르자 잠수부를 태운 보트가 천천히 호수 안쪽으로 나아가는 게 보였다. 물가엔 경찰과 구경꾼들이 뒤엉켜 있었고, 그들 뒤로는 커다란 크레인이 대기 중이었다.

윤주는 무언가에 이끌리듯 저수지를 향해 다가갔다. 안개에 가려져 희미하던 풍경이 점차 또렷해졌다. 선착장 끝자락엔 경찰차가 대기 중이었고, 바닥엔 노란색 경계선이 둘러쳐져 있었다. 사람들이 말없이 물가를 주시하고 있는 가운데, 경찰들과 구조대원들이 모여 긴장된 표정으로 무전을 주고받았다. 물안개 너머로 잠수부들의 형체가 희미하게 흔들렸다.

"잠시만요! 여기 들어오시면 안 됩니다."

한 경찰관이 다가와 길을 막았다.

"전화 받고 왔는데요. 최윤주라고 합니다."

윤주의 이름을 확인한 경찰은 잠시 머뭇거리더니 신발 두 짝을 내밀었다.

"이 신발이 저수지 앞에서 발견됐습니다. 혹시 아시는 물건인

가요?"

순간 윤주의 숨이 멎는 듯했다. 두 켤레의 신발은 오래 전, 그녀가 두 어머니를 위해 선물한 것들이었다. 흰 바탕에 금실로 수놓인 섬세한 꽃무늬와 정갈한 곡선으로 마감된 두 고무신은 치수는 달랐지만 똑같은 디자인이었다.

"이건…… 제 어머니와 시어머니 신발이에요."

윤주는 울음을 터뜨리며 연분홍 고무신을 끌어안았다. 그때 신발 안쪽에서 낡은 종이 한 장이 땅으로 떨어졌다. 놀란 윤주는 재빨리 몸을 숙여 종이를 집어 들었다. 정갈한 글씨로 빼곡히 채워진 종이는 친정엄마가 자신에게 남긴 편지였다.

윤주야. 이 편지가 너에게 닿을 수 있을지는 모르겠지만, 그래도 이렇게 남겨본다.

지금쯤은 너도 알았겠지. 나는 더 이상 너와 예린이를 도울 수 없게 되었구나.

그렇다고 너에게 짐이 되고 싶진 않았어.

넌 정말 충분히 했단다. 가족의 생계를 감당해 온 것도, 사돈을 정성껏 돌봐온 것도.

그러니 이제는 너와 예린이만을 생각하며 살아주었으면 좋겠다.

네 아빠, 기억하지?

그 사람이 저수지에서 돌아오지 않았을 때, 나는 오래도록 그를 원망했단다.

하지만 지금은 조금 이해할 수 있을 것 같아.

어쩌면 그 사람은, 우리를 위해 나름의 최선을 선택했던 거겠지.

이젠 나도 네 아빠 곁으로 가려 한다.

사돈과 마지막 며칠을 함께 보내며 예쁜 꽃도 보고, 좋아하던 음식도 많이 먹었어. 그러니 너무 슬퍼하지 않길 바란다.

그리고 앞으로는, 다른 누군가를 위해서가 아니라 너 자신을 위해 살아줬으면 한다.

예린이를 위해서, 그리고 무엇보다 너 자신을 위해서.

넌 언제나 내 자랑이었고, 내 유일한 버팀목이었다.

엄마를 용서해 줘서 고마웠고, 많이 사랑했다.

— 엄마가

편지를 다 읽은 윤주는 목 놓아 울었다. 굵은 눈물방울이 비단 고무신 위로 뚝뚝 떨어졌다. 저수지를 덮은 안개 사이로 엄마의 말들이 맴도는 것 같았다. 끝까지 자신과 예린을 지키려 했던 두 어머니의 마지막 선택이 심장을 가르고 그 안에 내려앉았다.

윤주에게 누군가를 돌보고 책임지는 일은 언제나 삶의 한가운데에 놓여 있었다. 그 오래된 굴레를 끊기 위해, 두 어머니는 스스로를 지우는 길을 선택했던 거였다. 윤주의 흐느낌이 안개 낀 저수지 위로 퍼져나갔다. 그때, 물속에서 작업 중이던 잠수부가 외쳤다.

"찾았습니다!"

흩어져 있던 잠수부들이 일제히 그곳으로 몰려들었고, 곁에 있던 경찰들도 분주히 움직이기 시작했다. 크레인이 천천히 작동하기 시작한 건, 햇살이 저수지 수면 위로 빗금을 그리며 퍼지던 무렵이었다. 검은 방수복을 입은 잠수부들이 크레인에 연결된 와이어를 점검하며 선착장 끝으로 모여들었다. 수면 아래로 길게 뻗은 쇠줄은 물속의 무언가를 단단히 붙잡고 있었다.

윤주는 두 손을 꼭 움켜쥔 채 멀리서 그 광경을 지켜보았다. 몸이 부들부들 떨려왔지만, 시선만은 수면에서 단 한 순간도 떨어지지 않았다. 팽팽하게 당겨진 크레인의 쇠줄 끝이 깊은 물 속을 뚫고 올라왔다. 잠수부들의 신호에 따라, 크레인에 매달린 묵직한 무언가가 천천히 끌려 올라왔다. 그리고 마침내, 검은 물줄기를 튀기며 녹슨 고리와 밧줄에 김긴 두 형체가 수면 위로 모습을 드러냈다. 그것은 다름 아닌, 나란히 묶인 두 사람의 시신이었다.

나일론 끈으로 단단히 묶인 두 시신은 오랜 시간 물속에 잠겨 있던 탓에 몸은 퉁퉁 부풀어 있었고, 헝클어진 머리칼이 얼굴을 덮고 있었다. 한 사람의 어깨는 작았고, 다른 한 사람은 팔이 굵고 긴 편이었다. 서로를 껴안듯 밧줄에 묶인 그 사이로 몇 개의 돌덩이가 무겁게 매달려 있었다. 그 돌들 덕에 두 몸은 떠오르지 못하고 저수지 바닥에 오래도록 가라앉아 있었던 것이다.

마침내 두 시신이 선착장에 내려졌다. 물에 젖은 두 시신은 마치 잠든 사람들처럼 조용히 포개져 있었다. 경찰들이 달려들어 몸 깊숙이 파고든 밧줄들을 조심스럽게 잘라냈다. 그 모습을 지켜보던 사람들이 여기저기서 웅성대기 시작했다. 그 광경을 바라보던 윤주는 무릎이 꺾이듯 주저앉았다.

"어머님…… 엄마……!"

두 시신이 누구인지는 굳이 설명을 듣지 않아도 알 수 있었다. 심장이 찢겨나가는 아픔과 함께 모든 감각이 희미해졌다. 마침내 정신을 차린 윤주는 재빨리 두 분을 향해 달려갔다. 하지만 앞에 있던 경찰이 그녀를 막아섰다.

"안 됩니다. 저쪽에서 기다려 주세요."

윤주가 애걸하며 소리쳤다.

"제발 확인하게 해주세요!"

결국 윤주는 시신 곁까지 달려갔다.

"엄마, 도대체 왜, 왜!"

윤주는 시신의 한복 소매를 떨리는 손으로 만지며 흐느꼈다. 경찰들은 그런 윤주를 부축해 데려가려 했다.

"놔주세요! 두 분을 이렇게 보낼 순 없어요! 엄마! 어머니!"

윤주의 울음은 저수지 위로 크게 퍼져나갔다. 주변에 모인 사람들은 침통한 표정으로 그 모습을 지켜보았다. 한 경찰이 시신 위로 하얀 천을 덮으려 했다. 윤주는 천을 덮는 손을 붙잡고 간절히 말했다.

"잠깐만요. 마지막으로…… 얼굴만이라도 보게 해주세요."

하지만 경찰이 계속해서 그녀를 막아섰다. 그 순간, 헝클어진 머리칼 사이로 연분홍과 옥빛 한복이 어슴푸레 모습을 드러냈다. 치마 위엔 작고 고운 꽃무늬가 젖은 물결 위로 아련히 번져 있었다.

"엄마…… 죄송해요. 어머님…… 제가 잘못했어요……."

윤주는 그 자리에 무릎을 꿇고, 두 손으로 얼굴을 가린 채 울음을 터뜨렸다. 그녀의 흐느낌이 수면 위로 퍼져나가자, 경찰과 주위 사람들도 고개를 숙였다.

짙게 드리웠던 물안개가 마침내 서서히 걷히기 시작했다. 수면 위로 햇살이 내려앉으며 검은빛의 저수지가 모습을 드러냈다. 깊고 어두운 저수지는 아무 말 없이, 모든 것을 품은 채 고요히 흐르고 있었다. 마치 누군가의 긴 이야기를 끝까지 들은 뒤, 조용히 침묵하는 사람처럼. 물속 깊은 곳에는 용서받지 못한 말들과 끝내 전하지 못한 사랑이 여전히 맴돌고 있었다.

에필로그

따스한 봄볕 아래, 윤주는 교외의 한적한 도로를 따라 천천히 차를 몰았다. BMW 엔진이 낮게 울리는 가운데 차 안에선 잔잔한 재즈가 흐르고 있었다. 차창 밖으로 벚꽃잎이 흩날리자, 윤주는 미소를 지으며 핸들에서 힘을 뺐다. 매끄럽게 이어지는 도로 위로 봄기운이 고요히 퍼지고 있었다.

그녀가 향하는 곳은 대청호 근처의 한 한식당이었다. 깔끔한 맛과 좋은 전망으로 유명한 그곳은 호수를 바라보는 풍경을 지닌 데다 온라인 평점도 만점에 가까웠다.

한동안 연락을 끊고 지냈던 친구들에게 전화를 걸었을 때, 모두 조금은 놀란 눈치였지만 이내 예전처럼 반갑게 대했다. 그녀의 사정을 이미 알고 있었던 친구들은 마치 어제 본 사람처럼 자연스럽게 약속을 잡았다.

오늘 점심은 윤주가 대접하기로 했다. 따뜻한 햇살, 느긋한 마음, 오랜만에 마주할 얼굴들. 윤주는 오랜 침묵의 시간을 조금씩 덜어낼 준비가 되어 있었다.

식당에 들어서자, 짙은 정장을 차려입은 여직원이 윤주를 맞이했다. 점심시간이 지난 탓에 식당은 비교적 한산했다. 이름을 확인한 직원은 정중히 인사한 뒤, 조용한 복도를 따라 그녀를 안내했다. 복도 양옆엔 따뜻한 조명 아래 나무 장식이 늘어서 있었고, 은은한 전통 음악이 공간을 채우고 있었다. 직원이 한지 문 앞에 멈춰 섰다.

"손님, 여기입니다."

문이 살짝 열리자, 창가에 앉아 있던 친구들의 얼굴이 눈에 들어왔다. 신발을 벗고 안으로 들어서자, 창밖으로 나무와 호수가 어우러진 풍경이 눈에 들어왔다.

"윤주야, 어서 와!"

가장 먼저 현서가 환한 얼굴로 손을 흔들었다. 방안에는 대학 시절을 함께한 친구들이 모여 있었다. 현서와 영서, 그리고 경애. 모두가 한때 같은 꿈을 꾸던 동기들로, 지금은 각각 다른 지역에서 수학 교사와 강사로 일하고 있었다.

"와, 정말 오랜만이다."

윤주가 웃으며 앉은뱅이 의자에 앉았다.

"그러게, 윤주야. 진짜 얼마 만인지 모르겠다!"

영서가 윤주의 손을 잡으며 반가움을 드러냈다. 영서는 한때 학원을 운영하다가 지금은 다른 학원에서 월급쟁이 원장으로 일하고 있었다.

"마지막으로 본 게…… 작년 어머님 장례식에서였나?"

경애가 말을 꺼내자, 현서는 그녀를 팔꿈치로 슬쩍 찌르며 눈치를 줬다.

"야, 그런 얘기 말고. 윤주야, 근데 너 진짜 신수가 훤해졌다? 학원 원장이 되더니 더 예뻐진 것 같은데?"

현서기 분위기를 띄우려 장난스럽게 물었다. 유주는 웃음으로 대답을 대신하며 말했다.

"원장은 무슨, 자리 잡으려면 아직 멀었어."

"그래도 네 옷차림 보니까, 이미 성공의 냄새가 솔솔 풍기는데?"

영서가 웃으며 윤주의 감색 투피스에 살짝 손을 얹었다. 윤주는 부드럽게 웃으며 말했다.

"오늘 너무 늦게 보자고 해서 미안해. 오전에 상담이 많았거든. 대신 오늘은 내가 쏠게. 맛있는 거 많이 먹자."

잠시 뒤, 상 위에는 도토리묵무침과 나물 반찬, 잡채, 수육, 된장찌개가 정갈하게 차려졌다. 방 안에는 구수한 찌개 냄새가 은은하게 퍼졌고, 김이 모락모락 피어올랐다. 친구들은 젓가락을 들며 반가움과 웃음 속에 이야기를 이어갔다.

"그래도 진짜 궁금하다."

경애가 수육 한 점을 된장에 찍으며 윤주를 바라보았다.

"윤주야, 어떻게 그렇게 큰 학원을 갑자기 차릴 수 있었어? 대체 비결이 뭐야?"

윤주는 잠시 멈칫하더니, 잔잔한 미소를 지었다.

"엄마가 많이 도와주셨어."

순간 그녀의 가슴 깊은 곳에서 두 어머니의 얼굴이 조용히 떠올랐다.

"야, 그런 얘기 뭐 하러 꺼내."

영서가 물김치를 들이켜며 농담처럼 말했다.

"우리 오늘은 그냥 먹고 웃자. 윤주야, 요즘 제일 재밌는 일 뭐야?"

윤주는 고개를 끄덕이며 억지로 웃어 보였다. 하지만 따뜻하고 말간 수육 위로 또다시 엄마의 얼굴이 겹쳐 떠올랐다. 평온한 공기 속으로 오래된 그리움이 조용히 스며들었다. 윤주는 아무 말 없이, 수육 한 점을 천천히 입에 넣었다.

네 명의 친구들은 반찬 하나 남기지 않고 상을 깨끗이 비웠다. 후식으로 나온 수정과와 대추차를 마시며 오랜만의 시간을 천천히 마무리했다. 편안한 분위기 가운데 친구들의 대화는 끊이지 않았고, 왁자지껄한 웃음소리가 이어졌다. 식사 후, 각자 바쁜 일정을 핑계로 자리에서 일어섰다. 윤주는 학원 근처에서 다시 만나자며 손을 흔들었다. 환한 봄빛 속에서, 어딘가 조금은 가벼워진 마음으로.

식당 밖으로 나오자, 직원이 주차장에서 차를 가져다주었다. 윤주는 차 키를 받아 들고 천천히 차로 걸어갔다. 시동을 걸기 전, 창문을 열고 주변을 둘러보았다. 올 때는 미처 보지 못했던 풍경이 눈에 들어왔다. 산비탈 곳곳에 흐드러진 꽃들이 봄의 시작을 알리듯 환하게 흔들리고 있었다. 철쭉과 벚꽃이 어우러진 산은 온통 분홍빛으로 물들어 있었다.

윤주는 문을 열고 잠시 차에서 내렸다. 달콤한 봄바람이 얼굴을 스치며 머리카락을 살짝 흩날렸다. 바람 속엔 막 피어난 꽃향기와 촉촉한 흙 내음이 어우러져 있었다. 윤주는 천천히 숨을 들이마셨다. 길게만 느껴졌던 겨울이 지나고, 정말로 봄이 왔다는 게 이제야 실감 났다.

차 옆에 기대어 한동안 풍경을 바라보았다. 멀리서 산새들의 노랫소리가 들려왔고, 꽃잎은 바람을 타고 도로 위로 가볍게 흩날렸다. 아름다운 풍경에 자신도 모르게 미소가 지어졌다. 그렇게 잠시의 여유를 만끽한 윤주는 다시 차에 올라 시동을 걸었다.

돌아오는 길, 윤주는 창문을 살짝 내려둔 채 천천히 차를 몰았다. 따뜻한 봄바람과 꽃향기가 그녀의 마음을 어루만졌다. 도로 양옆으로 핀 벚나무의 꽃잎들이 바람이 불 때마다 차창 안으로 흩날려 들어왔다. 윤주는 손을 뻗어 꽃잎 한 장을 조심스레 잡았다. 손끝에 닿은 그 가벼운 감촉이 마음 깊은 곳에 조용한 파문처럼 번져갔다.

그때, 블루투스를 통해 전화가 걸려 왔다. 발신자 이름을 본 윤주는 부드러운 미소를 지으며 전화를 받았다.

"엄마!"

예린의 들뜬 목소리가 차 안에 울려 퍼졌다.

"응. 예린아, 잘 지냈어? 학교는 어때?"

"엄마, 대학 오니까 너무 좋아. 너무 재밌어!"

"다행이네. 그런데 지금 어디야? 좀 시끄러운데."

"지금 동아리 MT 왔어. 친구들이랑 양평에 숙소 잡고 바비큐 파티 준비 중이야. 여기 너무 좋아. 엄마도 좋아할 것 같아."

윤주는 웃었다. 말간 봄볕처럼 환한 예린의 목소리가 귓가를 간질였다.

"그래? 나중에 같이 놀러 갈까?"

"우리 꼭 그렇게 하자."

"그래. 갔으니까 재밌게 놀아. 건강 조심하고."

예린은 잠시 머뭇거리다 조용히 말했다.

"근데 엄마, 나 요즘 엄마한테 좀 미안해. 엄마는 매일 일만 하고, 난 매일 놀기만 하는 것 같아서……."

윤주는 잠시 숨을 고르며 창밖을 바라보았다. 딸의 말은 고마우면서도, 묘하게 서글펐다. 자신의 행복을 누군가에게 미안해하다니, 딸이 할머니를 돌보던 그 시절에 머물러 있는 것 같아 안쓰럽기만 했다. 예린은 엄마의 마음을 모른 채 말을 이었다.

"난 결혼 안 할 거야. 엄마 옆에 있을 거야. 나중에 엄마 아프면 내가 다 돌볼게."

그 말을 듣는 순간, 윤주는 조용히 입을 열었다.

"예린아, 엄마는 네가 짊어질 짐이 아니야."

예린이 짐짓 놀란 목소리로 물었다.

"왜? 엄마는 나랑 살기 싫어?"

윤주는 부드럽지만 단호하게 말했다.

"내가 널 낳았다고 해서, 네 인생을 차지할 순 없어. 그럴 필요도 없고, 그래서도 안돼."

윤주의 말을 듣고 있던 예린이 작은 목소리로 말했다.

"난 진짜 괜찮은데……"

"예린아, 네가 괜찮다고 느껴도, 혼자 감당하기엔 버거운 일들이 있어. 그러니까 모든 걸 혼자 끌어안으려 하지 말고, 힘들 땐 주변에 기대. 그래야 지치지 않고, 진짜로 행복할 수 있어."

순간 전화기 너머로 바람 소리가 들렸다. 예린이 나지막이 말했다.

"그럼, 엄마도 약속해 줘."

"무슨 약속?"

"엄마도 이제 엄마를 돌보겠다고. 나만 돌보지 않겠다고."

그 말에 윤주는 잠시 말없이 웃었다.

"알았어. 약속할게."

전화를 끊은 윤주는 창밖으로 시선을 돌렸다. 차창 너머로 대청호의 물빛이 점점 짙어지고 있었다. 어느새 어둑해진 하늘 사이로 은은한 조각달이 희미하게 떠 있었고, 물 위에 비친 달그림자는 바람 따라 부드럽게 흔들리고 있었다.

나란히 떠 있는 두 개의 달을 보자, 문득 두 어머니의 얼굴이 떠올랐다. 자신을 돌봐주고 끝까지 곁을 지켜주었던 두 사람. 그들은 원망보다는 이해로, 말보다는 행동으로 윤주의 삶을 조용히 떠받쳐주었다. 시어머니와 친정엄마는 언제나 윤주의 짐을 나누려 했지만, 정작 자신의 짐은 끝내 혼자 짊어졌다. 윤주가 지금 느끼는 이 가벼운 삶의 무게 또한, 결국 두 사람의 희생 위에 놓여 있었다.

가족 사이의 돌봄은 때론 한 사람의 삶을 깎아내는 일이 되기도 했다. 하지만 두 어머니가 정말로 바랐던 건, 어쩌면 그 끝없는 굴레를 끊어내는 일이란 생각이 들었다. 윤주는 다짐했다. 그 굴레를 예린에게까지 물려주지 않겠다고. 예린의 시간만큼은 돌봄이 아닌 자유로 채워지기를 바랐다. 그것이야말로 두 어머니가 남긴 가장 깊은 사랑이었다.

순간, 예린이 했던 말이 떠올랐다. "엄마도 이세 엄마를 돌봐줘." 윤주는 지금껏 멈추지 않고 달려왔다. 누군가를 위해, 무언가를 지키기 위해. 그러다 보니 자신을 돌보는 법을 완전히 잊고 살아왔다. 언제부턴가 늘 자신을 뒷전으로 밀어둔 채 살아왔던 것이다.

이제부터라도 조금씩 배워가고 싶었다. 돌봄이라는 이름으로 자신을 잃지 않는 법과, 책임과 존재 사이에서 자신을 놓치지 않는 법을. 자신을 살피는 일은 결코 이기심이 아니었다. 그것은 두 어머니가 남긴 삶의 방식에 대한 응답이자, 예린에게 대물림하지 않기 위한 조용한 약속이었다.

어느새 차는 호숫가를 벗어나 시내로 들어서고 있었다. 희미하던 두 달빛도 이제는 보이지 않았다. 두 개의 달은 그녀 곁을 떠났지만, 그들이 남긴 빛은 여전히 마음 어딘가에 고요히 머물러 있었다. 윤주는 핸들을 잡은 손에 힘을 주고, 속도를 조금 높였다. 창문 너머로 흩날리는 꽃잎들이 조용히 그녀를 따라왔다.

작가의 말

이 소설은 오래전 신문의 작은 기사에서 시작되었습니다. 한 노인이 치매에 걸린 시어머니를 모시고 사는 딸을 찾아갔습니다. 기억을 잃고 딸에게 모질게 굴던 사돈을 본 노인은, 딸의 고단한 모습을 차마 견디지 못하고 결국 사돈을 살해하고 말았다는 기사였습니다. 길지 않은 기사엔 누구도 쉽게 감당하기 어려운 삶의 무게가 담겨 있었습니다. 딸을 위해 살인을 저지를 수밖에 없었던 아버지의 마음이 시간이 흘러 한 편의 소설로 자라났습니다.

오늘날 우리는 과학과 의학의 발전을 자랑하지만, 치매만큼은 여전히 달라지지 않았습니다. 오히려 평균 수명이 늘어난 만큼 치매 환자는 더 많아졌고, 돌봄의 부담은 더욱 무겁게 늘어났습니다. 그 무게는 대부분 여성의 어깨 위에 놓여 있습니다. 어린 자녀를 돌보는 일에서 병든 부모를 부양하는 일까지, 여성은 평생을 돌봄의 굴레 속에서 살아갑니다. '가족이니까 당연하다'라는 말은 종종 그 희생을 정당화하는 장치가 되곤 합니다.

이 소설을 쓰는 동안 저는 여러 번 멈춰야 했습니다. 이야기를 따라가다 보면, 한 인간이 짊어진 돌봄의 무게가 얼마나 고단한지, 그 속에 얼마나 많은 감정이 뒤섞여 있는지 절실하게 다가왔기 때문입니다. 사랑과 원망, 의무와 죄책감, 희망과 절망이 한 몸처럼 얽혀 있었습니다. 때로는 그 모순이 감당할 수 없는 벽이 되어 누군가를 무너뜨리기도 합니다.

그러나 우리 사회는 여전히 이 문제를 외면합니다. 돌봄은 '가정의 문제'라는 이름 아래 여성에게 떠넘겨지고, 공적 제도는 부족하며 공동체의 관심은 미미합니다. 그 결과 누군가는 혼자 울며 부모를 모시고, 또 누군가는 절망 끝에 극단적인 선택을 하게 됩니다. 저는 이 소설을 통해 그 얼굴들을 드러내고 싶었습니다.

소설 『기억』은 결국 우리의 이야기입니다. 언젠가 누구나 맞닥뜨릴 수 있는 현실이며, 더는 미룰 수 없는 과제이기도 합니다. 이 작품이 단지 한 가정의 비극으로만 읽히지 않기를 바랍니다.

부디 이 작은 이야기가 돌봄 속에서 살아가는 우리의 마음에 오래 남는 울림이 되기를 두 손 모아 기도합니다.

2025년 가을
복일경